《金瓶梅》女性身體書寫的敘事意義

林偉淑　著

臺灣學生書局印行

《金瓶梅》女性身體書寫的敘事意義

目　次

第一章　緒　論

　　《金瓶梅》是一部假托宋朝實寫明事的小說，寫北宋徽宗政和二年（1112 年）至南宋建炎元年（1127 年），明代工商業繁榮，市民階層興起；政治上，上位者重欲荒廢國事。即使如此，士大夫仍重視家法族規、禮教制度；學術思想上，李贄等人肯定人性及人欲，重視人的自身價值，反對理學的束縛。然而，士大夫與商人階層仍有不同，亦即表現在文人精神與世俗文化必然有所不同：世俗文化往往帶著現實利益，具有功利性與享樂性。[1]明代中後期，世俗文化在商品經濟以及心學的推動下，使重商重利的俗世文化毫不避諱地在文學作品中被表現，特別是細寫家庭生活、世態人情的《金瓶梅》。

　　《金瓶梅》從《水滸傳》中有關西門慶、潘金蓮的部分情節，轉而以西門慶的家庭敘事為中心，並擴大到他和親朋鄰里生活的清河縣為社會中心，再擴大到以汴京為中心的官場；在敘事結構上，則聚焦在日常生活的細節描寫。《金瓶梅》的作者是將「他的視角轉向過去不為人們重視的市井社會，轉向過去被人忽略的人自身本性的探討。」是以「反映官場社會，一方面輻射市

---

[1]　劉勇強：《中國古代小說史敘論》（北京：北京大學出版社，2007 年10 月第 1 版），頁 361。

井社會，寫出晚明的眾生相，塑造在金錢社會裡被扭曲了人性的市井人物，描繪市井社會五光十色的風俗畫。」[2]展現了市井小民中男女欲望的、家庭及社會的種種風情及生活面向。以西門慶為中心展開的家庭生活、市民階層商業活動、官商勾結的政治活動。[3]《金瓶梅》寫家庭寫日常，也意味著從《水滸傳》所重視男性中心的書寫，轉向了對女性的檢視與書寫；從英雄歷史的大敘事，轉向世態人情的描寫，也因此，對於晚明的欲望表現則能更細膩地展演。

一、版本說明及問題的提出

《金瓶梅》的版本，大體上可分為三種類型，一是詞話本：《新刻金瓶梅詞話》，[4]簡稱《詞話本》。二是崇禎本：《新刻繡像金瓶梅》，[5]簡稱《繡像本》。三是張評本：《張竹坡批評第一奇書金瓶梅》，屬於崇禎本系統又與崇禎本不同。[6]至於《詞話本》與《繡像本》流行的狀況：自從「清初文人張竹坡的

---

[2]　齊裕焜：《明代小說史》（杭州：浙江古籍出版社，1997 年 6 月第 1 版），頁 275。

[3]　許建平：《許建平《金瓶梅》研究精選集》（臺北：臺灣學生書局，2015 年 6 月初版），頁 145-151。

[4]　本論文用的版本為：蘭陵笑笑生著，梅節校訂：《金瓶梅詞話》（臺北：里仁書局，2007 年 11 月 15 日初版，2009 年 2 月 25 日修訂 1 版）。

[5]　本論文用的版本是：蘭陵笑笑生：《新刻繡像批評金瓶梅會校本》（臺北：曉園出版社，1990 年 9 月第 1 版第 1 刷）。

[6]　王汝梅：〈新刻繡像批評金瓶梅前言〉，《新刻繡像批評金瓶梅會校本》，頁 1。

張評本出現後《繡像本》一直是最為流行的版本。使得《詞話本》竟至逐漸湮沒無聞了。直到 1932 年《金瓶梅詞話》在山西發現，鄭振鐸以郭源新的筆名在 1933 年 7 月的《文學》雜誌上發表文章〈談《金瓶梅詞話》〉，從此開始《金瓶梅》研究的一個嶄新階段」。[7]至於版本先後，目前仍未有定論，這兩大系統的版本不論是《詞話本》或《繡像本》它們的最初本都已不存在，因此二者之間的相互關係難以定論，貫穿二部作品的主題思想亦不完全相同。田曉菲進一步說明：《詞話本》與《繡像本》各具特色，《詞話本》以潘金蓮為書寫中心，寫情色欲望如何影響西門慶家的興衰盛敗，這亦是延續《水滸傳》對於女性的書寫──「女禍」觀點進行創作，[8]因此，說明因果報應以誡世是《詞話本》的核心概念；《繡像本》則書寫著凋零、衰敗、分離：「然而秋天又何如？秋天不但花枝凋零，而且萬物淪喪，瓶兒在一年後的秋天去世，西門慶旋即身亡，眾佳人也便紛然四散了。《金瓶梅》是一部秋天的書：始於秋天，終於秋天，秋涼無

---

[7]　田曉菲：《秋水堂論金瓶梅》（天津：天津人民出版社，2005 年 1 月第 2 版，2008 年 4 月第 2 次印刷），頁 4。田曉菲更進一步說明了，施蟄存在為 1935 年印行的《金瓶梅詞話》寫的跋，對於《詞話本》及《繡像本》作出的俚俗與文雅的判別之後，影響了歐美學界對於二書的評價。同時，哈佛大學東亞系教授韓南在 60 年代末提出《繡像本》是基於商業考量對於《詞話本》的精簡本，這對於二書的評價也有了很大的影響。然而，由於二書的初刻本至今無存，田曉菲認為，實無法判定二書先後及相互之間的關係。

[8]　李志宏：《《金瓶梅》演義──儒學視野下的寓言闡釋》（臺北：臺灣學生書局，2014 年 9 月初版），頁 42。

時無刻不在威脅著盛夏的繁華也。」[9]這樣的秋天書寫，隱喻了晚明的社會與朝廷，秋涼無刻不威脅著盛夏的繁華。至於善惡果報和個人的欲望沈淪，則互為辯證，更以西門慶變泰起落的家族命運與國族世變互喻。如《金剛經》所云：「如夢幻泡，如電復如露」，萬境皆成空。

田曉菲說明：「《詞話本》偏向於儒家『文化載道』的教化思想；在這一思想框架中，《金瓶梅》的故事被當作一個典型的道德寓言，警告世人淫與貪財的惡果；而《繡像本》所強調的，則是塵世萬物之痛苦與空虛，並在這種富有佛教精神的思想背景之下，喚醒讀者對生命——生與死本身的反省，從而對自己、對自己的同類，產生同情與慈悲。」[10]也如同梅節所言：「通過《詞話》的暴露，人們可看到在過去那個時代的男人的性心理，看到女性的卑下和屈辱，也看到人性不那麼可愛的一面。」[11]《詞話本》帶著更多父權思想的眼光在看待文中的女性人物，至於《繡像本》則帶著更多對於女性的同情理解。胡衍南在前賢的研究基礎上，提出「兩部《金瓶梅》，兩種世情書寫」的看法。[12]李志宏則進一步從「演義」的觀點指出《詞話本》與《繡像本》不同的題旨：「兩部《金瓶梅》的開頭模式，事實上都各自樹立了基本的表達方式和書寫慣例，因而體現出不同的美學意義

---

9 田曉菲：《秋水堂論金瓶梅》，頁87。

10 田曉菲：《秋水堂論金瓶梅》，頁6。

11 梅節校訂：〈夢梅館校本《金瓶梅詞話》前言〉，《金瓶梅詞話》，頁5。

12 胡衍南：〈兩部《金瓶梅》——詞話本與繡像本對照研究〉，《中國學術年刊》第29期（2007年3月），頁137-177。

與思想價值」。[13]在本論文中，會因討論的需要標示所用的是
《詞話本》或是《繡像本》，或者標示某個事件或情節在兩個版
本中的差異。

　　關於晚明士人對於欲望充滿了渴求或焦慮的矛盾心理，黃衛
總指出，雖然晚明士人意識到欲望是危險的，「然而，晚明對待
欲望的態度的獨到之處，是他們在應該如何應對桀驁難馴的欲望
上所持有的矛盾心情和悲觀態度。」他指出晚明士人既想要享受
世俗欲望之樂，又想透過宗教獲得靈魂的救贖，因為「一個人越
沈溺於感官享樂，就越可能感覺到精神上贖罪的需要。」[14]事實
上，晚明欲望的書寫——特別是情欲帶來的感官享受以及疾病與
死亡，在當時代的小說中有深刻的描述，也因此，晚明文人對於
欲望的探究，是歷代前所未有的情形。[15]

　　《金瓶梅》對於《水滸傳》在人物情節及身體敘事上，有繼
承接受以及轉變：《水滸傳》是中國第一篇白話長篇小說，也是
一部英雄傳奇小說。在尚未被編撰者寫定之前，民間已有不少的
水滸故事流傳，南宋時已流行於民間，形成梁山泊神話。宋元以
來流傳的民間故事、話本、戲曲的基礎上，經過編撰者的整理，
寫成長篇說部的《水滸傳》，在元末明初誕生，且經過加工、編
撰、修訂、潤飾，而有不同的版本。《金瓶梅》則是中國文學史
上第一部文人獨立創作的長篇小說，它是借著《水滸傳》部分舊

---

[13]　李志宏：《《金瓶梅》演義——儒學視野下的寓言闡釋》，頁 53。

[14]　〔美〕黃衛總著，張蘊爽譯：《中華帝國晚期的欲望與小說敘事》（南
　　京：江蘇人民出版社，2012 年 6 月第 2 版），頁 17。

[15]　〔美〕黃衛總著，張蘊爽譯：《中華帝國晚期的欲望與小說敘事》，頁
　　18。

有的人物形象,以及約莫幾回的情節加以重寫成一部百回的章回
小說。《金瓶梅》以西門慶、潘金蓮在《水滸傳》中的故事為底
本寫成的家庭故事,也從描寫男性英雄的大敘事,轉而以女性為
中心的日常敘述,在這個轉向中,日常及欲望是被突顯的敘事情
節,而欲望的背後往往直指人性及存在的荒涼。

　　李志宏認為:「明代四大奇書寫定者在編寫過程中借助於經
典闡釋的概念進行重寫素材的工作,重寫策略選擇本身自然具有
不可忽視的歷史意識和美學考量。」[16]、「從參與歷史或現實的
意圖來說,明代四大奇書的出現可以說都是回應當下歷史文化語
境的寫作籲求而來,進而在與歷史現實的互動之中成為形塑特定
意識形態(ideology)的重要形式媒介。」[17]那麼《金瓶梅》對於
《水滸傳》的接受與重構,如何回應了當下歷史文化語境?使得
在文人的重構中,對於英雄傳奇小說的《水滸傳》,轉而成為描
寫一杯茶一頓飯,送往迎來日常生活的世態人情的家庭小說。[18]

---

[16] 李志宏:《「演義」明代四大奇書敘事研究》(臺北:大安出版社,
2011 年 8 月第 1 版 1 刷),頁 19。

[17] 李志宏:《「演義」明代四大奇書敘事研究》,頁 39。

[18] 本論文將《金瓶梅》界義為「家庭小說」,參筆者拙著:《明清家庭小
說的時間研究——以《金瓶梅》、《醒世姻緣傳》、《林蘭香》、《紅
樓夢》為對象》(上)(新北市:花木蘭文化出版社,2013 年 3 月),
頁 26-33。在此略說明如下:首先張竹坡評點《金瓶梅》時,指出《金
瓶梅》是「一部炎涼書」(第一回評)、「一部世情書」。參,張竹
坡:《張竹坡評點第一奇書金瓶梅》(濟南:齊魯書社,1991 年第 2
版),頁 11。

魯迅接續張竹坡的觀點,說道:「諸世情書中,《金瓶梅》最有名。」
參,魯迅:《中國小說史略》第十九篇(上海:上海古籍出版社,1998
年 1 月初版),頁 126。

同時，魯迅在《中國小說史略》將明清小說分為講史小說、神魔小說、人情小說、諷刺小說、狹邪小說、俠義小說、公案小說及譴責小說等類型。（參見魯迅《中國小說史略》第十五篇至二十八篇篇目標示。）

而後，分別有學者以「家族小說」或「家庭小說」指稱《金瓶梅》，包括，齊裕焜：《中國古代小說演變史》（蘭州：敦煌文藝出版社，1990年初版，2002 年三版），頁 366，所言：「《金瓶梅》、《醒世姻緣傳》、《歧路燈》等，以家庭生活為題材，著重描寫家庭內部的矛盾和紛爭，可以稱為家庭小說。」

杜貴晨：〈《金瓶梅》為「家庭小說」簡論——一個關於明清小說分類的個案分析〉，《河北大學學報哲學社會科學版》（河北：河北大學，2001 年），頁 25：「《金瓶梅》、《醒世姻緣傳》、《歧路燈》等，以家庭生活為題材，著重描寫家庭內部的矛盾和紛爭，可以稱為家庭小說。它們大多不涉及戀愛問題而是寫家庭內部的問題，用以反映世態人情，暴露黑暗和醜惡是作品主要的傾向。」亦有學者認為，應以「家族小說」為詞。梁曉萍：〈明清家族小說界說及其類型特徵〉，《浙江社會科學》（浙江：2004 年第 3 期），頁 199，指出：「因為『家庭』一詞並非嚴格意義上的學術術語，更接近一種約定俗成的社會使用習慣。同時家庭型態常常處於不斷變動之中，從明清兩代社會生活特點及實際出發，『家族』似乎更能準確界定研究對象。」參，梁曉萍：《明清家族小說的文化與敘事》（天津：南開大學出版社，2008 年 2 月），頁15，她說明：「家族小說即以婚姻、家庭、家族為描述軸心，擴及點染世態人情，或者進一步將關懷的層面延伸至家國興亡的小說，簡單地說即以家族為焦點透視世情的小說。」

胡衍南：《金瓶梅到紅樓夢——明清長篇世情小說研究》（臺北：里仁書局，2009 年 2 月），頁 9，指出：「『以家族（家庭）生活為背景』所寫成的『家庭—社會』型小說，簡化地講即是『家庭—社會』型的世情小說。它表面上寫一人、一家、一族於日常生活的婚戀性愛倫常關係，實際上卻意在反映社會整體及眾生群相。」

有鑑於《金瓶梅》是由「一個家庭」展開故事，而非是「幾個有血緣、姻親關係的家庭」聯合起來形成的家族故事。同時，《金瓶梅》是聚焦在家庭裡的許多枝微末節的生活瑣事、一些細瑣的日常，是日復一日永無休止的起居生活。因此，本文以「家庭小說」一詞指稱《金瓶梅》。

　　從英雄小說《水滸傳》到家庭小說《金瓶梅》，除了編寫者／作者在選擇文類題材上的主觀差異之外，還有時代背景、社會文化、學術思想、價值觀對於編寫者／作者的影響，而這些表現在《金瓶梅》的身體書寫上尤為清楚明白。

　　人是空間的存在物，身體是個人生命的載體，承載的是文化底下個人座落的位置。本論文要討論《金瓶梅》透過身體書寫展現的敘事策略及身體觀，並注意到《金瓶梅》承繼《水滸傳》裡的武松殺嫂祭兄的故事，展演成一部家庭興衰史，一部飲食情色的《金瓶梅》。透過《金瓶梅》的身體書寫，能否梳理出編寫者視角轉變的意義？

　　《金瓶梅詞話》欣欣子的序言提到：「竊謂蘭陵笑笑生作《金瓶梅傳》，寄意於時俗，蓋有所謂也。」東吳弄珠客的序說明：「然亦自有意，蓋非世戒，非為世勸也。」筆者思考著所謂「寄意於時俗」，所指稱的那個混亂失序的時代，以及「蓋為世誡」，所要安頓世俗秩序，而這些被指稱的「失序」、「混亂」，在《金瓶梅》裡是如何透過女性的身體書寫被表現？本論文試著提出的問題是：《金瓶梅》的編寫者透過身體敘述，特別是女性的身體敘事，要反省及隱喻的是什麼？《金瓶梅》如何接受與重構《水滸傳》的身體敘事？《金瓶梅》為世情／家庭乃至豔情小說之首，其身體書寫在此系譜中開展的意義為何？

二、關於身體敘事及文獻回顧

　　關於《金瓶梅》的討論，從作者、成書年代以及版本的考證、評點及資料彙編、人物及形象、主題中的寄意時俗的家國隱喻，乃至於儒學修身主題、果報輪迴、飲食情色、性別與權力、

空間書寫、時間研究、服飾文化、金蓮鞋腳、女性主體與欲望、疾病的隱喻、近代學者的批評研究……都有相當出色的研究成果。[19]

　　吳敢在〈20 世紀《金瓶梅》研究的回顧與思考〉將二十世紀的《金瓶梅》研究分為 1901-1923、1924-1949、1950-1963、1964-1978、1979-2000 年等五個階段作了整理，略說明如下：首先在 1910-1923 年的研究，大約是少量的筆記叢談等零星研究。在 1924-1949 年，則以魯迅將《金瓶梅》定調為世情書影響最巨，從世態人情的角度思考這部充滿酒色財氣之作。同時，《金瓶梅詞話》在 1932 年被發現，引起人們對於《金瓶梅》文獻的討論，討論涉及作者、成書年代、版本、淵源、本事、背景、人物、思想、藝術、語語、文獻資料等。到了 1950-1963 年，對於《金瓶梅》的研究則較為沈寂，此階段中比較多的討論則是《金瓶梅》的成書問題，它究竟是文人創作或者是集體積累的作品？此時美國的韓南、日本的鳥居久靖對於《金瓶梅》的版本研究亦頗有成就。

　　到了 1964-1978 年，在臺灣及香港有相當的研究成果：1970 年王孝廉的〈《金瓶梅》研究〉是一篇較早的綜合性導讀作品。東郭的《閑話《金瓶梅》》（臺北：石室出版公司，1977 年），則是臺灣第一部研究《金瓶梅》的專著。孫述宇的《《金瓶梅》的藝術》（臺北：時報文化出版企業公司，1978 年 2 月），則是從主題、人物、寫作手法到結構布局都加以討論。關於作者考證、《金瓶

---

[19] 吳敢：〈20 世紀《金瓶梅》研究的回顧與思考〉，《徐州師範大學學報（哲學社會科學版）》（徐州，徐州師範大學，2001 年 6 月）。

梅》的版本等研究資料相當多，其中魏子雲是長期且致力於金學研究，他自 1972 年即開始發表《金瓶梅》研究的論文。他的著作如《金瓶梅探源》（臺北：巨流圖書公司，1979 年）、《金瓶梅原貌探索》（臺北：臺灣學生書局，1985 年）、《金瓶梅研究二十年》（臺北：臺灣商務印書館，1993 年）、《金瓶梅的作者是誰》（臺北：臺灣商務印書館，1998 年）、《金瓶梅的幽隱探照》（臺北：臺灣學生書局，1988 年）、《深耕金瓶梅逾三十年》（臺北：文史哲出版社，2004年）、《金瓶梅餘穗》（臺北：里仁書局，2007 年）。魏子雲研究《金瓶梅》三十年，出版專著十五部，累計約三百萬言。在歐美的研究則有浦安迪：《中國的敘事文學》（普林斯頓大學中國古典文學討論會文滙編，1978 年），以及俄羅斯的譯本或研究。日本則有寺村政男：〈《金瓶梅詞話》中的作者介入文——「看官聽說」〉（東京：早稻田大學中國古典研會編《中國古典研究》第 2 期，1976 年 12月），以 45 處提到「看官聽說」的分布、形式及內容，說明《金瓶梅》以西門慶刻畫了明末新興商人階級；寺村政男在〈《金瓶梅》從詞話本到改訂本的轉變〉（東京：早稻田大學中國古典研會編《中國古典研究》第 23 號，1978 年 6 月），將《金瓶梅》從詞話到小說的過渡過程加以討論，並繫聯《金瓶梅》從《水滸傳》脫胎出來後進一步除去說唱故事的因素，使《金瓶梅》獨立自說唱文學之外。這些討論意味著對於《金瓶梅》的研究已從古典時期走向現代階段。

　　另外，在 1979-2000 年此一階段的研究成果豐富，1979-1985年間出版的金學專著多是資料彙編、論文選集、作者考證等。1985 年 6 月首屆《金瓶梅》學術研討會在江蘇徐州召開，1989年首屆國際性的《金瓶梅》學術研討會在江蘇徐州召開，自此

「中國金瓶梅學會」成立，關於《金瓶梅》的研究論文、專著大量產出。歐美以及在歐美的華人學者則有夏志清、馬幼垣、鄭培凱、陳慶浩、芮效節、韓南、浦安迪……等學者。另外，朱星：《金瓶梅考證》（天津：百花文藝出版社，1980 年 10 月），則是繼魯迅、吳晗、鄭振鐸之後，對於《金瓶梅》考證重舉火炬之作。同時，還有黃霖、鄭逸梅等人，以及張遠芬：《金瓶梅新證》（濟南：齊魯書社，1984 年）、蔡國樑：《金瓶梅考證與研究》（西安：陝西人民出版社，1984 年）等人加入考證研究的行列。

　　在 2000 年後，黃霖將以往對作者的研究之成果作一番梳理，在評點研究方面，以及社會文化研究——包括飲食、服裝、小說人物形象、意象研究、小說理論、將《金瓶梅》與《紅樓夢》作比較研究，或將《金瓶梅》與西方有關性描寫的小說作比較研究、語言學——包括方言、句法、詞語研究、詩詞研究、續書研究等。這個部分可參考，李開、王人恩：〈2005-2010 年《金瓶梅》研究述評〉，《襄樊學院學報》（廈門：集美大學，2011 年 6 月）。臺灣的研究出版品，關於《金瓶梅》人物的討論有周中明《金瓶梅藝術論》（臺北：里仁書局，2001 年）。張金蘭的《金瓶梅女性服飾文化》（臺北：里仁書局，2004 年）。談園林的有王佩琴《說園——從《金瓶梅》到《紅樓夢》》（新竹：清華大學中國文學系博士論文，2004 年）。[20]

---

[20] 此外，2014 年，臺灣學生書局出了二套金學叢書，一套搜羅近期臺灣學者研究《金瓶梅》的專書，有李志宏《《金瓶梅》演義——儒學視野下的寓言闡釋》、胡衍南《《金瓶梅》飲食男女》、林偉淑《《金瓶梅》的時間敘事與空間隱喻》、鄭媛元《《金瓶梅》的敘事藝術》、曾鈺婷《說圖——崇禎本《金瓶梅》繡像研究》、傅想容《《金瓶梅詞話》之

　　另外，胡衍南甚早即指出世情／人情／家族小說的脈絡——從《金瓶梅》到《紅樓夢》。[21]胡衍南撰寫多文，爬梳明清世情小說的系譜，乃至往前往後的才子佳人、色情小說，多有闡述，實提供研究者在明清小說學術史更明晰的脈絡。他同時也對《金瓶》的飲食情色作了更細緻的討論。[22]在近期的《金瓶梅》研究中身體敘事、物質研究亦多被討論。特別是身體敘事的部分，由於《金瓶梅》是一部書寫家庭日常生活的作品，對於男女情欲多有描摹，因此在身體敘事的研究，從早期形而上身體觀的討論，如今更聚焦在身體感及感官知覺的細微處理。

　　關於身體的討論，則可由中國哲學對於身體觀的討論，以及西方身體討論系譜著手。身體是人們最直觀、最外在的特徵，現象學指出，身體絕不是一個物質性客體，身體是作為被體現的意識，它充滿著象徵的重要性。[23]身體成為一個包含著歷史、社

詩詞研究》、林玉惠《崇禎本《金瓶梅》回首詩詞功能研究》、李曉萍《《金瓶梅》鞋腳情色與文化研究》、沈心潔《《金瓶梅詞話》女性身體書寫析論——以西門慶妻妾為論述中心》、鄭淑梅《後設現象：《金瓶梅》續書書寫研究》、李梁淑《《金瓶梅》詮評史研究》。

另一套金學叢書，則為大陸研究者的研究精選，書名都以作者名為題：如《甯宗一《金瓶梅》研究精選集》，其他撰文研究的作者有周中明、王汝梅、劉輝、張遠芬、周鈞韜、魯歌、馮子禮、黃霖、吳敢、葉桂桐、張鴻魁、陳昌恆、石鐘揚、李時人、孟昭連、陳東有、卜鍵、何香久、許建平、張進德、霍現俊、曾慶雨、潘承玉、洪濤。

21　胡衍南：《金瓶梅到紅樓夢——明清長篇世情小說研究》（臺北：里仁書局，2009 年 2 月）。

22　胡衍南：《飲食情色《金瓶梅》》（臺北：里仁書局，2004 年 4 月）。

23　Bryan S. Turner 著，謝明珊譯：《身體三面向：文化、科技與社會》（臺北：韋伯文化國際出版公司，2010 年 2 月），頁 80。

會、文化等諸多信息的存在。[24]關於身體書寫，在西方有很長的歷史及哲學脈絡，不論是哲學家或社會學家都提出了相當的討論。身體概念從蘇格拉底、柏拉圖、笛卡爾、尼采、巴塔耶、德勒茲、傅柯、布迪厄……等哲學家、社會學家都給予不同的概念及討論，每一個階段都有其關注的層面。在哲學上，尼采認為是我們的身體在詮釋這個世界。身體就是存在，思想、心靈、靈魂都是身體的一部分。其後的傅柯延續了尼采的概念，並通過系譜學的方法，對於身體如何被權力、話語馴服，以及如何在歷史中建構，同時反映了一種身體政治的思維。誠如馬克思指出身體在社會生產關係底下，受限於社會結構與環境條件；或如涂爾幹所認為社會是透過符號呈現文化秩序，同時這些符號也會在身體上形成烙印；而齊美爾則表示，身體是社會形式與文化形式的基礎，透過身體的滿足使得各種生活模式得以建立，包括物質、精神、宗教等方面。[25]身體政治指涉身體意識型態，同時也指出身

---

[24]　楊秀芝、田美麗：《身體・性別・欲望——20 世紀八九十年代小說中的女性身體敘事》（武昌：武漢大學出版社，2013 年 2 月第 1 版），頁 6。

[25]　在早期，不論中國或西方，身體都被視作靈魂、思想、意識的對立面。笛卡爾開啟了現代哲學的身體觀。「我思故我在」，確定了人的主體性，但仍信奉柏拉圖靈魂／身體二元論。從尼采開始，西方世界的身體觀開始轉向，尼采說：「我完完全全是身體，此外無有，靈魂不過是身體上的某物的稱呼。」尼采否定了意識的權威性，建立身體至上的一元論身體觀。傅柯認為，在人類各種歷史階段中，身體都是受到權力的嚴屬控制，身體捲入了歷史和政治漩渦之中，人類的歷史就是身體的歷史，而歷史又將它的痕跡銘刻在身體上。傅柯的身體權力理論否認了人的自主性，否認個體自我身體形塑有主動選擇的權力。人類學家布迪厄提出實踐一元論主張，強調自然的身體進入社會後文化實踐對人社會身

體在文化、社會裡的角色。

身體敘事在某個程度上是對於歷史敘事的補充。因此,用以支援作品的討論時,必須注意理論的觀照只是作為在細讀作品後的切入角度,以剖析文本。將身體理論作為文本研究的支援,在現當代文學中較多。在古典小說特別是明清長篇小說的討論,並不是非常豐富。

關於身體研究論集或相關研討會,在 1992-1995 年,中央研究院歷史語言研究所成立「疾病、醫療與文化」討論會。1995 年歷史語言研究所人類學組以宗教、禮俗研究結合成立「生活禮俗史研究室」。並在 1997 年成立了「生命醫療史研究室」,中央研究院結合不同學科,以「生命與醫療」為核心課題,增進學界對於各個人類社會的整體認識。並藉著研討會以及出版豐富的身體史書籍,以提供更多學者在研究時得以參考的資料,這些都推動了身體研究,並影響了身體敘事的思考,透過跨文類學習,也使得我們對於文本的接受研究有了不同的思考角度。

中研院民族學研究所在 1994 年至 1996 年間,由李亦園教授主持的中研院主題計畫「文化、氣與傳統醫學科際綜合研究」。

體形塑起了巨大的作用。布迪厄的理論突出了身體主動性一面,他認為人總是努力把身體轉化為自己所希望的社會實體,且為之辛勤付出。參:劉傳霞:《中國當代文學身體政治研究》(北京:中國社學出版社,2014 年 12 月初版),導論,頁 1-6。

接下來的女性主義者,繼承尼采、佛洛依德、傅柯對二元對立、意識至上的批判。女性主義認為身體的性別也是被建構的。因此欲建構女性身體詩學。埃萊娜・西蘇提出「身體寫作」(參:〔法〕埃萊娜・西蘇著,黃曉紅譯,張京媛主編:〈美杜莎的笑聲〉,《當代女性主義文學批評》〔北京:中國人民大學出版社,1992 年 1 月第 1 版。〕)

學者領域涵蓋了人類學、傳統醫學、物理學者，討論「身體」議題。2004 年臺灣大學舉辦「東亞文學研究的新視野學術研討會」，而有了「中國人文傳統的身體與自然」的研究成果。在現當代文學中對於身體敘事的引用，以及對於明代社會文化的討論，例如劉傳霞：《中國當代文學身體政治研究》，或者對於身體與國體的論文如黃金麟：《歷史、身體、國家》[26]、任文利：《明代政治世界中的儒家——治道的歷史之維》[27]、黃寬重：《宋代家族與社會》[28]、常建華：《明代宗族研究》[29]、何炳棣：《明清社會史論》[30]。上述作品中對於宋明宗族、社會的研究都提供了本文思考及理解的背景，進一步則要探問，關於家國之間，特別是對於傳統秩序與宗法倫理崩壞的敘述，背後的意義是否意味著文人對於「秩序重建」的渴望，而以身體敘事作為敘述的角度之一，或者作為觀察的角度？

　　李志宏在《「演義」明代四大奇書敘事研究》對於《金瓶梅》及《水滸傳》都有深刻的剖析：

[26]　黃金麟：《歷史、身體、國家——近代中國的身體形成 1895-1937》（臺北：聯經出版事業公司，2005 年 4 月初版）。

[27]　任文利：《明代政治世界中的儒家——治道的歷史之維》（北京：中央編譯出版社，2014 年 11 月初版）。

[28]　黃寬重：《宋代家族與社會》（臺北：東大圖書公司，2006 年 6 月初版）。

[29]　常建華：《明代宗族研究》（上海：上海人民出版社，2005 年 2 月 1 版，2006 年 3 月 2 刷）。

[30]　何炳棣著，徐泓譯注：《明清社會史論》（臺北：聯經出版事業公司，2014 年 12 月初版）。

　　　　《忠義水滸傳》關注於「治國」……《金瓶梅詞話》則關
　　　　注於「齊家」。（李志宏，頁 220）如果說《金瓶梅詞話》寫
　　　　定者有意在小說敘事過程中，將各種偷情事件的情色書寫
　　　　與新興商人發跡變泰的家庭興衰史互為綰合聯繫，從中探
　　　　求家國歷史興衰的根本緣由；那麼正顯示了情色書寫中，
　　　　男女關係和家國政治的內在矛盾所反映的各種權力關係，
　　　　將成為解讀《金瓶梅詞話》主題寓意時的重要參考依據。
　　　　（李志宏，頁 470）《金瓶梅詞話》中，情色書寫所體現的歷
　　　　史性含義，可以說是特定的歷史、文化、社會、政治、體
　　　　制、階級的產物。（李志宏，頁 479）

在李志宏對於奇書體的反省中表達了，以「情色書寫」寄意時
俗，以男性身體衝撞歷史教化，或形成家國互喻。然而，從「水
滸」的男性身體書寫到「金瓶梅」的女體書寫，是否是有脈絡可
尋，如若有，它又是如何展現？至於對《水滸傳》較早期及全面
的評論則有馬幼垣的《水滸論衡》[31]。另外，從水滸意境中討論
的有傅正玲：《悲壯與蒼涼——水滸意境的探索》[32]，以及張淑
香的〈從驚天動地到寂天寞地：水滸全傳結局之詮釋〉[33]。《水
滸傳》的討論在孫述宇的《水滸傳的來歷、心態與藝術》，對於

---

[31]　馬幼垣：《水滸論衡》（臺北：聯經出版事業公司，1992 年 6 月初
　　　版）。

[32]　傅正玲：《悲壯與蒼涼——水滸意境的探索》（臺北：文津出版社，
　　　2001 年 11 月）。

[33]　張淑香：〈從驚天動地到寂天寞地：水滸全傳結局之詮釋〉（臺北：
　　　《中外文學》，第 12 第 11 期，1984 年 4 月）。

《水滸傳》的人物、情節及藝術表現有所說明，[34]至於對《水滸傳》的討論，大多聚焦在中國社會與俠文化，以及忠義思想中展開，例如：薩孟武的《水滸傳與中國社會》[35]、陳建平的《水滸戲與中國俠義文化》[36]、汪涌豪的《中國遊俠史》[37]、以及朱瑞熙的《宋代社會研究》等書[38]，都對於《水滸傳》中的社會背景，以及中國的遊俠、俠義精神有所闡釋。康珮的《《忠義水滸全書》的義理闡釋——從人性、權力與符號的角度分析》[39]，對於《水滸傳》權力與文化的理解，則可提供對於《水滸傳》身體觀的思考，如此，方能進一步討論《金瓶梅》對於《水滸傳》的人物及情節在接受與重構的背後，所呈現的書寫視角的改變，以及如何呈現，也就是說，如何進一步更細緻地看《金瓶梅》透過身體書寫呈現更細微的身體感知以及身體政治的展演。

　　關於身體感知的研究，將小說文本的討論從身體的存在感受及經驗（現象）出發。然而，什麼是「**身體感知**」：「身體作為經驗的主體以感知體內與體外世界的知覺項目（categories），是人們

34　孫述宇：《水滸傳的來歷、心態與藝術》（臺北：時報文化出版事業公司，1981 年 9 月）。

35　薩孟武：《水滸傳與中國社會》（臺北：三民書局，2007 年 1 月二版三刷）。

36　陳建平：《水滸戲與中國俠義文化》（北京：文化藝術出版社，2008年）。

37　汪涌豪：《中國遊俠史》（上海：復旦大學出版社，2005 年 4 月第二版）。

38　朱瑞熙：《宋代社會研究》（臺北：弘文館出版社，1986 年 4 月初版）。

39　康珮：《《忠義水滸全書》的義理闡釋——從人性、權力與符號的角度分析》（桃園：中央大學中國文學研究所博士論文，2008 年 6 月）。

進行感知的行動（enact perception）中關注的焦點。經由這些焦點，我們展開探索這個世界的行動，做出判斷，並啟動反應。」[40]上述是余舜德對於「文化身體感」的說明，強調身體的經驗所帶來的感官知覺，因不同的文化而有差異，而這些感知又回頭影響文化的發展。

　　關於身體感知的研究，可上溯至中研院院士李亦園的主題計劃「文化、氣與傳統醫學」，更重要的是在 2004 年開始，余德舜等人將身體經驗的主題或項目，以「身體感」為主題作跨域研究，理論取徑於人類社會學。此身體感的理論及研究成果啟發筆者，但人類學的理論未必能符合《金瓶梅》的男女情欲及身體書寫，但能支援《金瓶梅》文本中更為細微的身體感官細項的討論。同時，在文學的「身體」討論中，有一部分是聚焦在「感知」的部分。本文試圖釐清作者透過小說人物所展演的身體感知、身體觀照以及背後的隱喻。因此，本文雖由「身體感」出發，但因龐大身體敘事裡亦涉及「知覺」的部分，仍使用「身體感知」一詞。

　　蔡璧名在討論疾病與知覺時，則說明「身體感」與「身體觀」的差異：

> 「『身體觀』屬於認識，係針對『具體』的存在物——身體——作一抽象的理解，意即把原初的『經驗』加以『觀念』化。」「如果說『身體觀』是一種理論性、概括性的

40　余舜德：〈身體感：一個理論取向的探索〉，余舜德編：《身體感的轉向》（臺北：國立臺灣大學出版中心，2015 年 12 月初版），頁 12。

『認識』，則『身體感』所指涉的是『現象』，是以身體為主體，而面對世界所產生的感知與認識。」「至於『身體感』這概念，則是強調以身體作為認知主體，以『身體』這個具體時空中的立足點，來安排主體所獲得的感官經驗。」[41]

　　從身體感——透過對於身體現象所產生的感知，來檢視《金瓶梅》這一部充滿身體敘事的大著作，可以看到文本裡許多從感官出發的書寫。將小說文本的討論，從身體的存在感受及經驗（現象）出發。余舜德對於「文化身體感」的說明，強調身體的經驗所帶來的感官知覺，因不同的文化而有差異，這些感知又回頭影響文化的發展：「身體的感受同時包含意涵與感覺、文化與本性（nature），既非純粹的身體感受，亦非單純的認知，而是兩者的結合。」「身體感與物之間密切的關係於日常生活、社會關係的建立、宗教儀式的展演、社會階級或階序（hierarchy）的分野、及象徵意涵的建構等面向，都扮演重要的角色。」[42]

　　黃衛總的《中華帝國晚期的欲望與小說敘述》，提供了晚明欲望的明代小說從公領域至私領域的書寫，隱含的是欲望的表現過程。此書對於《金瓶梅》中「偷窺」、「潛聽」書寫，深切地表達了欲望的複雜性以及欲望存在的矛盾。蒲安迪在《明代小說

---

[41] 蔡璧名：〈疾病場域與知覺現象：《傷寒論》中「煩」證的身體感〉，余舜德編：《體物入微：物與身體感的研究》（新竹：國立清華大學出版社，2008 年 12 月初版），頁 166-168。

[42] 余舜德：〈從田野經驗到身體感的研究〉，余舜德編：《體物入微：物與身體感的研究》，頁 8-11。

四大奇書》一書中，關於偷窺、偷聽，他指出：「《金瓶梅詞話》本身已經排除了『天理』、『人欲』的論爭，而專注於情欲與色相，於是別開生面，在感知領域中作一番前所未有的探索與創獲。」[43]這樣身體感知的細節描摹，所展現的，已不再是從學術思想層面所討論的情理——天理與人欲之爭，不再是從本體出發，而是從能動的可能，以及節制的必要，從而朝向情欲色相感知的處理。

李志宏〈論金瓶梅的情色書寫及其文化意味——以潘金蓮的情欲表現為論述中心〉[44]指出：《金瓶梅》的敘事是源自女性的身體與經驗的表達，女體書寫自有其隱喻。毛文芳在〈物、性別、觀看——明末清初文化書寫新探〉一文中，已指出晚明對於「物欲」與「看視」的重視。陳建華的〈欲的凝視：《金瓶梅詞話》的敘述方式、視覺與性別〉一文，則特別指出張竹坡《金瓶梅讀法》評點中所言的「破綻」，進而言及「偷窺」、「潛聽」的描寫，標誌作者在「視點」與「觀點」上的運用。在這樣的閱讀視角下，並將元明以來的城市生活，文學商品化的發展作了聯繫，進一步透過「偷窺」、「觀看」——小說人物的視覺經驗，闡釋《金瓶梅》的主題及美學，同時指出「小說體現了視覺方面的獨特感受」，「這部『奇』書或可讀作一部『眼睛』的寓言。」李欣倫在她的論文《《金瓶梅》之身體感知與性別辯證：

---

[43] 陳建華：〈欲的凝視：《金瓶梅詞話》的敘述方式、視覺與性別〉，王瓊玲、胡曉真主編：《經典轉化與明清敘事文學》（臺北：聯經出版事業公司，2009 年 8 月），頁 124-125。

[44] 李志宏：〈論金瓶梅的情色書寫及其文化意味——以潘金蓮的情欲表現為論述中心〉（臺北：臺北師院語文集刊，2002 年 6 月），頁 1-54。

一個跨文本與漢字閱讀觀的建構》中提到閱讀及論證的過程是：
「《金瓶》是具有「身體意義」的文本，倘若我們能從『身體』
的廣義面（任何與身體有關的解釋及說法）來重新檢視那些不同時代所
生產的《金瓶》觀點，便不難發現《金瓶》已逐漸從最初『世
情』──全面地反映世態人情──漸漸過到對『身體』議題的探
究：可以是文本內部的人物角色之身體隱喻，也可以是文本外部
的閱讀時的身體感知，也可以是創作過程中的複雜情緒，因此這
部經典滿足了不同身分的讀者──學者或醫者，他們從專業之眼
透視出《金瓶》的精彩所在，拓展並深化了《金瓶》研究的縱
深。綜觀《金瓶》閱讀史關於『情』的與時推移──從世情到情
緒，從情緒到身體。」論文中進一步討論《金瓶梅》的男性及女
性評點者張竹坡、丁耀亢、蒲安迪、田曉菲對於如何解構《金瓶
梅》，並討論《金瓶梅》文本內的身體、身體感知，以及跨文本
──評點、續書的身體感知與性別辯證。[45]

關於《金瓶梅》的「**身體政治**」的討論：對於身體的定義、
解讀或操控，形成身體的文化。身體政治指涉了身體意識型態，
同時也指出身體在文化、社會裡的角色。身體的符號則可以進一
步解釋社會型態與人的關係，也可以說明人與家國、時代之間的
關係，以及歷史的處境。我們的身體承載肉體與精神的存在，以
及所延伸的欲望、知覺、感受、體驗、情感，身體因而是一種符
號。[46]身體又受到文化的宰制，國家或社會制度透過文化，對於

---

[45] 李欣倫：《《金瓶梅》之身體感知與性別辯證：一個跨文本與漢字閱讀
　　觀的建構》（臺北：臺灣學生書局，2014 年 9 月初版），頁 180。

[46] 朱中方：〈身體記號在文學記述中的價值〉，《江西社會科學》第 23
　　卷第 3 期，（2007 年 12 月），頁 27。

身體形成規訓。[47]身體政治所指涉的身體意識型態，同時也指出身體在文化裡的角色，[48]這些討論形成了身體敘事，同時也在身體論述下突顯存在的意涵。[49]因此，觀察透過規訓（包括制度與機構）對於身體形塑過程的歷史觀，就是所謂「身體政治」的分析。陳葆文在〈王六兒身體政治析論——《金瓶梅詞話》「酒、色、財、氣」多重書寫的一個觀察面向〉這篇論文對於王六兒身體政治的梳理，有詳細且深刻的討論。[50]本文進一步反省《金瓶梅》女性以身體交換權力與利益，或者女性對於性的自主意識。

　　關於「**性別政治**」，在傳統父權文化下，身分地位影響了性別在社會以及家庭中的位置。性別政治中的「政治」：「指的是一群人支配另一群人的權力結構關係和安排。」[51]大量書寫情欲的《金瓶梅》，妻妾的管理自然成為一種政治手段。「性別政治則是在男女作為兩個群體或兩個階層之間的關係。」[52]即傳統文

47　傅柯著，劉北成、楊遠嬰譯：《規訓與懲罰——監獄的誕生》（新北市：桂冠圖書公司，2007 年 4 月），頁 214：「『規訓』既不會等同於一種體制也不會等同於一種機構。它是一種權力類型，一種行使權力的軌道。它包括一系列手段、技巧、程序、應用層次、目標。」

48　葛紅兵：《身體政治——解讀 20 世紀中國文學》（臺北：新銳文創，2013 年 8 月），頁 40。

49　沈嘉達：〈「文革」敘事：身體鏡像與語言指涉〉（湖北：《黃崗師範學院學報》第 26 卷 2 期，2006 年 4 月），頁 99。

50　陳葆文：〈王六兒身體政治析論——《金瓶梅詞話》「酒、色、財、氣」多重書寫的一個觀察面向〉（新北市：淡江大學「2014 女性文學與文化學術研討會」，2014 年 6 月）。

51　〔美〕Kate Millett 米利特著，宋文偉、張慧芝譯：《性政治》（新北市：桂冠圖書公司，2003 年 12 月初版一刷），頁 37。

52　參見〈性政治：性運的由來及其派別〉http://intermargins.net/repression/2

化裡不斷討論的男性／女性、父權／被父權社會規範的女性，男女有了上層與下層關係的分別，對於女性身體也有了規範與限制。換句話說，妻與妾必須符合性別政治底下的位階、責任及規範。關於性別政治，可參見，唐荷：《女性立義文學理論》以及托莉・莫著，王奕婷譯：《性／文本政治女性主義文學理論》[53]。如同蒲安迪在《明代小說四大奇書》指出的：《金瓶梅》「把西門慶個人的命運與帝國天下的盛衰刻意交織在一起」。[54] 同時，在性別政治底下，女性的身體是被父權規訓也被馴化，也就是如同傅柯所指出的規訓的力量。[55]

　　本論文透過討論《金瓶梅》女性身體的書寫——《金瓶梅》中有關身體政治、性別政治以及女性的身體感知等身體敘事的課題，同時也檢視《金瓶梅》對於《水滸傳》身體敘事的繼承接受或視角的改變，並透過對於《金瓶梅》女性身體敘事意義的討論，銜接其後豔情小說系譜的形成。

三、章節說明

　　本論文以《金瓶梅》的女性身體書寫為主要研究對象，同時

0030823sexpol.pdf（檢索日期：2016.11.18）

[53] 關於性別政治，參見，唐荷：《女性立義文學理論》（新北市：揚智文化事業公司，2010 年 1 月初版二刷）。
托莉・莫著，王奕婷譯：《性／文本政治女性主義文學理論》（臺北：巨流圖書公司，2005 年 9 月 2 版一刷）。

[54] 〔美〕蒲安迪著，沈壽亨譯：《明代小說四大奇書》（臺北：中國和平出版社，1993 年），頁 143。

[55] 黃華：《權力，身體與自我——福柯與女性主義文學批評》（北京：北京大學出版社，2005 年 6 月 1 版，2006 年 9 月第 2 次印刷），頁 53。

梳理相關的身體敘事意義，以理解《金瓶梅》身體政治、身體感知、性別政治的展現。研究步驟則是通過細讀文本，歸納整理文本中透過權力、利益對於女性身體交換的情節展演，以及女性在文化凝視底下的表現，並比較《詞話本》及《繡像本》在某些情節上的差異表現。在女性身體敘事的討論上，並援引相關的身體理論，作為本論文討論時的參照。

　　章節說明的部分：本書的進路是先討論《金瓶梅》被規訓的身體觀，亦即是「性別政治」的討論，這樣被規訓在文化凝視底下的女性身體觀，事實上其根本思惟是沿續《水滸傳》的身體觀及性別政治。《金瓶梅》的作者，對於當時一夫多妻妾的家庭，女性如何共處，是有所期待。因此對於正室要求大度賢慧並且不多言，以維持家庭和諧；同時也期望賢妾，因此編寫者評價妾室們的言行，是以她們最終的生命際遇作為評判，這是父權社會安頓家庭秩序的態度。從《金瓶梅》中西門慶的正室吳月娘，陳經濟的正室西門大姐以及後來的葛翠屏；以及對於他們的賢妾——西門慶的李瓶兒、孟玉樓，以及陳經濟後來在周守備生活之後遇到的韓愛姐，編寫者這些女性的生命際遇的寫定，就可以看出父權社會對於女性的期待。

　　《金瓶梅》是一部在情欲食色上著力的作品，因此無法迴避《金瓶梅》身體書寫中細節的感受。透過觀看、窺視、潛聽、噁心與快感等身體感知，也可知這些小說人物在家庭中的生活，無非是觀看或被觀看。而他們的觀看視角，代表著角色所處位置的利益關係或衝突，這些「看視」，都是環境、社會、文化所建構的。在《金瓶梅》裡，觀看、偷窺及潛聽的場景都顯了作者寫作的敘事觀點。

　　《金瓶梅》四寫元宵節，元宵的狂歡性可以從「觀看」與「被觀看」的角度來看，元宵節也成為《金瓶梅》中表現視覺欲望的節慶，同時，元宵節中人們觀賞的燈火、煙火，也展示了燦爛到寂滅的處境。關於偷窺及潛聽表現的是人物的欲望，以及彼此的牽制或者彼此聯繫的關係。《金瓶梅》中的「偷窺」、「潛聽」書寫，深切地表達了欲望的複雜性以及欲望存在的矛盾。

　　《金瓶梅》透過細寫身體的各種感官知覺，形塑了西門慶與女性的關係，這些家庭生活瑣碎的日常，記錄的是西門慶家的興起與崩壞。女性飲尿、吞精的情節，說明了父權社會底下男性的主體位置，作為從屬的女性則向男性獻媚，這是對於父權社會下的男性女性表現出極為嘲諷及悲涼的姿態。這裡指陳的不只是《金瓶梅》在情色欲望，更寫出縱欲沈淪的時代。我們可以看到西門慶如何使用權力，交換女性的身體。被視為千古淫婦的潘金蓮，她對西門慶的百般奉承，究竟是她意欲反叛父權社會的秩序，或者其實她才是遵循父權社會的規訓，以身體獻媚換得男性寵愛？至於李瓶兒，最後她力圖成為一位賢妻良母，然最終她仍不敵這龐大的、集體的欲望沈淪，她終究喪子也失去了生命，這也是值得思考的現象。

　　《金瓶梅》中以身體向西門慶交換利益的女性在很多，貴婦遺孀的林太太，寡居在簪纓世家卻在書寫著「傳家節操」的節義堂裡和西門慶苟合。其他的僕婦、青樓女子許多人以身體交換利益者，但王六兒的獲利絕對是個中翹楚。王六兒將身體及性視為一種資本，總能在勞資關係中，找到更有利於自己的位置，使她能成為《金瓶梅》中唯一與小叔有染且縱欲，卻能全壽的女性。如是，《金瓶梅》的編寫者，透過王六兒與潘金蓮全然不同的命

運結局,所要傳達的寓意為何呢?在《金瓶梅》中,入西門府方
18 歲的春梅,最終卻縱欲而死,春梅死亡的姿態和西門慶重疊,
而她與潘金蓮為主僕又情同姐妹,她的縱欲無度,又如何回應潘
金蓮、李瓶兒的欲望或欲望的轉變。《金瓶梅》出現在重利好欲
的晚明,作者以「酒、色、財、氣」四貪詞為世人誡,同時,作
為家庭小說/世情/人情小說起點的《金瓶梅》,最後開啟了豔
情小說的脈絡。因此,本書期望透過《金瓶梅》的女性身體敘事
的討論,能進一步梳理出《金瓶梅》對於《水滸傳》身體敘事的
接受及轉變,以及《金瓶梅》在明清小說史上身體書寫的意義。

第二章　《金瓶梅》被規訓的女性身體觀——性別政治的書寫

　　在父權社會底下，女性被男性統治，並以男性的眼光構設自身，同時女性更是被社會預設的價值所期待。[1]女性的身體因此受到傳統社會女德的規訓，女子應三從（從父、從夫、從子）以及四德（婦德、婦容、婦言、婦功）。《禮記·禮運》：「何謂人義？父慈、子孝、兄良、弟弟、夫義、婦聽、長惠、幼順、君仁、臣忠十者，謂之仁義。」《禮記·內則》規定：「男不言內，女不言外。」[2]所謂「婦聽」、「女不言外」，指的是女性柔順、不張揚、也不外顯自己的性格，如此具備婦德。這是男性對於女性的要求，形成了文化的凝視，被審視的是女性，但同時女性也審視著其他女性，形成一種文化的氛圍。

　　李志宏在《「演義」明代四大奇書敘事研究》言：「《金瓶梅詞話》通過重寫素材以構築男性公共話語的價值體系以及在情

1　〔法〕皮埃爾·布爾迪厄著，劉暉譯：《男性統治》（北京：中國人民大學出版社，2012 年 1 月第 1 版），頁 93。

2　許嘉璐、梅季坤：《禮記注譯》（臺北：建安出版社，2002 年），頁 226-227。

色書寫上提供各種情愛場景，主要目的並不在於『導淫宣欲』，而是借情色以表述歷史，寄寓世戒勸懲之意。」[3]那麼，要思考的是，作品所寓寄的世誠勸懲，除了勸善懲惡之外，是否投射了文人在「性別政治」底下，對於女性認知，以及他們如何期待女性？作者又是如何透過「天命與人事的衝突中形成一種強烈的辯證關係，深刻影響情節結局的安排。」[4]以此理解《金瓶梅》作者如何以潘金蓮等女性的命運與結局，展現勸懲誠世的主題。

首先，關於「性別政治」中的「政治」──「指的是一群人支配另一群人的權力結構關係和安排。」[5]在傳統父權文化下，性別受到身分地位（status）以及權力階層關係的影響，身分地位影響了性別（男性／女性）在社會／家庭中的位置，以及彼此的關係。大量書寫情欲的《金瓶梅》，妻妾的管理自然成為一種政治手段。事實上，「政治是談階層與階層的關係，也就是兩個群體的權力關係。」「性別政治則是在男女作為兩個群體或兩個階層

---

[3] 李志宏：《「演義」明代四大奇書敘事研究》（臺北：大安出版社，2011 年初版），頁 491。

[4] 李志宏：《「演義」明代四大奇書敘事研究》，頁 269：「然而，在西門慶或潘金蓮身上所體現的不俟命心態，固有晚明文化中『重人欲』現實的現實意義，然而應該關注的是，人物命運遭際變化中所體現的道德理判斷，得小說敘事邏輯之發展，在天命與人事的衝突中形成一種強烈的辯證關係，深刻影響情節結局的安排。」

[5] 〔美〕Kate Millett 米利特著，宋文偉、張慧芝譯：《性政治》（新北市：桂冠圖書公司，2003 年 12 月初版一刷），頁 37。Kate Millett 從意識型態、生物學、社會學、階級、經濟和教育、強權、人類學的神話和宗教、心理學等各方面對於「父權社會」的性別階級，也就是男性對於女性的管理、權力及暴力都作了深刻的分析。因此，兩性在父權社會中所形成的性別政治是在家庭、社會、國家同時存在的。

之間的關係。」[6]即傳統文化裡不斷被討論的男性／女性、父權／被父權社會規範的女性、上層／下層，這是性別政治對於女性身體的限制及要求。事實上，性別政治的作用，是在家庭、社會和國家之間。[7]換句話說，妻與妾必須符合性別政治底下的位階、責任及規範。

　　由「性別政治」來看，《金瓶梅》的作者，對於當時一夫多妻妾的家庭，女性如何共處似乎有所期待。對於這些女性的描寫，也隱含著正室負起打理「後宮」的責任，也期望「賢妾」的存在。如同蒲安迪在《明代小說四大奇書》中指出，「西門慶活像是天朝皇帝的替身角色」，《金瓶梅》「把西門慶個人的命運與帝國天下的盛衰刻意交織在一起」。[8]這是父權社會從上至下，透過性別政治安頓家庭秩序的渴望。從《金瓶梅》中西門慶的正室吳月娘，陳經濟的正室西門大姐以及他後來到周守備府再娶的葛翠屏；以及對於他們的賢妾——西門慶的李瓶兒，陳經濟的韓愛姐的生命際遇，就可以看出作者對於這些「正室」、「賢妾」的期待。

　　關於權力、利益與性的交換，是西門慶對於女性一貫的技倆。吳銀兒、李桂姐、鄭愛月兒這些青樓女子，因為職業的關係，以身體作為資本交換財物或者利益；至於西門慶周圍的僕婦與他有染的，例如來旺的妻子宋惠蓮、瓶兒的官哥兒的奶娘如意

6　參見〈性政治：性運的由來及其派別〉http://intermargins.net/repression/20030823sexpol.pdf（檢索日期：2016.11.18）。

7　〔美〕Kate Millett 米利特著，宋文偉、張慧芝譯：《性政治》，頁 51。

8　〔美〕浦安迪著，沈壽亨譯：《明代小說四大奇書》（臺北：中國和平出版社，1993 年），頁 143。

兒、賁四嫂、來爵媳婦……她們都從西門慶那裡得到了財物——衣服、髮簪、茶葉等，都是西門慶在性愛後的打賞。她們所服從的，其實也是在父權社會，地位尊卑底下，形塑的性別政治，這使她們的身體及性愛，看起來更加蒼涼。李桂姐和吳銀兒為了能從西門慶或西門家得到好處，分別認了吳月娘及李瓶兒為乾娘，一種假倫理形式，臣服於權力以獲得更大的利益。

在性別政治底下，女性的身體是被父權規訓被馴化，也被文化凝視。所謂被規訓的身體，[9]是因為，規訓是一種文化力量：「規訓」既不會等同於一種體制也不會等同於一種機構。它是一種權力類型，一種行使權力的軌道。它包含一系列手段、技巧、程序、應用層次、目標。[10]在傳統社會底下，不論男性或女性都所受到文化、權力的宰制。權力又是無所不在，在傅柯看來：「權力不是一種制度，不是一個結構，也不是些人天生有的某種力量，它是人們對既定社會中『複雜的策略性處境』的一個稱

9　傅柯著，劉北成、楊遠嬰譯：《規訓與懲罰——監獄的誕生》（新北市：桂冠圖書公司，2007 年 4 月），傅柯指出：人體是權力的對象與目標（頁 136）。許多規訓方法早存世，例如在修道院、軍隊、工廠。但在十七、十八世紀，紀律（規訓）變成了一般的征服程式。（頁 137）不斷地操練，透過「紀律」（規訓），並非強化對人體的征服，而是要建立一種關係，即是「順從」。
在此，傅柯談的雖然是軍隊、工廠、修道院的紀律，實則說明的是權力對於人的身體的規訓與訓練，人在有意識的學習，或者在無意識的服從底下，臣服於這些規訓與懲誡形塑的文化氛圍。

10　傅柯著，劉北成、楊遠嬰譯：《規訓與懲罰——監獄的誕生》，頁214。

呼。」[11]傅柯對於身體政治的系譜進行了探究。「身體蘊含著標記，它的表面有歷史經驗的烙印。」[12]因此，在文化及歷史上，我們可以看到身體被權力作用的方式，特別是女性的身體，它記錄了父權文化的約制，或者權力對於身體的作用，以及利益交換關係。「對於傅柯而言，規訓首先就是一種身體的政治技術。」[13]因此，我們可以看到西門慶如何使用權力——他的財富和權勢——交換女性或男寵的身體，也可以看到他們彼此之間如何透過身體獲得自己的利益。也可以窺見作者透過他們的身體政治所描述的，實則直指家庭秩序的崩毀。這也正是《金瓶梅》成為「修身養性」乃至「齊家治國」的反面文章，最後走向了色空的深層隱喻，這正顯示了作者對於齊家的深層期待。[14]

第一節　父權社會規範下的正室以及她們命運的書寫——吳月娘、西門大姐、葛翠屏

　　吳月娘是西門慶的繼室，小說一開始西門慶的元配陳氏已病逝。西門大姐和葛翠屏則分別是陳經濟的元配與繼室。這三位作為正室的女性，有著不同的命運。

　　吳月娘對於妾室之間紛爭的態度，一向是息事寧人，以維持

---

[11]　黃華：《權力，身體與自我——福柯與女性主義文學批評》（北京：北京大學出版社，2005 年 6 月 1 版，2006 年 9 月第 2 次印刷），頁 53。

[12]　黃華：《權力，身體與自我——福柯與女性主義文學批評》，頁 87。

[13]　費德希克・格霍著，何乏筆、楊凱麟、龔卓軍譯：《傅柯考》（臺北：麥田出版社，2006 年 2 月初版一刷，2011 年 8 月初版五刷），頁 109。

[14]　〔美〕浦安迪著，沈壽亨譯：《明代小說四大奇書》，頁 157-158。

自己中立的地位。一日，潘金蓮為零碎事罵了春梅幾句，春梅沒
處出氣，往後邊廚房搥檯拍盤，孫雪娥看不過去，說她如此這般
的態度是因為想漢子，春梅氣得和潘金蓮告狀，還加油添醋說：
「他還說娘教爹收了我，和娘捎一幫兒哄漢子。」（第 11 回）潘
金蓮從此和孫雪娥結了仇。第二天，因西門慶一早起來等著要吃
荷花餅、銀絲鮓湯，潘金蓮使喚秋菊到廚房催促，金蓮見秋菊還
不回來，又使春梅去催。春梅與孫雪娥起了口角，頓時春梅新仇
舊恨一時上來，春梅氣狠狠地拉著秋菊回來告狀金蓮，她說：
「我自不是，說了一句：爹在前邊等著，娘說你怎的就不去了，
使我來叫你了。倒被小院兒裡的千奴才、萬奴才罵了我恁一頓，
說爹『預備下粥兒不吃，平白新生發起要餅和湯』，只顧在廚房
裡罵人，不肯做哩。」（第 11 回）這結結實實的一狀，害得孫雪
娥被大怒的西門慶踢罵了一頓，孫雪娥敢怒不敢言。待西門慶走
出廚房，她立刻對著來昭妻一丈青叨念幾句，不巧又被西門慶聽
到，又回來打了她幾拳，孫雪娥被打得疼痛難忍，放聲大哭，氣
憤不過跑去向吳月娘告狀。這裡的情節，一個偶然接連另一個偶
爾，卻掀起更大的波瀾。

　　偏巧，金蓮驀地走來，在窗下潛聽，正好聽見孫雪娥說道：
「娘，你不知淫婦，說起來比養漢老婆還浪，一夜沒漢子也成不
的。背地幹的那齣兒，人幹不出，他幹出來！當初在家，把親漢
子用毒藥擺死了，跟了來；如今把俺們也吃他活埋了。弄得漢子
烏眼雞一般，見了俺們便不待見！」月娘倒不隨著她說三道四，
反而站在大老婆的立場，叨念雪娥幾句：「也沒見你，他前邊使
了丫頭要餅，你好好打發他去便了平白又罵他怎的？」雪娥反駁
著，又說著春梅：「那頃這丫頭在娘房裡，著緊不聽手，俺沒曾

在竈上把刀背打他，娘尚且不言語。可可今輪他手裡，使驕貴的
這等的了！」沒想到，不一會兒後，潘金蓮進了房，望著雪娥說
道：「比是我當初擺死親夫，你就不消叫漢子娶我到家，省得我
霸攔著他，撑了你的窩兒。論起春梅，又不是我房裡丫頭，你氣
不憤，還教他伏侍大娘就是了，省得你和他合氣，把我扯在裡
頭。那個好意死了漢子嫁人？如今也不難的勾當，等他來家，與
我一紙休書，我去就是了。」月娘只回道：「我也不曉的你們底
事，你們大家省言一句兒便了。」（第11回）雪娥不依，與潘金
蓮你一句我一句罵了起來，吳月娘只是坐著，由著他們，並不言
語。直到眼看她們要打起來，月娘實在看不下去，使小玉把雪娥
拉往後邊去。這一段金蓮才嫁入西門家沒有多久便發生的家庭成
員小妾、丫頭之間的衝突，大概可以看到幾個重點：

　　首先，吳月娘對於她們爭執的態度，多半是視而不見，聽而
不聞。因此，吳月娘對孫雪娥的勸告是：你好好打發與她就好，
平白罵人作什麼呢？這正是一種以和為貴，萬事休的態度。也就
是說吳月娘總是置身事外，不多言，也不真正仲裁，往往只說
「我不曉得你們的事」。其次，這裡也透露了，龐春梅在吳月娘
房裡當丫頭時，也曾被孫雪娥用刀背打過，當時吳月娘也任由孫
雪娥，她並不排解，不干涉。春梅成了金蓮房裡的丫頭時，因金
蓮視她為心腹，因此驕貴了起來。

　　當然，以潘金蓮的個性，自然是不會罷休，她向西門慶狠狠
告上一狀：她哭得花容不整，把孫雪娥說西門慶和潘金蓮一起
「擺殺漢子」的事告了一狀，西門慶氣得暴跳如雷，一陣風走到
後邊，採過雪娥頭髮，拿短棍打了幾下，幸虧吳月娘拉住手，說
道：「沒的大家省事些兒罷了，好教你主子惹氣！」（第11回）

由此看來,吳月娘的言行節制,以避免紛爭的方式,以回應她身為正室的地位。

　　作為正室的吳月娘對於西門慶的勸告不少,例如要他早點來家,不要與人爭鋒,但西門慶並不放心上。吳月娘曾說:「正經家裡老婆,好言語說著你肯聽?只是院裡淫婦,在你跟前說句話兒,你側著個驢耳朵聽他。正是,家人說著耳邊風,外人說著金字經。」(第 14 回)這也說明著,其實吳月娘心裡是明白的,不若旁人以為她只聽佛禮佛,事實上她在人情世故上是乖覺的。例如,李瓶兒未嫁入前,瓶兒要把花公公給她的體己物──全是些蟒衣玉帶,珍寶玩好之物,要讓西門慶幫她收著時,西門慶首先找的是吳月娘商議。吳月娘對於財物的處理絲毫不含糊,她明快地出主意說:「銀子便用食盒叫小廝抬來。那廂籠東西,若從大門裡來,教兩邊街坊看著不惹眼?必須如此如此,夜晚打牆上過來,方隱密些。」(第 14 回)西門慶聽完大喜,讓小廝們照辦,夜裡西門慶這邊是由月娘、金蓮、春梅用梯子接著,箱籠打發過來後,全抬到吳月娘房裡。

　　此外,當西門大姐和陳經濟帶著箱籠細軟回來投靠西門慶時,西門慶令家僕收拾三間廂房給他們兩口子住,仍是把箱籠細軟全收拾到吳月娘房裡。可見月娘在西門慶家控管家庭經濟。然而,對於女婿陳經濟,吳月娘的舉措,似乎過於友善,有時超出了正室/岳母應有的行為。陳經濟和西門大姐回到西門家不久,陳經濟幫忙看管花園工程,吳月娘治了酒菜請陳經濟,她說:

　　　　姐夫每日管工辛苦。要請姐夫進來坐坐白不得個閑。今日
　　　　你爹不在家,無事,治了一杯水酒,權與姐夫酬勞。(第

18回）

月娘陪吃了一回酒後，陳經濟得知西門大姐和玉簫在房裡抹牌，說道：「你看沒分曉，娘在這裡呼喚不來，且在房中抹牌。」大姐不一時便走出與陳經濟對坐，一同飲酒。月娘詢問西門大姐「陳姐夫也會看牌嗎？」然後說道：「既是陳姐夫會看牌，何不進去咱同看一看？」又請陳經濟到女眷的內間看牌，陳經濟尚且說：「娘和大姐看罷，兒子卻不當。」吳月娘反言：「姐夫至親間，怕怎的？」的確，女婿如半子，然而，妾室們都青春正好，連孟玉樓一見陳經濟進來都抽身要走，月娘卻道：「姐夫又不是別人，見個禮吧。」這一回，也是陳經濟初次見到孟玉樓、潘金蓮等人。陳經濟一見潘金蓮，「猛然一見，不覺心蕩目搖，精魂已失。」開啟了他偷情的機緣。

孟玉樓、潘金蓮、吳月娘、西門大姐、陳經濟等人抹牌玩得熱鬧處，聽聞玳安抱著氈包進來，說：「爹來家了。」「月娘忙攛掇小玉送陳姐夫打角門出去了。」（第18回）這一段情節，看似家常生活，卻道出許多細節：這裡可以看到，作為陳經濟妻子的西門大姐，對於陳經濟也是言聽計從。其次，吳月娘作為西門慶正室，掌管家裡的經濟、妻妾之間的平和，以及家庭的男主外女主內等分際，卻在面對陳經濟時，卻有不同的標準。她要請陳經濟吃酒菜時，是利用西門慶不在家時。雖然吳月娘說陳經濟這個女婿和她們這些妻妾是「至親」的身分，不必避諱，那麼，在西門慶來家時，她卻忙著要小玉從角門把陳經濟送出去，是因何故呢？此外，在西門家的花園修葺完成後，吳月娘領著眾女眷游於芳徑中，賞花下棋飲酒，不多時，吳月娘道：「我忘了請陳姐

夫來坐坐。」（第 19 回）又請來了陳經濟，這也讓陳經濟和潘金蓮有了許多曖昧的機會。[15]而吳月娘對於陳經濟的關照，遠比對西門大姐還多。

　　在上述中可以看到，吳月娘面對或行使正室身分時，有著不同的標準，對於陳經濟，可說是岳母善待女婿的意味，但她又過於寬待他，以至於令人感到曖昧。這樣的善待，在西門慶死後，當她發現陳經濟和潘金蓮有染時，她極為憤怒；又因陳經濟竟在眾人面前說月娘之子孝哥兒：「這孩子倒像我養，依我說話。教他休哭，他就不哭了。」（第 86 回）就情節敘述上看，月娘吃了大虧，讓陳經濟佔了便宜，但反省前面言，吳月娘對於陳經濟的態度，這讓陳經濟這句話裡的曖昧感受合理化了。當奶娘如意兒把這句話傳達給月娘時，正在鏡臺邊梳頭的月娘聽了，半天說不出話來，往前一撞昏倒在地，醒來後只是哽咽，哭不出聲來。後因雪娥攛掇，才使計把陳經濟趕出去。

　　再後來，月娘將西門大姐以一頂轎子送到陳經濟家，陳經濟說：「趁早把淫婦抬回去。好的死了萬萬千千，我要他做甚麼！」逼著轎夫又將西門大姐抬回西門家。月娘氣得發昏，說道：「恁個沒天理的短命囚根子！當初你家為了官事，躲來丈人家居住，養活了這幾年，今日反恩將仇報起來了！只恨死鬼當初攬下的好貨在家裡，弄出事來，到今日教我做臭老鼠，教他這等

---

[15]　《金瓶梅》第 19 回：月娘著眾女春賞花後。吳月娘、李嬌兒、西門大姐下棋。孫雪娥與孟玉樓，上樓觀看。惟有金蓮在山子前、花池邊，用白紗團圓扇撲蝴蝶為戲，不防經濟悄悄在他背後觀覷，兩人調笑一番，陳經濟撲近金蓮，摟著嘴親，被金蓮順手一推，跌了一跤。不想，玉樓在玩花樓上遠遠瞧見，把金蓮招了去。

放屁辣臊。」（第 89 回）月娘在西門慶死後似乎逐漸失去了正室風範，她變得自私、小器，連言語都粗俗了，因為不再有象徵文化的凝視者——男性／西門慶的眼光，她被父權文化所束縛的正室風範都顯得薄弱了。

月娘第二天仍將西門大姐以一頂轎子送至陳宅，月娘對大姐說：「孩兒，你是眼見的，丈人、丈母那些兒虧了他來？你活是他家人，死是他家鬼，我家裡也難以留你。你明天還去。休要怕他，料他挾不到你井裡。他好膽子，恆是殺不了人！難道世間沒王法管他也怎的？」隔天，又把大姐送至陳宅，陳經濟回家後看到大姐，又打又踢，罵道：「淫婦，你又來做甚麼？還自說我在你家雌飯吃！你家收著俺許多箱籠，因此起的這大產業，不道的白養活了女婿！好的死了萬千，我要你這淫婦做甚！」西門大姐亦罵：「沒廉恥的囚根子，沒天理的囚根子！淫婦出去吃人殺了，沒的禁害，拿我煞氣！」這是少數西門大姐發聲的時候，但她的下場是陳經濟採過大姐的頭髮，打了她幾拳。到了晚上，又一頂轎子把大姐送了回去，並且吩咐：「不討將寄放妝奩箱籠來家，我把你這淫婦活殺了。」（第 89 回）這令大姐害怕，只好躲在西門家不敢再去了。直到陳經濟寫狀子，要告吳月娘私吞他父親寄放的金銀箱籠細軟，吳月娘才連忙雇轎子把大姐及她的陪嫁物都打發到陳經濟家，但月娘仍推說西門慶在時，只收下大姐的床奩嫁妝，並不見別的箱籠，堅持守住已沒入她手中的財物。

如此計較財物的吳月娘，當孟玉樓再嫁李衙內，月娘卻讓她帶走她房中所有物。而玉樓則大方地想把自己的丫頭小鸞留給月娘，好看顧孝哥兒，月娘知理守分，答道：「你房中丫頭，我怎好留下你的？左右哥兒有中秋、綉春和奶子，也夠了。」（第 91

回）待玉樓出嫁，吳月娘亦滿頭珠翠，身穿大紅通袖袍百花裙，坐大轎，來衙中赴宴，月娘以孟玉樓的娘家人身分入席，知縣奶奶出來陪待，月娘表現出正室與小妾作為姐妹一場的大度與祝福。返家後，月娘因見席上花攢錦簇，家裡卻靜悄悄，無人接應，想起西門慶在世之日，姐妹們那般熱鬧，往往赴席來家後，姐妹們都會相見說話，如今再無一個，於是傷心大哭。妻妾成群時的爭鬥，在生死離散後回頭看，妻妾之間的情感確實複雜，或者為了爭寵互相算計，或者早已成為互相牽絆的生活裡彼此的陪伴者。

　　回到故事初始，身為正室的吳月娘帶著孟玉樓、潘金蓮等人到新寡的李瓶兒位於獅子街的家宅為她慶賀生日也賞燈過元宵節，當玉樓及金蓮在樓窗上看燈也引逗街上浮浪子弟抬頭觀看她們時，吳月娘見樓下人圍多了，叫了金蓮、玉樓歸席坐下，聽了一回粉頭彈唱燈詞，就與李嬌兒起身先回，留下金蓮、玉樓陪瓶兒，她說自己不大喝酒，且因西門慶不在家，家裡丟著丫頭不放心，於是乘轎先行離去，她始終必須記住自己是正室以及正室應有的分寸及作為。

　　作為正室的吳月娘，後來因勸阻西門慶娶李瓶兒，與西門慶二人傷了和氣，待西門慶終於娶了瓶兒入門，卻又一番波瀾。西門慶氣憤李瓶兒先招贅了蔣竹山，因此雖也著了一頂大轎娶李瓶兒入門，卻讓她的轎子落在大門首，半天沒個人出去迎接，直到玉樓看不過去，對月娘說：

　　　　姐姐，你是家主，如今他已在門首，你不去迎接迎接兒，
　　　　惹的他爹不怪？他爹在捲棚內坐著，轎子在門首這一日，

沒個人出去，怎麼好進來的？（第19回）

月娘左右為難，待不去迎接李瓶兒的花轎，又怕西門慶性子不好
發起脾氣，但她心裡卻仍氣惱著，沈吟了一回，終於「輕移蓮
步，款蹙湘裙，出來迎接」。她的沈吟、款蹙湘裙以及輕移步
伐，都代表著她內心的掙扎——在身分地位與個人喜惡之間的掙
扎。接著，因西門慶冷落瓶兒，瓶兒上吊。西門慶欲打她，更逼
著要瓶兒脫去衣裳，當他看見瓶兒露出的白皙皮膚，又使得西門
回心轉意，兩人復又恩愛，於是擺酒宴客正式宣布瓶兒入門。在
此一連串高潮迭起的娶妾情節中，基於正室地位吳月娘只能不言
不語，直到見著自己的哥哥，月娘怨嗔著內心的不滿，但哥哥卻
對她說：

> 姐姐，你若這等，把你從前一場好都沒了。自古痴人畏
> 婦，賢女畏夫。三從四德，乃婦道之常。今後姐姐，他行
> 的事，你休要攔他。料姐夫他也不肯差了，落得你還好好
> 先生，才顯出你的賢德來。
> 月娘道：「早賢德好來，不教人這般憎嫌。他有了他富貴
> 的姐姐，把俺這窮官兒家丫頭，只當亡故了的算帳。你也
> 不要管他，左右是我，隨他把我怎麼的罷！賊強人，從幾
> 時這等變心來？」說著，月娘就哭了。（第20回）

前一段敘述，大約是全文中最遵守禮教倫常的一席話了。於此也
明白彰顯正室應有的婦德與規範，月娘的委屈也在這裡表現出
來，往後，她顯得賢德或不賢德全都是因為潘金蓮。小說中極少

描寫月娘和西門慶之間的欲愛，只有一回，那是在他們因潘金蓮
而冷戰後，月娘半夜祭祝求子，被晚歸的西門慶聽見，西門慶感
動不已，因此有了纏綿的情愛表現。

> 原來吳月娘自從西門慶和他反目不說話以來，每月吃齋三
> 次，逢七焚香拜斗，夜杳祝禱穹蒼，保佑夫主早早回心，
> 齊理家事，早生一子，以為終身之計。
>
> （月娘）祝道：「妾身吳氏，作配西門。奈因夫主留戀烟
> 花，中年無子。妾等妻妾六人，俱無所出，缺少墳前拜掃
> 之人；妾夙夜憂心，恐無所托。是以瞞著兒夫，發心每逢
> 七夜於星月之下，祝贊三光，要祈保佑兒夫，早早回心，
> 棄卻繁華，齊心家事。不拘妾等六人之中，早見嗣息，以
> 為終身之計，乃妾之素願也！」（第21回）

西門慶回家後，躲在儀門粉壁前潛聽，他說：「原來我一向錯惱
了他。原來他一片心都為我好，倒還是正經夫妻。」（第 21 回）
於是一把向前抱住月娘，月娘還嗔怒地說著西門慶大約是在這大
雪夜裡走錯了門，西門慶則因月娘粉妝玉琢的模樣心搖意蕩。於
是他折跌腿裝矮子，口裡叫著姐姐長姐姐短，兩人話了一夜家
常，且曲盡于飛之意。這裡的歡愛描寫亦極露骨，不亞於西門慶
和其他女子，這是西門慶對於一心為她及西門家子嗣設想的正室
吳月娘，所表達的歡喜及憐愛。吳月娘說的如此一篇明辨事理的
祝禱詞，當然令西門慶感動不已，但要注意，西門慶是感動於吳
月娘的祭天求子——她說，不論誰能為西門家生一個子嗣都是好
的，這是她的虔心祈求，表現大度寬容的正室風範，而不是個人

的情感流露。也就是說，吳月娘的行為舉止，都在父權社會賦予她的正室地位底下被規範，也被注目。在這麼寫欲重利的《金瓶梅》，以及它所存在的晚明社會底下，對於女性，特別是所謂大家閨秀、正室身分的女子，仍是受到傳統婦德思想嚴密的限制，即使是在像西門慶這樣一個商人階層的家庭，仍恪守著士大夫對於家庭倫理中妻子的規範，吳月娘時時表現恪守文化傳統底下對於婦德的要求。她表現出來的不是祭祝禮佛，時時聽講佛經，就是對於妾室們的紛爭不聽不聞，因此，她能在妻妾的紛擾中全身而退，甚至是《金瓶梅》中少數能壽終正寢的女子。

然而，陳經濟的正室西門大姐卻沒有吳月娘的好運。西門大姐在《金瓶梅》中是個沈默的女子，作者很少讓大姐表現她的內心思惟，雖然她是西門慶唯一的女兒，但她和丈夫陳經濟回家投奔父親西門慶後，文中幾乎不曾描寫過西門慶和女兒說話互動，也沒有任何她和陳經濟歡愛的描寫，唯一會照顧西門大姐的人是李瓶兒。西門大姐似乎不受父親疼愛——當然，西門慶一生都忙著獵豔，自然無暇顧及她，她也不受丈夫疼愛，她與陳經濟回到西門慶家後，很快的，陳經濟見到潘金蓮便迷得失了魂，自然無心於西門大姐。

西門慶死後，陳經濟與潘金蓮打得火熱。一日，陳經濟來到金蓮房裡，春梅關上角門，三人下棋吃酒，潘金蓮取出西門慶的淫器包讓陳經濟使用，金蓮和陳經濟兩人全脫得赤條條，同時，潘金蓮要龐春梅：「你在後邊推著你姐夫，只怕他身子乏了。」這樣的情節描寫赤裸得令人驚駭。秋菊在後邊廚房睡，到了半夜，起來淨手，見房門倒扣推不開，於是拔開了門窗的搭扣，躡足潛踪走到前房窗下，潤破窗紙，見到三個人吃個大醉，前述光

景全入眼簾。長期受潘金蓮責打凌辱的秋菊，當然是不會放過這個向吳月娘告狀的好機會。但結果卻是她被月娘喝了一聲，罵道：「賊葬弄主子的奴才！前日平空走來輕事重報，說他主子窩藏陳姐夫到屋裡，明睡到夜，夜睡到明。叫了我去，他主子正在床上放炕桌兒穿珠花兒，那得陳姐夫來！……恁一個弄主子的奴才……」（第 83 回）月娘作勢要打她，秋菊唬得往前邊疾走如飛，不敢再來告狀。西門大姐聽見此言，背地裡審問陳經濟，陳經濟辯駁一番，且說：「是非終日有，不聽自然無。怪不的說舌的奴才到明日得不了好，大娘眼見，不信他！」雖然，西門大姐也只能選擇相信，她說：「得你這般說就好了。」較之陳經濟的態度，西門大姐在這個家中似乎沒有地位，即使西門大姐隱約知道陳經濟和潘金蓮之間的曖昧關係，卻也無能為力，只能念一念或罵一罵陳經濟，但這更招惹陳經濟的不悅。

　　當陳經濟與潘金蓮有染之事闔家盡知時，西門大姐罵道：「賊囚根子，敢說沒真臟實犯拿住你？你還那等嘴巴巴的！今日兩個又在樓上做甚麼？……只把我合在缸底下一般。那淫婦要了我漢子，還在我跟前話兒拴縛人，毛司裡磚兒又臭又硬……你還在這屋裡雌飯吃！」經濟罵道：「淫婦，你家收著我銀子，我雌你家飯？」（第 85 回）這是少數西門大姐發聲的時候，這也是西門大姐在陳經濟面前沒有地位的原因之一：陳經濟覺得西門大姐是「你們家」卻坑了「我的」銀子，意思是：你和我是不同立場，陳經濟認為西門大姐從來沒有站在維護丈夫利益的這一方。

　　後來，月娘賣了春梅、金蓮，也趕走了陳經濟，多次強送西門大姐回到陳經濟家。這過程中，西門大姐只能接受被決定的命運，大姐幾度乘坐的轎子在西門家與陳經濟家來回，她還是無所

言語。西門大姐與陳經濟新娶的妾馮金寶鬧不合，陳經濟當然選
擇相信金寶，金寶告狀：「大姐成日橫草不拈，豎草不動，偷米
換燒餅吃。又把煮的腌肉，偷在房裡和丫頭元宵同吃。」經濟信
了，把元宵打了一頓，把大姐踢了幾腳。西門大姐急了，趕著馮
金寶撞頭，罵道：「好養漢的淫婦！你抵盜的東西與鴇子不值
了，倒學舌與漢子說我偷米偷肉？犯夜的倒拿住巡更的了，教漢
子踢我！我和你這淫婦撠兌了罷，要這命做甚！」陳經濟則罵了
大姐：「好淫婦，你撠兌他？你還不值他個腳指頭兒哩！」（第
92 回）還一手採過大姐的頭髮，用拳撞、腳踢、拐子打，打得大
姐鼻口流血，半日才甦醒過來。是夜，西門大姐選擇上吊自殺，
結束她 24 歲的人生。

　　西門大姐在小說中開口說話的機會不多，但出言時難以看見
「正室氣度」，她憤怒地罵陳經濟和潘金蓮有曖昧，罵丈夫寵
妾，但對於丈夫指控吳月娘及西門慶吞了他的錢財箱籠，她從來
無法回應，也不曾回應過，不曾作為一個「站在丈夫身邊支持他
的妻子」。於是她成了父親無視、丈夫不疼、後母不愛的人球，
幾度被月娘送到陳經濟家，又被陳經濟送回西門家。死亡是她唯
一能自主命運的方式，也是她對自己的身體唯一一次有掌控及自
主權。作為正室，她從沒獲得正室應有的地位，也從沒能表現出
正室的姿態，也從沒看見陳經濟對她有一絲的溫存及疼愛。她代
表的是另一種不為丈夫喜愛，無能決定未來的妻子的命運。死亡
成為她的歸宿，也是她控訴生命悲涼的方式，這似乎是《金瓶
梅》編寫者對於女性的立場，女性在父權社會底下，身為妻子／
正室必須盡的責任，以維護丈夫的利益及家庭的和諧。西門大姐
在如此文化的凝視底下，是失敗的、失職的正室。

　　陳經濟的繼室葛翠屏，有著和西門大姐完全不同的命運。當春梅為周守備生下一子成為守備的寵妾後，她想方設法把淪落在外的陳經濟以姑表兄弟之名接到守備府，兩人暗地勾搭彼此情熱。但因守備出征剿梁山泊宋江之前，吩咐春梅為陳經濟尋一門親事，並說若得軍功，朝廷恩典，再為經濟升個一官半職。春梅找來薛嫂說媒，薛嫂說起城裡朱千戶小姐，15 歲，春梅嫌她年紀太小；應伯爵的二女兒，22 歲，春梅嫌應伯爵已死，沒甚麼聘嫁陪送。最後同意了開鍛鋪葛員外家大女兒，20 歲。模樣好，溫柔典雅，聰明伶俐，針指女工自不必說，有萬貫錢財。春梅為他們擇定吉日，納彩行禮。陳經濟和葛翠屏倒也郎才女貌，但兩人帳中鸞鳳，如魚得水。從此春梅和他們倆房中一同吃飯，彼此以姑妗稱之，同起同坐，但春梅暗地裡仍與陳經濟有首尾。

　　漸漸的，葛翠屏也只成為一個「門當戶對的妻子」，當陳經濟遇上韓愛姐，開始欲愛翻騰時，陳經濟看待葛翠屏就不再像新婚時的濃情蜜意。另一方面，愛姐把她盼陳經濟到來時，所寫的幾首詞給他看，陳經濟讀後，「極口稱羨，喝采不已」，且因「這小郎君一向在家中不快，又心在愛姐，一向未與渾家行事。今日一旦見了情人，未肯一次即休。正是生死冤家，五百年前撞在一處，經濟魂靈，都被他引亂。」（第 99 回）換句話說，即使陳經濟能和葛翠屏終老，她可能是或必須是另一個「吳月娘」，一個被期待成有容人的大度，舉止溫和嫻靜的正室，這就是來自於文化的凝視與社會的期待。

　　待陳經濟被張勝一刀殺死後，韓愛姐願作亡故的陳經濟的小妾，回到守備府與葛翠屏姐妹相稱，陪著她守節。雖然在文末說明葛翠屏和韓愛姐兩人甚是合得來，但在陳經濟墳前，當韓愛姐

說出她是如何與陳經濟山盟海誓且交換信物，又如何願意為他守節時，葛翠屏並不發一語，而是由龐春梅全權作主。在此，葛翠屏「不語」的動作也表現出，她是多麼驚訝丈夫有一外室，且是如此密不通風地瞞著她，也驚訝於兩人的情深意厚，因此自然是不發一語，而「不語」也正好代表正室的沈默，正室必須擁有的氣度。

　　從這三位身為正室的女性（或者繼任為正室者），我們要探問她們的命運以及她們透過身體所闡述的關於文化對於她們的規範，以及她們如何回應父權社會的要求。她們所存在的階層，所擁有的身分地位，使得她們即使身處於士商階級已逐漸流動的時代，她們仍舊是被父權社會所宰制的一個階層，或者說是一種身分，而她們的情感及欲望因此被框限在這樣的身分地位中。換句話說，沒能使自己的言行符合這樣身分地位的「正室」者，則不能善終，例如西門大姐。至於吳月娘，符合正室的行事風範，因此得以全壽。可知，即使在這樣重利寫欲的《金瓶梅》，仍有著倫常教化的觀念，這也是《金瓶梅》性別政治底下符合父權思想的書寫，明代士大人的禮教規範，仍是被期待能恆常存在，以維護家庭秩序。

第二節　父權社會期待的賢妾
──李瓶兒、孟玉樓、韓愛姐

　　嫁給西門慶作第六小妾的李瓶兒，在她當未成為西門慶愛妾之前，她曾經是梁中書的妾，但梁中書當時家裡還有一個妒婦；作為花子虛妻子時，似乎花子虛也不能滿足李瓶兒──或因花子

虛總眠花宿柳不著家；更何況花公公和瓶兒的關係也是充滿了想像。[16]然而，花公公不論如何厚待或疼愛瓶兒，他畢竟不能滿足瓶兒身體的需求，因此，在她和西門慶有染後，她和潘金蓮一樣，只因為西門慶在各方面都能滿足她們，因此，她們都極欲成為西門慶的妾。西門慶和李瓶兒合計使了花子虛的錢財，得了傷寒的花子虛本來還請太醫看病，後來怕使錢，只能挨著，二十日後斷氣身亡。瓶兒此時的行為，其實與潘金蓮無太大差異，雖然瓶兒並未藥死花子虛，但她的確是間接害死子虛，以致於花子虛最後成為冤魂，向瓶兒及西門慶索命。

　　李瓶兒欲望著西門慶時，西門慶因女婿親家被參，夜夜等待西門慶的李瓶兒為了滿足欲望先招贅蔣太醫。蔣竹山雖是極力要奉承她，卻不能滿足她：「卻說李瓶兒招贅了蔣竹山，約兩月光景。初時蔣竹山圖婦人喜歡，修合了些戲藥，縣門前買了些甚麼景東人事、美女相思套之類，實指望打動婦人心。不想婦人曾在

16　花公公和瓶兒的曖昧關係，可由幾個對話略看見。瓶兒對西門慶說：
　　「大哥喚做花子由，三哥喚花子光，第四個叫花子華，俺這個名花子虛，都是老公公嫡親侄兒。雖然老公公掙下這一份家，見俺這個兒不成器，從廣南回來，把東西只交付我手裡收著。」「這個都是老公公在時，梯己交與奴收著的，他一字不知。大官人只顧收去。」（第14回）
　　瓶兒對於吳月娘喜歡她頭上的髮簪：「大娘既要，奴還有幾對兒，到明日每位娘都補奉上一對兒。此是過世老公公宮裡御前製作帶出來的，外邊那裡有這樣範！」（第14回）
　　李瓶兒一再提及花公公待她的特別，錢財梯己物都交給瓶兒收著，甚至為她帶來宮裡御前製作的一些髮簪，這是特別的情意，抑或者暗示著他們的關係不尋常，文中未曾明言，但大約也可知，花公公和瓶兒之間關係確實是特別的。

西門慶手裡狂風驟雨都經過的，往往幹事不稱其意，漸漸頗生憎惡，反被婦人把淫器之物，都用石砸的稀爛，都丟掉了。」瓶兒甚至如同悍婦，對蔣竹山罵道：「你本蛐蟮，腰裡無力，平白買這行貨子來戲弄老娘！我把你當塊肉兒，原來是個中看不中吃蠟槍頭，死王八！」（第 19 回）罵得竹山狗血噴臉，還不准他進房，她一心只想著西門慶，漸漸心生憎惡，又怨他軟弱無能，於是將他掃地出門，還使馮媽舀一盆水，趕著潑出去。

　　待李瓶兒終於嫁入西門家，如同瓶兒對西門慶所言，他是醫她的藥，一經他手，教她沒日沒夜只是想他。從此瓶兒轉變成一位賢慧的妻子，溫柔多情，善待西門慶身旁所有的人。這樣性格的轉變，其實是合理的，轉變的中繼點，除了李瓶兒在現實中得到她所欲望且條件符合的男人西門慶之外，還有一個象徵之物，那就是「腳帶」，它對潘金蓮而言是助性的物品，對宋惠蓮而言是死亡的工具，這些將在後文裡詳敘。腳帶對於李瓶兒而言，則是求死以重生之物。

　　李瓶兒終於能進西門府時，西門慶冷落了她三天，將她的轎子晾在屋前，最後是月娘迎進門，進了門之後，西門慶故意的冷落使她無法忍受：「到了三日，打發堂課散了，西門慶又不進入他房來，往後邊孟玉樓房裡歇去了。這婦人見漢子一連三天不進休房來，到半夜打發兩個丫鬟睡了，飽哭了一場，可憐走在床上，用腳帶吊頸，懸樑自縊。」（第 19 回）還好被丫鬟發現救了下來，西門慶以鞭子威脅，並要瓶兒裸身下跪，在西門慶所象徵的父權文化之前，瓶兒完全臣服，並且對西門慶說「你是個天」，也是「醫奴的樂」。李瓶兒自縊的腳帶，成了「象徵性死

亡」之物，將李瓶兒從淫婦形象過渡到溫柔賢良的妾。[17]求死而重生的瓶兒，不再以欲望服侍西門慶，而是賢妻良母的姿態在西門慶家生活。

如前所述，李瓶兒在遇到西門慶之前，一如潘金蓮之遇西門慶之前，她們都沒能得到欲望的滿足，更何況西門慶有著「張生般龐兒，潘安的貌兒」、「生得風流浮浪，語言甜淨」，加上西門慶好拳棒，大概也有不錯的身手，「近來發迹有公事在縣裡管些公事，與人把攬說事過錢，交通官吏。因此滿縣人都懼怕他。」（第2回）可知西門慶口才一流，況且，西門慶家財萬貫又好女色，自然懂得拈花惹草。因此，瓶兒與金蓮會鍾情於西門慶便不難理解。然而，潘金蓮和李瓶兒在嫁入西門家後，就成了南轅北轍的對照組：金蓮縱欲，因此最終要了西門慶的命；瓶兒有愛，卻因西門慶的縱欲，間接導致她丟了性命。瓶兒性格的轉變，都在突顯及反襯金蓮，這是作者有意的安排，她們有相似的「後婚背景」，但瓶兒富裕大方，金蓮貧窮卻有傲氣，進入西門家後，她們發展成極端不同的兩種女性。幸運的瓶兒得子得寵，因此，她逐漸將自己收束成溫柔多情樣貌具傳統女德的女性；潘金蓮則企圖以她所擁有的年輕美麗的身體，以及豐沛的欲望攬住西門慶的愛寵，而成為淫欲的女子。

瓶兒帶來的豐厚財富讓西門慶歡喜不已，加上她入門後很快就生下官哥兒，西門慶又同時升官，官哥兒又與喬大戶家的長姐兒官商聯姻，西門慶自然更加寵愛李瓶兒。瓶兒的富與貴，使得

17　李曉萍：《《金瓶梅》鞋腳情色與文化研究》（臺北：臺灣學生書局，2014年9月初版），頁146。

她待其他人都更加和氣大方，一旦形成這樣的觀感，瓶兒自是更加謙和忍讓潘金蓮，為了官哥兒的平安，只有咬牙流淚地退讓。在文中，西門大姐是被忽視且沈默的女性，在少數以她為主角的事件，有一回是潘金蓮在月娘面前編排李瓶兒，只因當日是李嬌兒生日，瓶兒、金蓮等人都在月娘房裡等著西門慶，月娘問了小廝，原來西門慶來家後直接進瓶兒房裡，瓶兒聞言，急著回房，趕忙要西門慶到李嬌兒房裡上壽。當夜西門慶仍在瓶兒房裡歇息，這惱怒了金蓮，因此金蓮編排了一席瓶兒在背後罵月娘的話，這讓月娘極為不滿。但這也讓平日頗受瓶兒照顧的西門大姐，路見不平，當面問了瓶兒，又替瓶兒當著吳大妗子面向月娘釋疑，化解了月娘對李瓶兒的誤會，然而從此李瓶兒更加忍讓潘金蓮。（第51回）

西門慶留宿瓶兒房，是因為他用了胡僧藥，雖已找了王六兒試藥效但仍是欲望高漲，即使李瓶兒以月事來臨身子不方便，西門慶說：「我今日不知怎的，一心只要和你睡。」（第50回）李瓶兒被逼勒不過，只好依了他。也因為西門慶的縱欲讓瓶兒添了症狀，最後她得了血崩之症，不斷崩洩的血水，與西門慶在生命最後腫脹而無法傾洩的精液正好相反。卻都是因為欲望使他們倆人喪命。血崩是婦女症，似乎是前半生縱欲的瓶兒的果報懲罰。而面對花子虛的索命，在幽冥之域的瓶兒，仍不斷叮囑西門慶要早早來家，要和月娘好好生活。足見她待西門慶之真心，尤其她在臨時前，提醒月娘提防潘金蓮，並安排所有丫頭奶娘的去處，留下財物給身旁的人……等等作為。李瓶兒至此已昇華為一位純愛的女子，是西門家的賢妻良母。

李瓶兒在《金瓶梅》中有極清楚的形象轉變，從對自己丈夫

花子虛害命的女子，轉變成為西門慶家裡最溫柔多情的小妾，她形象的轉變，正是對照著潘金蓮。然而，在西門慶娶回潘金蓮及李瓶兒之前，還先娶回了一位富有的遺孀孟玉樓。孟玉樓在《金瓶梅》中自始至終都是和氣好性子的女子，張竹坡評點《金瓶梅》說：「西門慶是混帳惡人，吳月娘是奸險好人，玉樓是乖人，金蓮不是人，瓶兒是痴人，春梅是狂人。」[18]孟玉樓是「乖人」，何謂乖？「乖」一字已描述孟玉樓的「不爭」、「溫和」、「懂事」。事實上，孟玉樓是自覺要扮演守分柔順不爭且大度的女子，不論她作為妾或妻。在西門慶的妾室中，李瓶兒是因為對西門慶情感的付出，因此轉變為西門家最賢良柔順的小妾。孟玉樓則不同，她並未對西門慶有太多男女之間的情愛，她的婚姻都經過她理性的思考與計算，她清楚自己在婚姻中的角色，也自覺地將「妾」這個身分恰如其分地扮演著。如果說，在父權社會底下，是男性決定女性在性別政治底下的規範，那麼，如孟玉樓之流的女性，就是自我要求，同時她也要求其他女性臣服在父權文化底下。也就是說，她們自我規訓，且規訓其他女性遵守倫理規範。

　　孟玉樓嫁作西門慶的小妾，並不像李瓶兒或潘金蓮，都直接或間接害死了自己丈夫，帶著孝入西門府，她是三禮六聘進門的妾。只因為西門慶的第三個妾死了，西門慶讓薛嫂幫他說媒，頂三娘的缺。薛嫂說，孟玉樓是南門外販布楊家的正頭娘子，手裡有錢，南京拔步床也有兩張，其他四季衣服、妝花袍兒大約也有

---

[18]　張竹坡：〈批評第一奇書《金瓶梅》讀法〉，《張竹坡批評第一奇書《金瓶梅》》（濟南：齊魯書社，1991 年版），頁 35。

四五箱，更別提珠子箍兒、胡珠環子、金寶石頭面、金鐲銀釧，手上現銀子也有上千兩，好三梭布還有三二佰筒，丈夫販布死在異鄉，守寡一年多，沒子女，仍青春年少。（第 7 回）這樣的條件本已足以讓西門慶動心，再加上她會彈一手好月琴，浮浪的西門慶自是一箭上垛，立刻打在他心上。

　　當薛嫂向孟玉樓說媒時，孟玉樓是清楚自己要的婚嫁對象，她要的是富貴人家，見西門慶為土財主，很是歡喜。而不是母舅張四一心舉保的大街坊尚推官的兒子尚舉人的繼室。（第 7 回）這裡也說明了晚明士商身分地位的流動，作為富貴商人之妾要比作為士人的繼室更令她心動，也更令她感到生活的保障。

　　她很清楚如何當西門慶的妾──到了大門大戶家裡──是要「把得家定，裡言不出，外言不入」，「奴到他家，大是大，小是小，凡事從上流看。待得孩兒們好，不怕男子漢不歡喜，不怕女兒們不孝順」，「奴婦人家只管得三層門內，管不得那許多三層門外的事。」（第 7 回）她說的每一句，都彷彿是女德訓示，都是自我馴服在父權文化底下，目的都是要能使家安人和。她一進入西門家，就先顯了大方賢德，她六月二日才進門，六月十二日陳宅就要娶西門大姐過門，西門慶匆忙之間來不及攢造出新人的床，就把孟玉樓陪嫁來的一張南京描金彩漆拔步床，陪給了大姐。（第 8 回）文中未曾見到孟玉樓對此有何反應，一直到文末，龐春梅成了守備府奶奶，重回西門府遊舊家池館時，發現潘金蓮的床不見了，月娘才道：「因有你爹在日，將他帶來的那張八步床，陪了大姐在陳家。落後他起身，卻把你娘這張床賠了他嫁人去了。」（第 96 回）在這之間，都未曾見過孟玉樓對於此事有任何意見或發一語，相對於李瓶兒形之於色的善待或者討好西門慶

家裡上上下下的人，孟玉樓在某些時候更顯大家氣度，這也是溫和嫻靜的妾室的風範。

孟玉樓入門後與吳月娘同住在後方，空間安排代表了西門慶妻妾的平衡關係。與人為善的孟玉樓與吳月娘在後面居所共一處，居中的李嬌兒出身娼妓沒有地位，至於孫雪娥地位幾乎等於僕婦，她必須作廚娘的工作，且居處於後院廚房旁，因此後邊裡的大房月娘、二房李嬌兒、三房孟玉樓以及四房孫雪娥相安無事。受寵的潘金蓮與李瓶兒共踞花園一邊的樓間，與正房、二房、三房遙遙相對，也形成了妻妾二股情勢，在正室這裡的空間，充滿和平相處的氛圍，至於前邊潘金蓮與李瓶兒則是不斷爭寵，也確實得到西門慶最大的寵愛，花園裡與花園旁情事不斷，花園在西門慶家裡是男女欲望的象徵。值得注意的是，在前邊花園旁的李瓶兒與潘金蓮，都是害死丈夫後嫁進來的後婚人，不若孟玉樓雖也是寡婦，但她與吳月娘都是明媒正娶進門的妻妾。[19]

在文中有幾個事件，可以看到孟玉樓心若明鏡，但是不動聲色，甚至置身事外：一日，陳經濟和潘金蓮的花園幽會，潘金蓮和陳經濟連親了幾個嘴，潘金蓮道：「你負心的短命賊囚！自從我和你在屋裡，被小玉撞破了去後，如今一向都不得相會。這幾日你爺爺上東京去了，我一個兒坐炕上，淚汪汪只想著你，你難道耳根兒也不熱的？我仔細想來，你恁薄情，便丟著也索罷休。只到了其間，又丟你不的。常言痴心女子負心漢，只你也全不留

---

[19] 家宅院空間的敘寫，實則描寫了人物的地位、專寵高下、男男女女的欲望橫流，因此情色欲望才有不斷有交鋒演出的機會。（參拙作：〈《金瓶梅》家庭宅院的空間隱喻〉，《輔仁國文學報》30 期（新北市，輔仁大學：2010 年 4 月），頁 249-270。

些情！」兩人正熱鬧敍情時，「不想那玉樓冷眼瞧破」，金蓮忽然抬頭看見，順手一推，險些害陳經濟跌倒，兩人慌忙驚散。（第 55 回）這裡明白指出，孟玉樓早已冷眼瞧破，但她未曾對此事置一詞，她恪守自己在婚前說過的：「男子漢雖利害，不打那勤謹省事之妻……為女婦人家，好吃懶做，嘴大招舌，招是惹非，不打他，打狗不成？」（第 7 回）然而，孟玉樓對於妻妾間的爭寵，也並非完全不往心裡去，她只在適當的，極少數的時間，對西門慶嗔道抱怨，因為太少數了，偶爾嗔嬌也能因此贏得西門慶的寵愛。原來，吳月娘和潘金蓮起衝突，金蓮卻又當著月娘的面，要西門慶到她房裡。吳月娘因此不讓西門慶往金蓮房裡，也不留西門慶在自己房裡，於是要西門慶去看看身體不舒服的孟玉樓。

在此回中，孟玉樓少見地對西門慶發出抱怨嬌嗔之語：「可知你不曉的。俺們你老婆，你疼心愛的人去！」西門慶於是摟過粉頸來，親個嘴，安撫她，並親自伺候她喝茶。西門慶道：「你不知，我這兩日七事八事，心不得閑。」玉樓道：「可知你心不得閑，可知有心愛的扯落著你哩！把俺們這僻時的貨兒，都打到贅字號聽題去了，後十年掛在你那心裡！」西門慶一心哄著她，一夜歡愛，他還對玉樓說：「我的兒，你達不愛你別的，只愛你這白生生的小腿兒。就是普天下婦人選遍了，也沒你這兩隻腿兒柔嫩可愛。」（第 75 回）在這些對話中道出了孟玉樓的哀怨與無奈，一如她待入西門家時所言，她要作的是賢德的女人，因此，即使是被冷落也得忍耐著，她日復一日看著西門慶周旋在其他妻妾、其他女人之間，這些都成為她的日常。她的身體對於西門慶其實仍是具有吸引力的，西門慶總是記住女人的某個部分，白皮

膚、白屁股、小腳以及白生生的小腿。女人們都各執著自己具有魅力的「部分身體」迎合或侍奉西門慶,然而,要在西門家過上安生日子得以善終的,除了能吸引西門慶之外,安靜嫻淑才是必須的條件,這是編寫者在敘事情節中,所置入的父權文化思惟。

孟玉樓「會彈一手好月琴」,這讓西門慶一聽聞她有此才藝,馬上傾心之故,但在文中,她未曾特意以琴藝或色身侍奉西門慶,即使彈奏月琴也是應西門慶的要求(第 27 回)。她在西門家是以明哲保身的方式自處,因此她才能全身而退。當月娘及金蓮衝突日漸升高時,月娘甚至口不擇言地說,自己是女兒填房作為西門慶的繼室不是「趁來的老婆」(註:主動追逐男人的女人),「那沒廉恥趁漢精便浪,俺們真材實料不浪」,玉樓同時要安撫月娘及金蓮,並要她們都少說幾句話:「耶嚛,耶嚛!大娘,你今日怎麼這等惱的大發了?連累著俺們,一棒打著好幾個人。也沒見這六姐,你讓大姐一句兒也罷了,只顧拌起嘴來了。」(第 75 回)又忙不迭地推著金蓮回到前邊去。

爾後,玉樓還著幫著金蓮說話,她對月娘說:「俺們就代他賭個大誓。這六姐,不是我說他,有的不知好歹,行事兒有些勉強,恰似咬群出尖兒的一般,一個大有口沒心的行貨子。大娘妳若惱他,可是錯惱了。」月娘道:「他是比你沒心?他一團兒心哩。他怎的悄悄聽人兒,行動拿話兒譏諷著人說話?」玉樓:「罷了!娘,你是當家人,惡水缸兒,不恁大量些,卻怎麼的?常言一個君子,待十個小人。你手放高些,他敢過去了;你若與他一般見識起來,他敢過不去!」(第 76 回)這是孟玉樓心中符合正室應有的風度,高高手抬起讓其他妾室們,事情也就過去了。隨後,玉樓逼著金蓮向月娘道歉,讓這件事落幕。她是這麼

勸潘金蓮的：

> 你去後邊，把惡氣兒揣在懷裡，將出好氣兒來，看怎的與
> 他下個禮，賠個不是兒罷！你我既在簷底下怎敢不低頭？
> 常言：甜言美言三冬暖，惡語傷人六月寒。你兩個已是見
> 過話，只顧使性兒到幾時？人受一口氣，佛受一爐香。你
> 去與他賠個不是兒，天大事都了了。不然，你不教他爹兩
> 下裡為難。待要往你這邊來，他又惱。
> 你由他說不是！我昨日不說的，一棒打三四個人。那就我
> 嫁了你的漢子，也不是趁將來的，當初也有個三媒六證，
> 只恁就跟了往你家來來？砍一枝，損百株；兔死狐悲，物
> 傷其類。就是六姐惱了你，還有沒惱你的。有勢休要使
> 盡，有話休要說盡。凡事看上顧下，留些兒防後才好……
> 人人有面，樹樹有皮，俺們臉上就沒些血……一切來往都
> 罷了，你不去卻怎樣的？少不的逐日唇不離腮，還在一處
> 兒！（第76回）

她的圓融處事，不只在她與其他妻妾的應對上，她還思及，妻妾
不和，為難的是當家的西門慶，更重要的是都住在這個屋內，有
勢休要使盡，有話自然也不要說盡，得往未來長長遠遠的日子
看，予人留點餘地，一家和樂是她的原則。

　　後來，在西門慶亡故後，她再嫁李衙內，李衙內的妻子已死
去二年，房內只有陪嫁的使女玉簪兒服侍李衙內，玉簪兒約三十
歲，搽胭抹粉，作怪成精，敗葉殘花，穿著怪模怪樣，在人前輕
聲浪語，做勢拿班。玉樓未嫁過去時，她殷勤伏侍李衙內，不笑

強笑，不說強說，待玉樓入門，見他們倆燕爾新婚，如魚似水，
玉簪兒心裡極為不滿，不僅打罵玉樓帶過來的丫頭小鸞及蘭香，
又對著玉樓頤指氣使，大呼小叫，玉樓氣得發昏，但也全然不理
不應。直至一日被衙內聽見，取了拐子就要打玉簪兒，玉樓攔
阻，說道：「隨他罵罷你好惹氣？只怕熱身子出去，風箍著你，
倒值了多的。」衙內按捺不住，罵道這奴才無禮，向前一把採住
玉簪兒的頭髮，拖踏在地上，輪起拐子雨點將打下來。玉樓在勸
著，也打了二三十下在身上。（第 91 回）可知，不論作為妾室與
正室，玉樓都不多言也不計較，這是她自覺地被規訓於父權社會
底下女德的規範中。

　　然而，在青樓的李桂姐眼裡，她卻看到不一樣的孟玉樓，她
對李嬌兒說：「你看看孟家的和潘家的，兩家一似狐狸一般，你
原鬥的過他了？」（第 44 回）事實上，孟玉樓是一位絕對有主見
的女子，懂得讓自己處在平和以及平衡的人際關係中。她善於觀
察，也絕對掌握局勢，陳經濟曾因撿拾玉樓簪子而使計要脅玉
樓，反被玉樓設計（第 92 回），[20]她並不是一昧謙讓的人，事實上

20　陳經濟在娼館裡到風流俏麗，色藝雙全的馮金寶，娶了回家，把西門大
　　姐丟著不去理睬。後來打聽到孟玉樓嫁了李知縣兒子李衙內，這陳經濟
　　想起昔日在花園裡撿到的孟玉樓的簪子，收到如今。陳經濟打算把簪子
　　作證見把柄以要脅孟玉樓。陳經濟想的是孟玉樓的錢財陪嫁之物以及孟
　　玉樓。到了知府門前，他說自己是孟二舅，門吏通報孟二舅來探望，玉
　　樓覺得狐疑，但仍一聲一聲稱呼陳經濟為「姐夫」。陳經濟說著武松殺
　　了潘金蓮，與他結了如海深仇，玉樓勸解：「姐夫也罷，丟開了手的
　　事！自古冤仇只可解，不可結。」
　　待後來，陳經濟色膽包天，還要玉樓和他飲雙人香茶，他還拿撿到的孟
　　玉樓的簪子威脅。玉樓恐怕家僕知道，原本一手把香茶丟在地下，須臾

她的作為不但要能明哲保身，更是在看似退讓中掌握時局。在西
門慶死後，李衙內看上她，請官媒陶媽媽到西門府說親，孟玉樓
梳洗出來後，一件一件一樣一樣反問：衙內多大年紀？有無妻
小？房人有人？名甚姓誰？鄉貫何處？地理何方？有官身無官
身？有無兒女？（第 91 回）當她聽到李衙內沒了大娘子，只有從
嫁使女答應，因此要尋個門當戶對的娘子當家，且無兒無女，更
重要的是，「他家中田連阡陌，驟馬成群，人丁無數，走馬牌
樓，都是撫按明文……如今娶娘子到家做了正房，過後他得了
官，娘子便是五花官誥，坐七香車，為命婦夫人，有何不好！」
（第 91 回）這話聽得玉樓千肯萬肯。待她再嫁李衙內時，吳月娘
讓她風光嫁出，不像李嬌兒是偷著銀兩回到妓院；孫雪娥和來旺
私奔，卻被賣到守備府為奴，最後被春梅賣出成娼妓；金蓮則被
武松剖心，街死街埋；唯有玉樓「一生衣祿無虧，六府豐隆，晚
歲榮華定取。平生少疾，皆因月孛光輝，到老無災，大抵年宮潤
秀。」（第 29 回）這是吳神仙相命時預言玉樓的命運，後來卜龜
卦的老婆子也是這樣卜著玉樓的性格及未來：

　　你為人溫柔和氣，好個性兒，你惱那個人也不知，喜歡那

間變作吟吟笑臉，對陳經濟說：「好姐夫，奴鬥你耍子如何惱起來？」
「你既有心，奴亦有意」，兩人不由分說，摟著親了起來。陳經濟要她
晚夕假扮門子走出來，跟他上船，成其夫婦。玉樓道：「既然如此，也
罷，你今晚在府牆後等著，奴有一包金銀細軟，打牆上繫過去與你接
了。然後奴才扮作門子，打開門裡出來，跟你上船去罷。」但玉樓旋即
告訴李衙內如此這般，並要李衙內將計就計，把陳經濟當賊拿下。（第
92 回）

> 個人也不知，顯不出來。一生上人見喜下欽敬，為夫主寵
> 愛。只一件，你饒與人為了美，多不得人心。命中一生替
> 人頂缸受氣，小人駁雜，饒吃了還不道你是。你心地好，
> 雖有小人，也拱不動你。濟得好，見個女兒罷了，子上不
> 敢許。若說壽，倒盡有。（第46回）

　　如老婆子所卜，孟玉樓喜歡誰或惱著誰，都不會顯現，只表現和氣大度，也因此她是西門慶的妻妾中，較有圓滿結局的女子。在西門府內，除了李瓶兒人人稱讚之外，就只有孟玉樓被她的姑母楊姑娘讚美「平日有仁義，好溫克性」（第7回）。儘管吳月娘也活到終老，有西門玳安侍奉，但丈夫早逝，唯一的墓生子孝哥兒卻讓普靜師父幻化而去，無夫無子收養玳安為西門玳安，守著西門家業，但孟玉樓不同，她最終能再嫁李衙內，成為正室夫妻和諧，生得一女送終。這樣的命運結局，正代表著編寫著對於這些身為妻妾的女子們命運的點評，善終者，都是符合「性別政治」底下，對於婦道的要求，對於女德的宣揚。

　　韓愛姐和陳經濟是露水鴛鴦，直到陳經濟死後，她自願為她守喪守節成為他的妾，韓愛姐的轉變則更是不同。她剛出場時，是西門慶為翟管家找個妾，馮媽媽說了西門慶家的夥計韓道國女兒：「韓氏，女命，年十五歲，于月初五日子時生」，小名叫做愛姐。從西門慶眼中看到的愛姐是：「烏雲疊鬢，粉黛盈腮，意態幽花酴麗，肌膚嫩玉生香。」（第37回）她嫁給翟管家作妾，在府裡受用富貴，寸步不離照顧、答應翟管家的母親。後來成為「會寫，又會算，福至心靈，出落得好長大身材，姿容美貌……打扮得如瓊林玉樹一般，百伶百俐。」（第81回）西門慶死後，

夥計韓道國聽從老婆王六兒的話，把替西門慶買賣得的一千兩銀子私吞，二人上東京投奔韓愛姐。待後來，「朝中蔡太師、童太尉、李右相、朱太尉、高太尉、李太監六人，都被太學國子生陳東上本參劾，後被科道交章彈奏倒了，聖旨下來，拿送三法司問罪，發烟瘴地面永遠充軍。太師兒子、禮部尚書蔡攸處斬，家產抄沒入官。」（第 98 回）韓道國、王六兒、韓愛姐三口逃生，韓愛姐和風韻猶存的王六兒，都以妖嬈的身體營生。

　　陳經濟在春梅的支持下，在臨清碼頭上開張大酒樓，愛姐等人投宿於此，見到陳經濟時，愛姐是「一雙星眼，斜盼經濟，兩情四目，不能定神。」兩人頻送秋波，彼此有意。愛姐問經濟：「官人青春多少？」經濟道：「虛度二十六歲。敬問姐姐青春幾何？」愛姐笑道：「奴與官人一緣一會，也是二十六歲！舊日又是大老爹府上相會過面，如今又幸遇在一起，正是有緣千里來相會。」愛姐更是「把些風月話兒挑勾經濟。經濟自幼幹慣的道兒，怎不省用？」這愛姐與翟管家做妾，詩詞歌賦，諸子百家皆通，甚麼事不久慣呢？因此主動要陳經濟上樓說個話兒，待上樓後，經濟問：「姐姐，有甚話說？」愛姐道：「奴與你是宿世姻緣，你休要作假，願偕枕蓆之歡，共效于飛之樂！」經濟道：「只怕此間有人知覺，卻使不得。」但愛姐沒讓陳經濟有拒絕的機會，她「作出許多妖嬈，且摟經濟在懷。將尖尖玉手，扯下他褲子來。兩個情興如火，按納不住。」（第 98 回）從兩人遇見開始，都是愛姐作出妖嬈主動挑逗陳經濟。兩人歡愛後，晚夕留陳經濟在樓上閣裡歇息，當下山盟海誓，曲盡綢繆，愛姐把她在翟管家伏侍老太太時也學會些彈唱，又能識字會寫之事訴說一遍後，「經濟聽了歡喜不勝，就同六姐一般，正可在心上，因此與

他盤桓一夜，停眠整宿。」（第 98 回）至此時，打動陳經濟的是「同六姐（潘金蓮）一般」的愛姐了。

　　陳經濟回家後，妻子葛翠屏絮叨他必是在柳陌花街走踏，所以都不著家，因此不放陳經濟到酒家去。等了十數日不見陳經濟，愛姐是「挨一日似三秋，盼一夜如半夏」（第 98 回），朝思暮念，備了猪蹄、燒鴨、鮮魚、酥餅，拂開花箋寫了束帖，著人送給陳經濟，這樣的書信傳情，更像是當年潘金蓮對待陳經濟，這當然讓陳經濟無法忘懷韓愛姐，兩人再相見時，自是顛鸞倒鳳，生死難離。如此細節地說明韓愛姐和陳經濟的遇合，不過說明到陳經濟對於韓愛姐，似乎是他對潘金蓮的移情作用。但是，在陳經濟被張勝殺死後，韓愛姐的表現則令人驚訝。

　　韓愛姐聽見經濟已死，晝夜只是哭泣，茶飯都不吃，一心只要往城內周統制府內，見經濟屍首一面，死了也甘心。父母及旁人都勸不動她。後來得知陳經濟埋在永福寺內，愛姐又一心只想到他墳上燒紙，哭他一場，父母只得依她。到了永福寺，韓愛姐哭倒墳前，頭撞於地下昏死了過去。不想當日正是陳經濟下葬三日，春梅和葛翠屏坐乘兩頂轎子，伴當跟隨，抬三牲來祭拜他，見愛姐哭倒，問了一回話。愛姐醒來後，向春梅、翠屏插燭似的磕了四個頭，說道：

> 「奴與他雖是露水夫妻他與奴說山盟、言海誓，情深意
> 厚。實指望和他同諧到老，誰知天不從人願，一旦他先死
> 了，撇得奴四不著地。他在日曾與奴一方吳綾帕兒，上有
> 四句情詩。知道宅中有姐姐，奴願做小……」
>
> （後來）做父母的見天色將晚，催促他起身。他只顧不思動

身，一面跪著春梅、葛翠屏道：「情願不歸父母，同姐姐
守孝寡居。也是奴與他恩情一場，活是他妻小，死傍他魂
靈。」

那翠屏只顧不言語，春梅便道：「我的姐姐，只怕年小青
春，守不住。只怕誤了你好時光！」愛姐便說：「奶奶那
裡話，奴既他，雖剜目斷鼻，也當守節，誓不再配他
人！」囑付他父母：「你老公母回去罷，我跟奶奶和姐姐
府中去也！」（第99回）

韓愛姐堅持與葛翠屏姐妹相稱，為陳經濟守喪守節。陳經濟的正
室葛翠屏不言不語，唯春梅作主。回到府中，翠屏、愛姐兩人持
貞守節，甚是合得來，兩人甚至因思念陳經濟，春日賦詩且潸然
淚下。直到周守備戰死，春梅貪淫不已，死於周義身上。而後大
金搶了東京汴梁，靖康被擄至北地，中原無主，四下荒亂，葛翠
屏被娘家領去，各逃生命，韓愛姐無所依倚，只得出了清河縣，
前往臨清找尋父母，途中遇見了叔叔韓二，一同投奔父母。待至
江南湖州尋著時，韓道國已死，王六兒本與韓二有染，就配了韓
二，種田過日子。那湖州有富家子弟，見韓愛姐聰明標緻，多來
求親。韓二再三要她嫁人，愛姐竟割髮毀目，出家為尼姑，誓不
再配他人，以疾而終，年32歲。

　　誓不再配嫁他人，不昔割髮毀目的韓愛姐，成為《金瓶梅》
中為兩個淫欲「六兒」翻案的女人。[21]也就是說，韓愛姐對於陳

21　田曉菲：《秋水堂論金瓶梅》，頁298，提及：韓愛姐因會寫字唱曲像
　　潘六兒（金蓮），後來陳經濟也與她有山盟海誓。至於，她在陳經濟死
　　後，她在為永福寺裡告訴春梅和葛翠屏，她曾經贈予陳經濟青絲一縷，

經濟，有著兩個「六兒」的身影——潘金蓮待陳經濟，與王六兒待西門慶，但又是她們的翻案，因為她動了真情，愛上陳經濟。韓愛姐的名字早已訴說，她是有真愛的女子，這份愛，在陳經濟死後，才被強調彰顯出來。然而，這份愛，似乎也必須是從欲海中超拔為貞節的女子，有壯烈的行為表現（割髮毀目）才能被看到、看肯定，也被傳統父權社會認同與接受。

　　在此，韓愛姐和李瓶兒都是他人的妾，她們的身體書寫，表現了什麼符號呢？李瓶兒得了血崩之症，除了可能是西門慶在她經期時仍索求歡愛外，還有她對官哥兒的擔心，以及她極明白潘金蓮的虎視眈眈，精神因此極度壓抑。而這種壓抑正好說明，她要求自己成為溫柔、賢慧的西門慶的愛妾，委屈以求全，這正是文化的凝視底下，對於父權的回應與順從。雖然韓愛姐曾經為翟管家的妾，又雖然是她先對陳經濟言語或肢體的挑逗，但最終，韓愛姐自毀容顏以求全其愛，都是父權社會所讚揚的。看似縱欲的《金瓶梅》女性身體書寫，最終仍是臣服在道德的要求下，即使這是在重利縱欲的晚明社會，但對於家庭秩序的維持及要求，都仍存在。全書最終仍有一位以「愛」為名且忠貞的韓愛姐，加上西門慶的賢妾李瓶兒——她們似乎是《金瓶梅》作者重視的，且要我們看到的：西門慶與眾女子們淫欲無度，似乎是要摧毀家庭乃至道德及秩序。然而，家破國滅，社會蕭索，作者要說明的卻是：人欲的最終，要回應的仍是天理的存在。因此，李瓶兒轉變成賢良溫婉的賢妾，韓愛姐的毀目以全其愛，都不過是在性別

　　鴛鴦香囊一個，「則又儼然得自金蓮的鏡像王六兒的傳授：西門慶死前，王六兒送給他的正是以青絲纏為同心結的兩根錦帶和一個鴛鴦遍地金順袋兒。」

政治底下期待的女性。同時，與正室呼應，唯有妻妾賢德不爭，才能維持家庭秩序。

第三節　身體與利益的交換 —— 權力與被規訓的身體

　　男性社會對於女性身體的宰制與消費，以鞏固父權中心思想，強調女貞、女德或者強調上下位階、男女尊卑的從屬關係，並不只在家庭倫理中，還對於他們所付出金錢消費的歌女、戲子、娼妓、男寵等。他們的身體被付出金錢者，或者擁有權力者所掌握的。傅柯認為，權力是各種力量關係的集合：

> 各種力的關係在它們所運作及構成它們自身的組織的領域裡所展現的多樣性；（權力）是一個過程，經由不斷的鬥爭與對立、轉化、加強或倒置力的關係；（權力）是這些力的關係在彼此之間找到的支持，於是形成一個鎖鏈或一個系統。[22]

權力在這樣一個利益輸送、給予過程中，身體被消費也被宰制，同時也柔順地服從。《金瓶梅》中，這最能從娼妓身上看見。西門慶收集女人，自然不會漏掉娼妓，在李瓶兒死前，他包養李桂姐也迷戀她，常常為她不著家，也惹得潘金蓮大怒；在瓶兒死

---

[22] 傅柯著，佘碧平譯：《性經驗史》（上海：上海人民出版社，2002年），頁68-69。

後，因西門慶得知李桂姐周旋在兩個包養她的男人之間，桂姐因此失寵，西門慶後來新戀上鄭愛月兒。此外，西門慶的二房李嬌兒曾是娼妓，李桂姐是她的侄女。至於吳銀兒是「花二哥婊子」（第 15 回），但她為了向西門家靠攏，極聰明地認李瓶兒為乾娘，李桂姐則認吳月娘為乾娘。這使得西門慶和妓院這些女子的「倫理」關係，顯得複雜。她們皆因西門慶的權勢與財富而靠近他，然而，當她們以身體或語言承歡時，她們其實最理解在性別政治底下，得如何以看似張致的身體欲望，挑逗及服從男性。倫理關係的紊亂──正隱喻著因為欲望無度而使得家庭秩序以及社會秩序的崩毀。

　　事實上，女性的身體從來不屬於自己，它更是「一種證明，一種工具，一個容器。它被崇拜、被禁忌、被規訓、被統治、被指涉、被喻、被覆蓋、被遮蔽、被塑造、被扭曲，它從來就不是它自己。」[23]

　　即使是娼妓被「梳籠」[24]，也有一定的程序，透過程序所顯示的符號意義──女性貞潔的被占有──當西門慶有意要梳籠李桂姐時，先讓小廝玳安拿出五兩一錠銀子，放在桌上，他說：「這些不當甚麼，權與桂姐為脂粉之需，改日另送幾套織金衣服。」桂姐連忙起身相謝，也不慌不忙歌唱一曲。是夜，西門慶在李桂卿的房裡先歇著，桂卿是桂姐的姐姐，第二日，西門慶使

23　楊秀芝、田美麗：《身體‧性別‧欲望──20 世紀八九十年代小說中的女性身體敘事》（武昌：武漢大學出版社，2013 年 2 月第 1 版），頁13。

24　《金瓶梅詞話》（第 11 回），註 44：「梳籠──原是處女的娼妓第一次接客伴宿，接客後，由散髮改梳髮髻，故稱梳籠」。

了小廝往家去拿五十兩銀子、緞鋪內討四套衣裳。西門慶的二房李嬌兒聽說西門慶要梳籠她的侄女桂，連忙拿了一錠大元寶給玳安，「到院中打頭面、做衣服、定桌席。吹彈歌舞，花攢錦簇，做三日，飲喜酒。」（第 11 回）對於娼妓的梳籠形式，也在於彰顯男性的權力及威儀，過程如同下聘定親，這也正象徵一種占有的儀式。

西門慶和桂姐也彷若新婚燕爾，貪戀桂姐姿色，半月都不曾回家，無論吳月娘如何使小廝拿馬接人，次次都撲了空，因為李家把西門慶的衣帽都藏過一邊，不放他起身。而後西門慶又娶了李瓶兒，逐漸冷落桂姐，桂姐見西門慶近日不來，又接了杭州販紬絹丁相公的兒子丁二官人。也是合該有事，一日，西門慶前往麗春院，虔婆道桂姐去幫她的五姨媽過生日了，由她的姐姐李桂卿在席上接令新曲，卻被往後邊更衣的西門慶，走到窗下「偷眼觀戲」，瞧見桂姐和丁二官人房裡飲酒，拆穿了李桂姐的謊言。西門慶怒從中來，把門窗戶壁床帳碟兒盞兒都打得粉碎。（第 20 回）西門慶的憤怒，其實也說明了，即使是以身體營生的娼妓，當男性以象徵意義的方式梳籠包養了她，除了她必須遵從在男性與之交易訂下的規則之外，事實上男性期待的更是「臣服」，也就是說：「在男權文化中，女性身體被賦予多重意義。男權文化中常常直接把女性身體喻為等待男性控制的具有自然屬性的東西。」[25]以致於後來應伯爵要為李桂姐說好話，編排理由時，還得加上：「實告，不曾和桂姐沾身。今日他娘兒們賭身發咒，磕

25　楊秀芝、田美麗：《身體・性別・欲望——20 世紀八九十年代小說中的女性身體敘事》，頁 8。

頭禮拜，央俺二人好歹請哥到那裡，把這委曲情由也對哥表出，也把惱解了一半。」（第 21 回）這樣明說桂姐不曾和丁二官人沾身，不過是在男性中心思想底下，女性身體的被決定與被占有的重要意義。

西門慶生子加爵，做了提刑官後，李桂姐與虔婆鋪謀定計，買了菓餡餅兒、豚蹄、燒鴨、酒及女鞋，對著吳月娘四雙八拜，認作乾娘，把月娘哄得滿心。桂姐道：「媽說爹如今作了官，比不的那咱常往裡邊走。我情願只做乾女兒罷，圖親戚來往，宅裡好走動。」（第 32 回）李桂姐認月娘為乾娘，所圖的自然是與西門慶的權勢關係的掛勾，然而就吳月娘的立場，認作乾娘乾女兒就有它的身分及規範，必須在這樣的倫理規範底下行禮如儀。因此，當李桂姐到西門慶作客，月娘留她留不住，因為鴇母喚人來接，桂姐又以五姨媽盼她為由，急急離去。這使得月娘極為不滿，她對吳銀兒說：「銀姐，你這等我才喜歡。你休學李桂兒那等喬張致，昨日和今早，只像臥不住虎子一般，留不住的只要家去。可可兒家裡就忙的恁樣兒？連唱都不用心唱了！見他家人來，飯也不吃就去了，就不待見了。銀姐，你快休學他！」（第 45 回）吳銀兒自然是稱諾不已。吳銀兒雖不是西門慶的粉頭，她從李瓶兒那裡得到的是仍物質的、實質的好處，連瓶兒臨終時都不忘留些衣物給她，因此她的身體姿態所屈從的，都是來自擁有權力所給予的利益。

瓶兒死去後，西門慶新搭上的小粉頭是鄭愛月兒，她更是熟悉權勢與財富擁有者的心態。她知道西門慶所欲望的不只是她的女體，她懂得以更多女性的女體去攏絡西門慶，她的作法，不過是潘金蓮的另一種版本。潘金蓮要得到的是西門慶與其他女性相

處或欲望的細節，並以此掌控西門慶，鄭愛月兒不然，她釋出訊息，滿足西門慶對於女性的諸多想像及欲望，她成為西門慶的知己粉頭。換句話說，鄭愛月兒是最懂得男人心的女人，最懂得父權意識底下對女性的操控，她把這樣的行為理解為對西門慶的屈從，以其他女性作為獲得西門慶愛寵的交換條件。然而，她也沒失去自己的嫵媚。她送蚫螺給西門慶吃，卻讓西門慶想起瓶兒，因為在他的妻妾中唯有瓶兒會揀，但這不是最要緊的，要緊的是她送去的瓜仁是她一個一個嗑出來的，再教人送去，這是透過物質表達心意。（第68回）

　　「事實上，在我們文化的意識型態中，女性都是被描述的客體，而不是言說的主體。身體召喚著我們對自身作出闡釋。」[26] 這透過鄭愛月兒獻媚西門慶的方式，得以說明鄭愛月兒對西門慶表達心意的方式，都是利用其他女性：她先告了李桂姐一狀，說了李桂姐如今和王三官兒在一起，讓西門慶氣憤不已。再進一步告訴西門慶，李桂姐現在的男人王三官有個如畫般標緻的妻子，才十九歲，雙陸棋子都會，是東京六黃太尉的侄女，是兼青春美貌與家室背景和才藝的女子，要接近她，首先可以先刮上王三官的母親林太太。在如此這般告訴之後，西門慶「見粉頭所事合他的板眼，一發歡喜。」對她說，「我兒，你既貼戀我心，每月我送三十兩銀子與你媽盤纏，也不消接人了，我遇閑就來。」鄭愛月兒果然是極懂得男人的娼妓，她表現出來的是不在乎錢財，她表明他只想要伺候西門慶：「爹，你有我心時，甚麼三十兩二十

---

[26] 〔美〕簡・蓋洛普著，楊莉馨譯：《通過身體思考》（南京：江蘇人民出版社，2005年1月第1版），頁19。

兩，月間掠幾兩銀子與媽，我自恁懶得留人，只是伺候爹罷了。」（第 68 回）鄭愛月兒為西門慶指出的林太太、王三官妻子，以及她為西門慶所獻上的身體，都是鄭愛月兒透過父權之眼來看女性。於是我們看到鄭愛月兒成為父權社會的代言人，男性思維所形塑的文化氛圍，也因為鄭愛月兒參與了父權對於女性身體的想像及處置，因此她能輕易得西門慶的愛寵以及更多的利益。

第四節　結　語

　　《金瓶梅》透過男性──西門慶和陳經濟，他們的正室、繼室、妾之間的關係，以及這些女性的表現，使我們明白在父權社會底下，女性不僅被規訓、被文化凝視，也對其他女性約制與規範。就西門慶來說，妻妾以外的女性──包括婢女、僕婦、夥伴僕人的老婆、青樓女子、權貴遺孀等這些和他有染的女子，她們透過獻上身體，以交換西門慶的權勢及財富。其中受西門慶支配的妻妾、僕婦（上下階層的從屬關係），因為他有錢有權，因此以性愛交換他的財物或獲得利益──期待能得到更高的身分地位（從僕婦變成小妾）；至於娼妓，因為她們的職業需求，看似情欲奔放，實則她們為了自身利益，更必須臣服於男性，方能交換到最大的利益，而她們能交換的也只是身體。

　　西門慶和陳經濟的妻妾，她們的命運及結局的安排，都一再透露男性統治底下對於女性的規範與期待。《金瓶梅》的編寫者，所展現的是文化對於女性／婚姻中女性的凝視、期待、約制。例如寫西門慶的正室吳月娘，寫她對許多事視而不見、聽而

不聞，同時也寫她一心禮佛祭祀；寫瓶兒則寫她在生子後成為西門慶的賢妻良母；寫孟玉樓則一再寫她的不爭不讓不多言，卻聰明體貼丈夫。至於和陳經濟不過是露水鴛鴦的韓愛姐，但為了表現忠誠於自己的情愛，在陳經濟死後自毀容顏，終於能成為陳經濟在名義上的妾室。他們兩人在複雜的性愛關係及對象中，能得到一位女子的真情，實屬幸運：西門慶的李瓶兒，以及陳經濟的韓愛姐，她們成為身分敘事底下，服從性別政治的以符合家庭利益的賢妾美眷。

綜合本章所討論的「性別政治」的書寫，《金瓶梅》雖然書寫了許多女性的情欲自主或者欲望需索，但是文本深層的結構意旨，卻更透露了編寫者極欲透過性別高下的位階來規範女性。於是，正室們的命運，已決定在她能否符倫理的期待，並且能維繫和諧，正室因此必須以家庭秩序為前提。至於賢妾美眷，則期待她能守貞節、性格謙讓，處事圓融。如此，《金瓶梅》一書所為世誡的，便是對於家庭秩序破壞者的批判，也以家庭中女性的守分以期能匡正家庭秩序，同時也隱喻晚明社會士商階層地位的彼此靠近，階級秩序雖已鬆動，但是家庭倫常卻不容被破壞。

第三章 《金瓶梅》身體感知的敘事意義──觀看、窺視、潛聽、噁心與快感的身體書寫

　　《金瓶梅》是一部書寫家庭日常生活，充滿身體敘事的大著作。如此，在《金瓶梅》中無可迴避男女情欲，以及透過身體感知的欲望書寫。《金瓶梅》裡往往可以透過觀看、偷窺及潛聽的場景以及人物行動，展現西門家的日常生活以及人物彼此的關係及內心思惟。觀看、偷窺，表現了「視者」與「被視者」彼此之間的複雜關係──他們選擇的位置及觀看視角，代表現實中的權力地位高下，或者是角色所處位置的利益衝突。《金瓶梅》四度寫元宵節，元宵節俗的特殊性與慶典的狂歡性，展現了公眾的狂歡向私領域靠攏，從觀看與被觀看的「視」的角度，探討《金瓶梅》全書所隱喻的興衰起落以及欲愛流動。關於觀看，龐春梅曾被要求站在西門慶與潘金蓮的欲愛現場，執壺凝視他們的歡愛，或者在葡萄架下看視西門慶以性愛獎勵或懲罰潘金蓮，這樣凝視的角度又隱含了作者批判何種的角度呢？

　　在《金瓶梅》中，西門慶有各種喜好，例如他喜歡蒐集人妻──僕婦、上流社會的婦人、達官遺孀、朋友的妻子、官人的老婆、奶娘等。在性愛上他喜歡新奇的嘗試，潘金蓮因此常以各種

新奇方式——包括聽聞他和別的女人的性愛，並以身體的各種姿態來攬住他的歡喜。然而，要攏絡西門慶的心，並不容易，有時得出奇招或絕招，才能讓西門慶深深記住或者討他歡心。潘金蓮因此曾經主動要為西門慶吞尿，這讓西門慶身體得到快感，心理更是高度優越。因此他也以此要求向他獻媚以獲得物質回饋的奶娘如意兒，但悲涼的是，我們看到西門慶對如意兒並無多一點的憐惜及關懷。噁心與快感是完全相反的心理感知，但在性愛裡可能成為同時存在於性愛雙方，不同人身上的身體感受。除此之外，在《金瓶梅》中，女性們在花園裡打鞦韆，推送飛高的鞦韆遊戲，彷彿隱喻著性愛的動作，隱喻快感。本章即從觀看、偷窺、潛聽、噁心與快感，討論《金瓶梅》裡身體感知、意象的呈現及其隱喻。

　　關於身體感的研究，將小說文本的討論從身體的存在感受及經驗（現象）出發。然而，什麼是「身體感」：「身體作為經驗的主體以感知體內與體外世界的知覺項目（categories），是人們進行感知的行動（enact perception）中關注的焦點。經由這些焦點，我們展開探索這個世界的行動，做出判斷，並啟動反應。」[1]上述是余舜德對於「文化身體感」的說明，強調身體的經驗所帶來的感官知覺，因不同的文化而有差異，而這些感知又回頭影響文化的發展。[2]

---

[1]　余舜德：〈身體感：一個理論取向的探索〉，余舜德編：《身體感的轉向》（臺北：國立臺灣大學出版中心，2015 年 12 月初版），頁 12。

[2]　余舜德：〈從田野經驗到身體感的研究〉，余舜德編：《體物入微：物與身體感的研究》（新竹：國立清華大學出版社，2008 年 12 月初版），頁 8-11：「身體的感受同時包含意涵與感覺、文化與本性

　　關於「身體感」的研究，可上溯至中研院院士李亦園的主題
計劃「文化、氣與傳統醫學」，更重要的是在 2004 年開始，余
德舜等人將身體經驗的主題或項目，以「身體感」為主題作跨域
研究，理論取徑於人類社會學。此「身體感」的理論及研究成果
啟發筆者，但人類學的理論未必能符合《金瓶梅》的男女情欲及
身體書寫，卻能支援《金瓶梅》文本中更為細微的身體感官細項
的討論。同時，在文學的「身體」討論中，有一部分是聚焦在
「感知」的部分。本文試圖釐清作者透過小說人物所展演的身體
感知、身體觀照以及背後的隱喻。因此，本文雖由「身體感」出
發，但因龐大身體敘事裡亦涉及「知覺」的部分，仍使用「身體
感知」一詞。

　　蔡璧名在討論疾病與知覺時，則說明「身體感」與「身體
觀」的差異：

> 「『身體觀』屬於認識，係針對『具體』的存在物——身
> 體——作一抽象的理解，意即把原初的『經驗』加以『觀
> 念』化。」「如果說『身體觀』是一種理論性、慨括性的
> 『認識』，則『身體感』所指涉的是『現象』，是以身體
> 為主體，而面對世界所產生的感知與認識。」「至於『身

（nature），既非純粹的身體感受，亦非單純的認知，而是兩者的結
合。」「這些身體感知／認識物的過程，又與知識、科技、物質文化、
政治經濟、交易及消費系統的發展密切交織、相互影響。」「身體感與
物之間密切的關於日常生活、社會關係的建立、宗教儀式的展演、社
會階級或階序（hierarchy）的分野、及象徵意涵的建構等面向，都扮演
重要的角色。」

　　　體感』這概念，則是強調以身體作為認知主體，以『身
　　　體』這個具體時空中的立足點，來安排主體所獲得的感官
　　　經驗。」[3]

　　從身體感──透過對於身體現象所產生的感知，來檢視《金瓶
梅》這一部充滿身體敘事的大著作，可以看到文本裡許多從感官
出發的書寫。

　　在前人的研究中，李志宏〈論金瓶梅的情色書寫及其文化意
味──以潘金蓮的情欲表現為論述中心〉，指出《金瓶梅》的敘
事是源自女性的身體與經驗的表達，女體書寫自有其隱喻。[4]毛
文芳在〈物、性別、觀看──明末清初文化書寫新探〉一文中，
已指出晚明對於「物欲」與「看視」的重視。[5]陳建華的〈欲的
凝視：《金瓶梅詞話》的敘述方式、視覺與性別〉一文中，則特
別指出張竹坡《金瓶梅讀法》評點中所言的「破綻」，進而言及
「偷覷」、「潛聽」的描寫，標誌作者在「視點」與「觀點」上
的運用。在這樣的閱讀視角下，並將元明以來的城市生活，文學
商品化的發展作了聯繫，進一步透過「偷覷」、「觀看」──小
說人物的視覺經驗，闡釋《金瓶梅》的主題及美學，同時指出

3　蔡璧名：〈疾病場域與知覺現象：《傷寒論》中「煩」證的身體感〉，
　　余舜德編：《體物入微：物與身體感的研究》，頁 166-168。

4　李志宏：〈論金瓶梅的情色書寫及其文化意味──以潘金蓮的情欲表現
　　為論述中心〉（臺北：臺北師院語文集刊》第 7 期，2002 年 6 月），頁
　　1-54。

5　毛文芳：《物、性別、觀看──明末清初文化書寫新探》（臺北：臺灣
　　學生書局，2001 年）。

「小說體現了視覺方面的獨特感受」，「這部『奇』書或可讀作
一部『眼睛』的寓言。」[6]此外，在李欣倫的《《金瓶梅》之身
體感知與性別辯證：一個跨文本與漢字閱讀觀的建構》，則討論
《金瓶梅》的男性及女性評點者張竹坡、丁耀亢、蒲安迪、田曉
菲對於如何解構《金瓶梅》，並討論《金瓶梅》文本內的身體、
身體感知，以及跨文本——評點、續書的身體感知與性別辯證。
[7]在前賢的研究底下，透過「身體感官」對《金瓶梅》已有不少
精彩的研究成果，特別是在視覺的部分，包含以眼觀之或彼此窺
探，也代表了文化群體的凝視。

　　關於身體感知的討論範圍很大，筆者從感官（眼、耳、鼻、舌、
身）——視覺、聽覺、嗅覺、味覺、觸覺出發。在上述的說明
中，也可知一般對於「看視」及「潛聽」論述較多，因為這確實

---

[6]　陳建華：〈欲的凝視：《金瓶梅詞話》的敘述方式、視覺與性別〉，王
　　瑗玲、胡曉真主編：《經典轉化與明清敘事文學》（臺北：聯經出版事
　　業公司，2009 年 8 月），頁 127。

[7]　李欣倫：《《金瓶梅》之身體感知與性別辯證：一個跨文本與漢字閱讀
　　觀的建構》（臺北：臺灣學生書局，2014 年 9 月初版），頁 180。李欣
　　倫在閱讀及論證的過程中提及：「總的來說，《金瓶》是具有『身體意
　　義』的文本，倘若我們能從『身體』的廣義面（任何與身體有關的解釋
　　及說法）來重新檢視那些不同時代所生產的《金瓶》觀點，便不難發現
　　《金瓶》已逐漸從最初『世情』——全面地反映世態人情——漸漸過到
　　對『身體』議題的探究：可以是文本內部的人物角色之身體隱喻，也可
　　以是文本外部的閱讀時的身體感知，也可以是創作過程中的複雜情緒，
　　因此這部經典滿足了不同身分的讀者——學者或醫者，他們從專業之眼
　　透視出《金瓶》的精彩所在，拓展並深化了《金瓶》研究的縱深。綜觀
　　《金瓶》閱讀史關於『情』的與時推移——從世情到情緒，從情緒要身
　　體。」

是小說人物較易展現出來的外顯行為,特別是在古典小說中人物的心理往往透過行為展現。至於「噁心」及「快感」,這是身體內在的感知——在《金瓶梅》以日常生活為敘述內容的小說中,個人生理感受的描述確實少於外在行為的表現,它是更貼近「身體感」的論述——「身體作為經驗的主體以感知體內與體外世界的知覺項目」。[8]除了身體感官的五感以及噁心或快感之外,自然還有更大量的如歡愉、驚懼、疑惑……等各種感知的書寫,然而此章仍聚焦在女性身體書寫中的感官知覺,仍以欲望為描述的對象,因此,本文也嘗試從「偷窺」、「潛聽」,以及身體更內在的「噁心」及「快感」等生理現象及身體感受,討論《金瓶梅》身體感官書寫的敘事意義。

第一節　觀看與被觀看的身體感知與隱喻

觀看、偷窺,表現了「視者」與「被視者」彼此之間的複雜關係——他們選擇的位置及觀看的視角;或代表現實中的權力地位高下;或者角色所處位置的利益衝突。這些觀看,自然是刻意為之,是環境、社會、文化所建構出來的。[9]《金瓶梅》裡,觀看、偷窺及潛聽的場景,展現了西門家的日常生活——突顯文人

8　余舜德:〈身體感:一個理論取向的探索〉,《身體感的轉向》,頁12。

9　米克·巴爾著,劉略昌譯:〈視覺本質主義與視覺文化的對象〉,周憲編:《視覺文化讀本》(南京:南京大學出版社,2013年),頁150-185。

寫作的敘事觀點，也鋪陳了作者的寫作策略，[10]留予讀者更多的
解讀空間。

　　《金瓶梅》人物在日復一日的家庭生活時間之外，還有著突
出日常的節慶時間，《金瓶梅》裡提到的歲時節令有除夕、元
旦、元宵、清明、中秋、重陽節。其中，元宵節鋪寫家庭聚會，
同時有鄉里共賞花燈的民俗活動，從「賞」花燈，到女性得以上
街的「觀看」與「被觀看」——「人人都是觀者，人人也都在演
出，不過所有燈光與目光的聚焦之處，無寧群群靚粧炫服的看燈
婦女，與那一群群采衣傅粉的妝春少年」，觀看、與被觀看，成
為元宵節的活動之一。[11]《金瓶梅》中四度提到元宵節，工筆重
寫元宵的則有三次，透過這個強調「觀看」與「被觀看」的慶典
的特殊性——女性能上街的節俗，表現人物在彼此窺探及觀看底
下的身體感知及其隱喻。

一、屬於觀看與被觀看的節日
——元宵節俗內容與慶典的狂歡

　　「歲時」，是中國社會特有的時間表述方式，起源於民眾對
日常生活的理解；「節令」則在人們適應自然時序後形成的民俗

10　陳建華：〈欲的凝視：《金瓶梅詞話》的敘述方式、視覺與性別〉，頁
　　103，「像這樣描寫充滿欲望與利益的眾生相，已經帶有晚明意識，即
　　表達了對人的『自然之性』的理解。無論是『視點』還是『觀點』的表
　　現，都增強了日常生活和人物的『實』與『物』感。」

11　陳熙遠：〈中國夜未眠：明清時期的元宵、夜禁與狂歡〉，胡曉真、王
　　鴻泰主編：《日常生活的論述與實踐》（臺北：允晨文化實業公司，
　　2011 年 12 月），頁 226。

生活。[12]「節慶」是節令中的慶典活動,並具有團圓、紀念的意義。節慶時間之所以為人們感知,因為它在本來是均速前行、單調循環的日常生活時間中掙脫出來。節慶時間則是既具有周期性(年復一年)又擁有特殊性(每年有不同的節慶內容)。慶典中人們遵從文化習俗積累下,所形成的一種近乎儀式的過節方式,[13]它產生了一種新形態的市井言行,坦白、自由,允許人們之間毫無距離,而且脫除了平日被嚴格要求的禮儀成規,成為一種大眾的狂歡時間。[14]

節慶的活動常常是離不開家庭生活,但元宵節卻使人們能共處公共空間。因元宵賞燈是人人都可介入的場所,展現了一種近似「廣場狂歡的節慶意義」。[15]在此廣場上,消解男女不可共處一室的禁令,觀看與被觀看,成為男性與女性透過視覺感官跨越限制的第一步。關於元宵燈節的描述,《隋書·柳彧傳》記載隋人柳彧請求禁止正月十五侈靡之俗的奏疏,他描寫人們歡度元宵

12　楊義:《中國敘事學》,《楊義文存》第一卷(北京:人民出版社,1997 年),頁 122。

13　劉康:《對話的喧囂——巴赫金文化理論述評》(臺北:麥田出版社,1995 年),頁 267。

14　王建剛:《狂歡詩學——巴赫金文學思想研究》,頁 93-95。

15　劉康:《對話的喧囂——巴赫金文化理論述評》,頁 13。雖然中國並無狂歡節,然而,對應巴赫金的狂歡節仍可檢視對照中國的元宵節。巴赫金是由十九世紀末杜斯妥也夫斯基的小說創作,追溯到文藝復興時代的拉伯雷。巴赫金將拉伯雷小說創作稱之為怪誕現實主義。怪誕現實主義形式充滿著詛咒與讚美,以描述節日歡宴與肉體、慾望的誇張。對照中國的元宵節,雖沒有給國王加冕脫冕這個笑謔式的儀式或反教會的本質,但他們共同地強調節慶歡宴與肉體感官欲望的誇張、變形為特徵,並歌頌死亡與再生,是反常規反威權中心論。

的景況：「人戴獸面，男為女服，倡優雜技，詭裝異形，以穢嫚為歡娛，用鄙褻為笑樂，**內外共觀，曾不相避。**」內外不曾相避，打破受儒家秩序規範的上下、男女有別的社會秩序。[16]元宵節的氛圍因此近似巴赫金對於狂歡節的說明，是在「常規的、十分嚴肅而緊蹙眉頭的生活，服從於嚴格的等級秩序的生活」中，形成「對一切神聖物的褻瀆和歪曲，充滿了不敬和猥褻，充滿了對一切人一切事的隨意不拘的交往」的狂歡節慶。[17]

　　唐宋時，閨中婦女一向被禁止外遊，在元宵時卻能名正言順地盛裝出遊觀花燈，元宵節不僅開放了對女性的空間限制，男女得以共處在街市上，甚至彼此窺視，顛覆官方嚴制的男女界線，街市裡燈火輝煌突顯庶民文化的生命力，呈現街市裡人與欲望的流動。

　　宋元易代後，元宵依舊傳承，聚眾娛樂雖仍受到政府的限制，但宋代帝王為了粉飾太平，親登御樓宴飲觀燈。[18]皇帝御坐

16　《隋書》，卷六十二，列傳第二十七，（臺北：錦繡出版社，1993年）：「竊見京邑，爰及外州，每以正月望夜，充街塞陌，聚戲朋遊。鳴鼓聒天，燎炬照地。人戴獸面，男為女服，倡優雜技，詭裝異形，以穢嫚為歡娛，用鄙褻為笑樂，內外共觀，曾不相避。高棚跨路，廣幕陵雲，袨服靚粧，車馬填噎。肴醑肆陳，絲竹繁會，竭貲破產，競此一時。」

17　巴赫金著，錢中文主編：《巴赫金全集》第五卷（石家莊：河北教育出版社，1998年），頁170。

18　嚴文儒注譯：《新譯東京夢華錄·元宵》（臺北：三民書局，2004年1月初版），例如在《東京夢華錄》，頁177-178，記載：「宣德樓上，皆垂黃緣，簾中一位，乃御座。用黃羅設一綵棚，御龍直執黃蓋、掌扇，列於簾外。兩朵樓各掛燈毬一枚，約方圓丈餘，內燃椽燭。簾內亦作樂。宮嬪嬉笑之聲，下聞於外。樓下用枋木壘成露臺一所，綵結欄

在宣德樓上，後宮嬪妃的嬉笑聲甚至傳至城樓下，城樓下百姓引頸觀看演出。宣德樓上下連成一個充滿喧囂的公眾廣場，是「一塊讓人在擺脫生活重累之後盡情宣洩的極樂之地，它為激情所充溢。」[19]在這個狂歡廣場上，樂人引百姓呼萬歲時君王的權威仍被宣誓著，但當宮中嬪妃笑語流洩於市，上下戲謔聲連成一片時，人們生活暫時脫離常規，脫離官方的體制威儀。透過百姓對於君王的仰視、觀看與凝望，寫出元宵節官民上下的身分跨界，而這裡所描述元宵節官民身分的跨界及狂場的狂歡，則近似巴赫金說明狂歡慶典時所說的廣場狂歡及身分跨界，日常生活裡的限制及規範都暫時被解除。[20]

　　明代，元宵節的娛樂活動是正月年節活動的高潮。[21]元宵節

檻，兩邊皆禁衛排立，錦袍，幞頭簪賜花，執骨朵子，面此樂棚。教坊、鈎容直、露臺弟子，更互雜劇。近門亦有內等子班直排立。萬姓皆在露臺下觀看，樂人時引萬姓山呼。」

19　王建剛：《狂歡詩學——巴赫金文學思想研究》，頁 80-81。

20　沈華柱：《對話的妙悟——巴赫金語言哲學思想研究》（上海：三聯書局，2005 年 8 月初版），頁 80。

21　周耀明：《明代・清代前朝漢族風俗史》：明太祖朱元璋鑒於元人耽於聲色娛樂，不事生產，因此禁止官民士庶的日常娛樂，但為了顯示明代社會安定，歌舞昇平的太平氣象，因此提倡上元放燈，官民同樂。明成祖下詔元宵賜假七日。元宵放燈節極為熱鬧盛大，在永樂年間長達十天，明代元宵放燈節從正月初八到十八，頁 161-162。在清代，元宵節的活動有烟火、猜燈謎、表演雜戲，在元宵節前後有燈市的商業活動。《明會典》也記載著：「永樂七年詔令元宵節自正月十一日起給百官賜假十天，以度佳節」。明末張岱在《陶庵夢憶》，記載了燈節耍獅子、放煙火、彈唱、大街衢巷通宵以樂的情形。清代的元宵燈市雖沒有明代那麼長的時間，但熱鬧依舊。《燕京歲時記》所載「自十三至十七均謂燈節，惟十五日謂之正燈耳。」元宵節的活動更為盛大，頁 360-361。

被稱鬧元宵，「鬧」字生動描寫出元宵節活躍的民俗性、市井小民的狂歡氣息及商業氛圍。而此「鬧」字所展現的，並非在於完全擺脫日常的法度、禮典的規範，只是允許百姓在某部分對於禮教規範與法律秩序的挑釁與嘲弄，並自成一套遊戲規則。[22]百姓在元宵節時如入不夜城，以觀燈為名，逾越各種禮典和法度，並顛覆日常生活所預設的規律的。這正是元宵節的遊戲規則：突破時間、空間、性別的界域。[23]

　　《金瓶梅》的編寫者利用這樣一個特殊的民俗節慶，寫出元宵節時透過觀看，指陳身體的欲望。《金瓶梅》的元宵節表現在視覺上華麗的效果的還有：燈火、煙火、女子服飾的燦爛顏色，車馬雜沓、人聲交織而成的炫麗聲光。廣場上滙聚生命力豐富的節俗活動，對比日常生活的重覆瑣碎；同時也在極冷的季節裡反襯出極熱鬧喧嘩的元宵節慶，這是冷熱交錯的書寫藝術；也形成一個顛覆秩序的街市景象，同時消解了官方權威與性別的嚴明界限，更是將民俗節慶向個人情欲的靠攏的書寫。

二、《金瓶梅》寫元宵的「觀看」與「被觀看」

　　《金瓶梅》第一次寫元宵節，正月十五日，同時也是李瓶兒的生日。月娘率領西門慶的一干妾室們，除了孫雪娥留下看家，

22　陳熙遠：〈中國夜未眠：明清時期的元宵、夜禁與狂歡〉在元宵節的節俗活動中，除了夜晚賞花燈，還有偷青、走百病的活動，但「偷」青的活動，只「演戲」的劇碼，是遊戲的規則（頁 200-201）。至於走百病，在最初不過是出遊過橋，婦女「盛妝出遊，俗謂走橋」，盛妝是重點，走橋不過是名目（頁 221）。

23　陳熙遠：〈中國夜未眠：明清時期的元宵、夜禁與狂歡〉，頁 226。

其他四人都穿著錦繡衣服，來到李瓶兒在獅子街新買的房子，為她慶賀生日。女眷們的穿著呈現在讀者面前的是繽紛的色彩：

> 樓簷前掛著湘簾，懸著彩燈。吳月娘穿著大紅粧花通袖襖兒，嬌綠段裙，貂鼠皮襖。李嬌兒、孟玉樓、潘金蓮都是白綾襖兒，藍段裙。李嬌兒是沈香色遍地金比甲，孟玉樓是綠遍地金比甲，潘金蓮是大紅遍地金比甲，頭上珠翠堆盈，鳳釵半卸，鬢後挑著許多各色燈籠兒。（第15回）

透過仔細的服裝描寫，除了表現豔麗無比的西門家女眷，她們衣著上的花紅柳綠也呼應著這個城市的燈火：

> 金蓮燈、玉樓燈，見一片珠璣；荷花燈、芙蓉燈，散千圍錦繡……秀才燈，揖讓進止，存孔孟之遺風；媳婦燈，容德溫柔，效孟姜之節操。和尚燈，月明與柳翠相連；通判燈，鍾馗共小妹並坐。（第15回）

花團錦簇的西門妻妾，透過斑爛的燈火、繽紛的服裝與喧鬧的元宵節城市光景，互相輝映。在這一次的元宵書寫中，服裝、花燈都是視覺上的展現，也隱喻西門家富裕的生活。

街道上張燈結彩，花燈搖曳，她們也成為被觀看的繽紛街景之一，她們站在李瓶兒家的樓臺上，觀看街景花燈。吳月娘看了一回燈，和李嬌兒歸席吃酒說笑，只有金蓮和玉樓連同兩個唱戲女子，站在李瓶兒家樓臺上，搭伏著樓窗往下觀看。

潘金蓮一徑把白綾襖袖子摟著，顯他遍地金掏袖兒，露出
那十指春蔥來，帶著六個金馬鐙戒指兒，探著半截身子，
口中磕著瓜子，把瓜子皮都吐下來，落在人身上，和玉樓
兩個嘻笑不止。（第15回）

樓上是潘金蓮、孟玉樓同兩個唱的，她們只顧伏著樓窗子嘻笑，
引起樓下人們觀看，她們的身體語言十分豐富，且說潘金蓮不僅
露出襖裡的金色袖子，又露出纖纖玉指，引人無限遐思。潘金蓮
甚至自樓臺上探出身子，磕瓜子，又把瓜子皮都吐落在行人身
上，引逗著那樓下看燈的人也挨肩擦背，仰望上瞧。她們還指著
那家屋簷底下迎風搖動的大魚燈，嘻笑不止。她們並非不知自己
成了街市一景，樓台下哄圍了一圈人，直指著她們談論不已，其
中幾個浮浪子弟還大膽指著她們議論紛紛。

一個說：「一定是那公侯府第裡出來的宅眷。」一個又
猜：「是貴戚皇孫家豔妾，來此看燈。不然，如何內家妝
束？」那一個說道：「莫不是院中小娘兒，是那大人家叫
來這裡看燈彈唱？」又一個走過來，便道：「只我認的，
你們都猜不著。你把他當唱的，把後面那兩個放到裡？我
告說吧，這兩個婦人也不是小可人家的，他是閻羅大王的
妻，五道將軍的妾，是咱縣門前開生藥鋪、放官債西門大
官人的婦女！你惹他怎的？上帶著個翠面花兒的，倒好似
賣炊餅武大郎的娘子。大郎因為在王婆茶房內捉奸，被大
官人踢中了死了，把他娶在家裡做了妾。後次他小叔武松
東京回來告狀，誤打死了皂隸李外傳，被大官人墊發充軍

去了。如今一二年不見，出落的這等標致了。」正說著，
只見一個多口過來說道：「你們沒要緊，指說他怎的？咱
們散開罷。」

她們在李瓶兒家的樓台／陽台上望下看著行人。事實上，陽台是
半開放的空間，陽台有著建築空間／家宅房舍的邊緣性特徵，同
時，它也有作為家屋空間的一種特殊性——是它既是居室內部空
間的延伸，又是外部城市空間景觀的一部分。[24]陽台是較接近家
庭以外的地方，少有女性在陽台上拋頭露面的描寫，因女性不宜
拋頭露面，明清小說中除了《金瓶梅》其他作品則少有女性上陽
台的描寫。這個情欲跨度的場域，借著樓台／陽台，連接了屋裡
／屋外的人，承接了樓台上／下人物的欲望流動。潘金蓮及孟玉
樓站在李瓶兒的陽台上，在半公開／半私人的領域被觀看也觀看
他人，她們成為街景裡令人注目的一對人兒，也成為狂歡跨界裡
的一景：

　　在狂歡節慶中，日常生活裡的限制、規範都暫時被解除，因
為「在狂歡中，人與人間形成了一新型的相互關係，通過感性的
形式、半現實半遊戲的形式表現出來。」[25]，也如同伯高・帕特
里奇所言，「狂歡是一種社會現象，它是人性中的半人半獸特性
的動力呈示。」[26]元宵節使男女之間的分際不那麼嚴格，空氣中
瀰漫歡騰喧鬧的節氣氛，還有人們脫離生活常規的大膽快意。公

---

[24] 吳曉東：〈貯滿記憶的空間形式〉，《漫談經典》（北京：三聯書店，
　　2008 年 7 月），頁 181。
[25] 巴赫金著，錢中文主編：《巴赫金全集》，頁 162。
[26] 王建剛：《狂歡詩學——巴赫金文學思想研究》，頁 75。

眾廣場上，充著狂笑、淫浪、戲謔之聲，夾雜著小販們的叫賣吆喝，眾聲喧嘩，它製造了一個與官方意識背離的世界──官方語言總是一本正經，廣場上的語言卻是親暱的、淫猥的、粗鄙的、直率而不登大雅之堂。[27]陽台與街坊浮浪子弟連同燈海燈市，與看樓上的潘金蓮、孟玉樓、連同屋裡的李瓶兒等人，炫目的服飾，連綿成一個華麗、喧鬧的色彩豔麗的空間，流動著一個欲言又止的情色暗示，整個城市的喧囂是欲望的流動。

此夜，西門慶也從燈市賞玩流連至青樓妓院，青樓女子中的李桂姐的妝扮，仍是色彩鮮豔地呼應著這個城市的狂歡氣息。最後西門慶從這粉粧玉琢的桂姐身旁又轉回到李瓶兒住處。瓶兒和西門慶吃酒玩牌，一面又拿出壓箱錢財與西門慶蓋房子，瓶兒最終目的是成為西門慶的妾，達成共識後二人顛鸞倒鳳，春宵一夜。整個元宵節日的書寫是充斥著繽紛色彩，是盛宴和情色欲望的總合，幾乎可說是「對生命力的原始性、赤裸裸的歌頌和對肉體的感官欲望的縱情讚美。」[28]是一個充滿視覺的感官欲望身體書寫的節慶。

《金瓶梅》第二次描寫元宵節，進一步描寫宋惠蓮和潘金蓮彼此的觀看及窺覷。事實上，這個元宵節彩燈偏照惠蓮，看她罵書童兒，挑逗陳經濟，為炫耀小腳而套著金蓮的鞋子穿，引得大家都注目著她。這是宋惠蓮短暫一生中的高潮，是她最得意、最輝煌的頂點。[29]這回的元宵家宴，也是以妻妾們的穿著寫起：

27　劉康：《對話的喧囂──巴赫金文化理論述評》，頁 282。

28　劉康：《對話的喧囂──巴赫金文化理論述評》，頁 266。

29　田曉菲：《秋水堂論金瓶梅》，頁 76。

> 西門慶與吳月娘居上坐，其餘李嬌兒、孟玉樓、潘金蓮、
> 李瓶兒、孫雪娥、西門大姐，都在兩邊列坐。都穿著錦綉
> 衣裳、白綾襖兒、藍裙子——惟有吳月娘穿著大紅遍地金
> 通袖袍兒、貂鼠皮襖，下著百花裙。頭上珠翠堆盈，鳳釵
> 半卸。

妻妾裝扮呼應著元宵節的炫麗，但不得上席的宋惠蓮在西門慶家
宴時只能坐在穿廊底椅子上，口裡嗑瓜子兒。當上邊呼喚要酒
時，她卻仍不動身只張口喊著：「來安兒、畫童兒，娘上邊要熱
酒，快取酒上來！賊囚根子……」畫童兒不僅被使喚，還挨了西
門慶罵——只因西門慶見眼前沒人，沒人伺侍，畫童兒對於惠蓮
的不作事有所抱怨時，宋惠蓮不但不在意，還回罵著：「上頭要
酒，誰教你不伺候？關我甚事！不罵你罵誰？」畫童兒無奈地
說：「這地上乾乾淨淨的，嫂子嗑下恁一地瓜子皮，爹看見又罵
了。」（第24回）這裡速寫了宋惠蓮，但很有意思的是，同時將
宋惠蓮與潘金蓮在陽台上嗑子的形象及動作強烈的對照。

《金瓶梅》在第一、二次寫元宵節時都有「嗑瓜子」的場
景。如若把二回裡潘金蓮和宋惠蓮嗑瓜子吐瓜子皮的動作並列檢
視，第一次是西門慶妻妾在陽台賞燈，妻妾成為街景，為浮浪子
弟仰頭觀視，潘金蓮成為高高在上的女神，她和孟玉樓笑笑不
止，還把瓜子皮兒吐下去，落在路人身上，引得浮浪子弟抬頭評
論不已。第二次寫宋惠蓮磕瓜子，則吐了瓜子皮一地，不僅沒有
美感，還惹得其他廝僕不高興。加上她們本屬不同的社會階層，
因此她們相似的肢體動作，卻會引來不同的情緒：高高在樓台上
的西門慶妾室們，只讓街道上的浮浪子弟觀看，如同「仰視」女

神，因此充滿遐思。宋惠蓮雖也青春貌美，但她只是僕婦，其他
家僕小廝並不會仰視她。因此，她的動作只會引發旁人不同的情
緒，宋惠蓮的吐瓜子皮沒有媚態，只是僕婦的擺譜作態。

　　然而，作者也沒錯過更細節的對照，以及身體感知的傳達：
沒能上席只能在廊下嗑瓜子的宋惠蓮，自然也沒閒著觀看潘金蓮
的機會，她們倆其實總是處在彼此「觀看」與「被觀看」對應的
位置。在此，她們炫麗的服裝顏色、嗑瓜子的動作，即使她們有
相同的動作，在「被觀看」時所呈現出來的身體感自然大大不
同，透過外顯的服飾以及她們所傳達的身體語言，卻有不同的書
寫。

　　飲酒多時後，西門慶被應伯爵差人請去賞燈，西門慶的妻妾
則在家裡看吃酒看燈。月娘與其他姐妹酒食了一回，女子們或在
房中更衣，或在月下整粧，或在燈前戴花，或在廳前看陳經濟放
烟火。女子的花容衣飾斑斕鮮豔，與燈花、烟火共輝煌，這些都
是視覺上的表現。

　　隨後潘金蓮哄著眾姐妹們一同街上走走，結果是潘金蓮、李
瓶兒、孟玉樓三人，擁著一簇男女廝僕走向街上，賞燈看烟火。
且說這一簇男女浩浩蕩蕩湧向街市，陳經濟還不時放烟火花炮與
眾婦人們瞧。這時僕婦宋惠蓮，「換了一套綠閃紅段子對衿衫
兒、白挑線裙子。又用一方紅銷金汗子搭著頭，額角上貼著飛金
并面花兒，金燈籠墜耳，出來跟著眾人走到百媚兒。月光之下，
恍若仙娥，都是白綾襖兒，遍地金比甲。頭上珠翠堆滿，粉面朱
唇。」（第 24 回）丫頭媳婦和主人妻妾競相爭豔，主僕裝束在此
差異不大，宋惠蓮還張揚地秀了她那比潘金蓮更小的小腳給孟玉
樓看，這都可窺探出宋惠蓮想往上攀升地位的野心。

宋惠蓮在前一天向潘金蓮討了一雙鞋，今天卻刻意把自己的鞋套在金潘蓮鞋上，踩著金蓮的鞋，展現著比金蓮的三寸金蓮更小的小腳──小腳代表著性魅力。她也不斷對著陳經濟嬌聲說著：「姑夫，你放個桶子花給瞧。」「姑夫，你放個元宵炮我聽。」一會兒又落了花翠，拾花翠，一會兒又吊了鞋，要人扶著兜書鞋，來來回回，只是要與陳經濟調情。宋惠蓮趁著元宵節，男女可以一同上街賞燈看煙火的日子，不斷與陳經濟在語言或肢體上調情，《金瓶梅》裡對於上述情節的批語，寫著：「偏惠蓮映出元宵景致，絕不冷落。」（第 24 回，頁 308 批語）宋惠蓮和陳經濟的打情罵俏使得連潘金蓮都有些吃味：「陳姐夫，你好人兒！昨天教你送送韓嫂兒，你就不動，只當還教小廝送去了。且和媳婦子打牙犯嘴，不知甚麼張致！等你大娘燒了香來，看我對她說不說！」（第 24 回）宋惠蓮掌握了這個可以和男人一起上街賞街看煙火的日子，表現自己的小腳／性魅力，使得元宵燈節流動著男女情欲。

宋惠蓮張致的情態與暗藏的欲望，更映襯元宵節的喧鬧與情欲流動，使得這個元宵節更為騷動。果然在後來，僕婦宋惠蓮也和男主人西門慶情欲糾纏，而這個欲望的結果，卻使她的命運走向悲劇。

三、《金瓶梅》寫元宵燈火、煙火的燦爛與寂滅
──「視」的過程

《金瓶梅》第三次描寫元宵節，以燈花煙火的燦爛到消散的過程，暗示生命及家運的起落。首先是官吏之間的拜訪及吃酒看戲，接著是放烟火的活動：陳經濟與來興兒兩人，左右一邊一個

放著烟火，「放慢吐蓮、金絲菊、一丈蘭、賽月明。」直走到了
大街上，還見「香塵不斷，遊人如蟻，花炮轟雷，燈光雜彩，歌
舞遊樂，街上簫鼓聲喧，十分熱鬧。」（第 24 回）表現出元宵節
夜裡廣場上「聲音」及「顏色」的喧囂，這一回著重在花燈與煙
火的活動描寫。在巴赫金的狂歡節中有火的意象，是帶有毀滅世
界又同時更新世界的火焰，[30]而在中國的元宵節慶，亦有社火、
燈火、煙火，燈火——這些燦爛的火焰煙硝，則往往在人們眼中
呈現從炫爛到消散的意象。《金瓶梅》的煙火更是充滿西門慶家
榮枯盛衰的隱喻。

　　接著是西門慶家展示富豪，並和鄰里共享烟火的時刻，西門
慶又吩咐來昭將樓下房間開下兩間吊掛上簾子，把烟火架擡出
去。玳安和來昭把烟火放置在街心，兩邊圍觀的人不知其數。街
坊都說西門大官府在此放烟火，誰人不來觀看？觀看的不只是烟
火本身，還有代表權勢的西門家，以及表現鄰里附和權勢的可
能。接著，十分細緻地描摹了元宵烟火：關於烟花種類、名稱、
聲響、形貌、烟火點燃時的璀璨樣貌。然而，烟火最終在人們眼
中、讚歎聲中灰飛煙燼，這也表示節慶到此高潮已過。元宵的鑼
鼓、燈火、遊人編織成元宵夜晚的良辰美景，交織成傳統節俗的
獨特景觀。

　　值得一提的是，那日在西門家後廳裡看的戲是《西廂記》，
《西廂記》裡的勇於表現情愛的鶯鶯、後花園裡的情欲流動，似
乎也呼應《金瓶梅》裡欲望橫流的金瓶女性，回應了元宵節慶所
展現的男女欲望。

30　巴赫金著，錢中文主編：《巴赫金全集》第五卷，頁 166。

　　《金瓶梅》第四次寫元宵，寫的自是「烟消火散」之時。[31]
此回「西門貪欲得病，吳月娘墓生產子」，此時元宵十五日將至
未至，西門慶等要發東帖元宵宴客，吳月娘作了個夢，她對西門
慶說：

> 敢是我日裡看見他王太太穿著大紅絨袍兒，我黑夜裡就夢
> 見你在李大姐箱子內尋出一件大紅絨袍兒，與我穿在身，
> 被潘六姐劈手奪了去，披在他身上。教我就惱了，說道
> 「他的皮襖你要的去穿了罷了，這件袍子你又來奪！」他
> 使性兒，把袍兒上身扯了一道大口子，吃我大吆喝，和他
> 罵嚷。嚷嚷著，就醒了，不想卻是南柯一夢。（第79回）

雖然元宵未至，尚未有西門家宴，吳月娘的夢境裡，仍呼應了前
三個元宵節家宴的富貴奢華。西門慶聽完她的夢境，許諾到明日
尋一件紅袍給她。第二天，樓窗外的燈市，往來人烟不斷，街上
自然仍是遊人如織，然而，這卻是西門慶生命最後一個節日了。
從西門慶風風火火的娶幾門妾——孟玉樓、潘金蓮、李瓶兒，到
此時，西門家的鼎盛時日已過，是煙消雲散之時。是日，西門慶
雖然頭沈，仍梳頭淨面往王六兒家去，他與王六兒歡愛縱欲，心
裡想的卻是他沒能上手的何千戶娘子藍氏，情欲如火，完事後返
家，騎著馬才走到石橋跟前，「忽然見一個黑影從橋底下鑽出
來，向西門慶一拾。那馬見只一驚，西門慶在馬上打了個冷
戰。」（第79回）那黑影可以有無限的想像，或只是偶然的一個

31　田曉菲：《秋水堂論金瓶梅》，頁235。

黑影，偶然地飛奔卻驚著了馬匹，偶然地驚嚇了西門慶，並使他因而加速病體的破敗。抑或是花子虛的魅影來索魂？是道德的批判，或者死神的凝視？還是，黑夜將所有燦爛繽紛的顏色都收束成一片漆黑。

《金瓶梅》的編寫者在回末，以說書人的姿態說：「一己精神有限，天下色欲無窮。又曰：嗜欲深者，其天機淺。西門慶只知貪淫樂色，更不知油枯燈盡，髓竭人亡。」沒有發出去的束帖，極冷的元宵燈節。以對比花燈、美眷的服飾容貌，以及元宵燈節的最高潮、最炫麗的烟火施放。《金瓶梅》四次寫元宵節，從家眷服裝及煙火燈市的繽紛寫起，最後寫至烟火從璀璨到寂滅，再到暗夜黑影的流竄，都是作者面向欲望無度的晚明社會的隱喻與勸誡。

四、欲望的現場——龐春梅的看視

《金瓶梅》中有一個畫面，很令人難忘，不只是因為那是一場情色愛欲的演出，而是作者安排龐春梅站在西門慶和潘金蓮的性愛現場觀看，她的存在又似乎像是不在場的在場，不言而言的看視。

話說西門慶的女婿陳經濟偕同西門大姐，帶著許多箱籠床帳投奔西門慶。因朝中楊老爺被參，陳經濟的父親陳洪是楊老爺的親家，門下親族用事人等都被連累，西門慶即刻讓來保等人帶上禮物到東京蔡太師家打點，最後蔡京的兒子蔡攸報個明路，讓來旺帶了禮物五百兩金銀去見當朝右相、資政殿大學士兼禮部尚書李邦彥，李邦彥見五百兩就買一個名字，自然收賄，他在文卷上將西門慶的名字改成「賈慶」，諸事太平。如此，西門慶繼續安

心整頓買下的花家宅院以及連通自己的花園，並且繼續與官商應
酬往來的日常，一日夜裡，西門慶在潘金蓮房裡歇息，倒下頭鼾
睡如雷，駒駒不醒，七月天夜裡仍有餘熱金蓮難以安眠，赤著身
子起身，淫心輒起，逗引吮之西門慶那話兒，西門慶醒後任讓她
盡情吮咂：

> 婦人於是玩了一頓飯的時間，西門慶忽然想起一件事，叫
> 春梅篩酒過來，在床前執壺而立，將燭移在床背上，教婦
> 人馬爬在他面前，那話隔山取火，插入牝中，令其自動，
> 在上飲酒取其快樂。婦人罵道：「好個刁鑽的強盜！從幾
> 時新興出來的例兒，怪刺刺教丫頭看答著，甚麼張致！」
> 西門慶道：「我對你說了罷，當初你瓶姨和我常如此幹，
> 叫他家迎春在傍執壺斟酒，倒好耍子。」（第18回）

突然想起什麼的西門慶找來春梅在床前執壺而立，以及如同西門
慶所言的，當他和瓶兒歡愛時，也要迎春在旁執壺斟酒，如此似
乎能為西門慶的性愛助興。但立在床前的春梅／曾經立在瓶兒床
邊的迎春，在文本中沒有任何表情或情緒的書寫，然而讀者（的
我）似乎更想閱讀不曾言說，沒有言語的春梅／迎春，她們的想
法。

　　在這段敘述中，我們看到床前執壺的春梅，光源是移到床背
上，因此，光是打在西門慶和潘金蓮身上，面對著燭光卻在光暗
處的春梅，看著他們欲愛翻騰，只是執壺斟酒。小廝丫頭等在他
們的性愛現場之外，這在小說中常見，也許在廊下在廂房外等著
主子呼喊要茶要水要酒，但這都隔著一面牆聽覷他們的動靜，與

站在性愛直播現場是不同的。

春梅靜默立在他們面前，觀看他們的春宮演出，春梅的看視，是領著讀者觀看她的在場，我們（讀者）似乎是站在春梅身後，觀看她的「看視」。沒有表情，也沒有從身體發出來的任何訊息可供我們解讀，只留下作者一個非常後設的視角，似乎是讀者和龐春梅一起觀看，或者說是讀者介入，且走向龐春梅身後，然後猜測受到西門慶寵愛、潘金蓮攏絡的丫頭龐春梅，在觀看性愛現場時，18、19 歲的春梅她是如何解讀他們的欲望？

另一方面，當我們從此刻遙望全文最後，當春梅成了周守備的夫人後，她任性縱欲，在性愛上她沒有道德節制，只有自我滿足的需求，似乎可以從她此時的觀看，預告了往後她的性愛生活，她被僕人張勝看與陳經濟私通，潛聽了她和陳經濟的對話，最後陳經濟被僕人所殺，她雖幸運逃過一劫，但她終究也是因為欲望無度而死於床上。回到此刻她所凝視的現場，她似乎在後二十回裡成為女版欲愛的西門慶。

從龐春梅的看視或觀看中，我們暫且先回到西門慶的看視中，西門慶在生命中最後看上的是藍氏，西門慶在西廂房放下簾下偷瞧的藍氏，令他一見如神女自巫山降下，「心搖目蕩，不能禁止」。（第 78 回）這樣的詞也是西門慶初見王六兒時的描述：「西門慶見了，心搖目蕩，不能定止。」（第 37 回）西門慶的欲望在看視女性時被彰顯，他最後瞥見且欲望的女子是年輕的貴婦藍氏，然而，「雖然藍氏在小說中只是驚鴻一現，並始終是一個模糊甚至神秘的形象，但她的重要意義卻不容低估。恰恰是她的模糊與神秘顯示了西門慶的貪欲的危險屬性——西門慶不是在追求某種帶有具體所指的欲望，而是在試圖令欲求這一心態本身獲

得永存。」[32]這就是西門慶的看視，作為西門慶女性複刻版的龐春梅，我們再回到龐春梅的「看視」，這其實正是文人「觀看」的方式嗎？[33]

　　或者說，作者在此雖然沒有透過龐春梅發出任何的道德自覺或價值批判，但將潘金蓮與西門慶的身體感官，曝現在第一觀眾（春梅）以及第二觀眾（讀者）眼前，這裡是春梅／丫頭／女性／被動的「看視」的角度，而我們目光所及看到的是權力／欲望／挑動／曖昧的綜合。因此沒有言說的春梅，早已說了未被說出的一切話語，龐春梅的看視，就是一種文人書寫的角度，一個批判的符號，她的觀看並不只是沈默的凝視，而是作者透過她，以女性立場為觀點，對於權力的批判，龐春梅的執壺看視，不過是要突顯西門慶透過權力操控性愛，以及相關的女性。

第二節　潘金蓮的窺視、潛聽表現的身體書寫[34]

　　明代小說從公領域至私領域的書寫，隱含的是欲望的表現過

---

[32] 〔美〕黃衛總著，張蘊爽譯：《中華帝國晚期的欲望與小說敘述》（南京：江蘇人民出版社，2012 年 6 月第 2 版），頁 94-95。

[33] 柯律格著，黃曉鵑譯：《明代的圖像與視覺性》（北京：北京大學出版社，2011 年），頁 146，文中指出「觀」是比較高的文人「看視」的角度，至於農民女性兒童等普羅大眾，只是「看」。

[34] 史小軍：〈論《金瓶梅》中的偷窺與竊聽〉，陳益源主編：《2012 臺灣金瓶梅國際學術研討會論文集》（臺北：里仁書局，2013 年 4 月初版），頁 149。
作者將有關「偷窺」的回數及基本內容羅列，共有 17 次。有關「竊聽」的回數及基本內容羅列，共有 19 次。其中，潘金蓮主動偷窺及竊

程，在《金瓶梅》之前，沒有任何一部長篇小說像它這樣，展現了對於私生活的絕對興趣，「在這部充滿了被舔破的窗紙、關閉的門與放下的門簾的意象的小說中，人們忙於竊聽與偷窺他人的秘密。與打破封閉空間的各種企圖密切相關的窺淫癖也因此成為了《金瓶梅》最為重要的敘述特徵之一。」[35]關於偷窺與偷聽，它們似乎是人性的一部分，它的吸引力在於觸犯禁忌和窺人隱私所交織而成的快感，因此無論男女都對此深感興趣。[36]在《金瓶梅》裡有關窺視／潛聽的情節頗多，除了潘金蓮出現的次數最高，她的窺視與潛聽也往往對情節走向有重要的影響，而嗜好偷窺的潘金蓮與西門慶張望的眼，在《金瓶梅》中交織成窺視的主情節，[37]因此，潘金蓮就成了《金瓶梅》窺視與潛聽的敘事中心，因此本章節透過討論潘金蓮的窺視與潛聽，以及由此展開的欲望書寫。

聽的有 9 回，被動的有 7 回，她出現的次數最高。而這些窺視顯示家庭生活的日常、人物性格，但都不若潘金蓮的窺視展開的欲望書寫。因此，本節以潘金蓮為窺視主體，以及由此展開的欲望書寫。

35　〔美〕黃衛總著，張蘊爽譯：《中華帝國晚期的欲望與小說敘述》，頁49-50：「巴赫金提出了『時空母題』（chronotope）這一概念來追溯西方小說的發展……在明代小說『私人化』過程中，我們目睹了一個相似的變化模式：從《三國演義》中的朝堂與戰場，到《水滸傳》和《西遊記》的道路與戰場，最後到《金瓶梅》中的臥房／閨房與花園。而閨房和花園在十八世紀的傑作《紅樓夢》中則變得更為突出。」「這一時空母題的轉變好反映了『私人化』的微妙歷程──小說的關注點由『公』轉向了『私』」。

36　黃克武：《不笑不言不褻　近代中國男性世界中的諧謔、情慾與身體》（臺北：聯經出版事業公司，2016 年 4 月初版），頁 272。

37　〔美〕浦安迪著，沈壽亨譯：《明代小說四大奇書》（臺北：中國和平出版社，1993 年），頁 129。

　　關於偷窺、偷聽，蒲安迪認為：「作者一再反複描寫這件事（窺聽）本身似乎遠遠超過情節發展上的需要而是另有所指。」[38]而此的「另有所指」，除了使情節更精彩出奇之外，「小說中的偷覷表現與元明以來城市生活、隱私領域及文學商品化的歷史發展有關。」「《金瓶梅詞話》本身已經排除了『天理』、『人欲』的論爭，而專注於情欲與色相，於是別開生面，在感知領域中作一番前所未有的探索與創獲。」[39]這樣身體感知的細節描摹，所展現的不再是從學術思想層面所討論的情理──天理與人欲之爭，不再是從本體出發，去思考人性欲望的存在是能動的可能或有節制的必要，而是朝向情欲色相身體感知的處理：

> 視像和文字一樣同屬傳媒仲介，而語言訴諸視像，在感知的層面上使視覺擔任主角，不僅造成心知世界中感官之間的秩序變動，也必然影響到對現象世界作藝術再現的視點與觀照方式，而在思想史脈絡中更捲入社會機制與權力的關係。
>
> 像《金瓶梅詞話》那樣建構了一個「視力」的迷思，與小說的寫實風格相一致，在敷演佛教的色空主題時，卻對現象世界作了「形似」的再現。對於日常世界「物欲」的重視無疑是晚明思潮的主流之一。[40]

38　〔美〕蒲安迪著，沈壽亨譯：《明代小說四大奇書》，頁107。
39　陳建華：〈欲的凝視：《金瓶梅詞話》的敘述方式、視覺與性別〉，《經典轉化與明清敘事文學》，頁124-125。
40　陳建華：〈欲的凝視：《金瓶梅詞話》的敘述方式、視覺與性別〉，《經典轉化與明清敘事文學》，頁126。

《金瓶梅》中窺覷無所不在，當李瓶兒仍是花子虛妻子時，西門慶夜裡聽丫頭迎春「黑影裡扒著牆推叫貓」為信號，爬過牆來與瓶兒幽會。兩人在床上交歡時，「這迎春丫鬟，今年已十七歲，頗知事體。見他兩個今夜偷期，悄悄向窗下用頭上簪子挺簽破窗寮上紙，往裡窺覷。」（第 13 回）「窺視」，從此貫穿整部小說。[41]

在文中妻妾互窺、丫頭小廝偷窺主子——最經典的是秋菊偷覷得知潘金蓮私通陳經濟，並多次向吳月娘舉發，卻遭來潘金蓮一次比一次更嚴厲的責打，直到最後吳月娘才相信，因此賣了潘金蓮，使金蓮命喪武松刀下。還有主子潘金蓮偷覷丫頭僕人玉簫及書童燕好（第 64 回）。小孩偷窺大人——僕人來昭的小孩鐵棍兒偷窺了西門慶與潘金蓮葡萄架下的性愛。（第 28 回）甚至西門慶回家時，正好偷窺到吳月娘祭拜天地為西門慶求子，兩人因此和好的「極為偶然且巧合」情節（第 21 回）。但全文中偷窺第一名的仍是潘金蓮，因為她的爭強好勝，對於西門慶欲愛的掌控，使得她時時留神和西門慶有關的女人，或者可能有關的女人，也因她的窺覷，幾度生出事端，甚至因此使宋惠蓮以自殺作結，月娘也對她心生嫌隙。這些都說明《金瓶梅》以偷窺、潛聽擴大描寫了人物的私領域行為，以及人物的各種心理狀態。

---

[41] 除了在本章裡討論的人物窺視或潛聽他人之外，還有一些在情節上帶到的窺視，例如：第 27 回小鐵棍偷窺了西門慶和潘金蓮在葡萄架下的性愛；第 50 回琴童潛聽西門慶和王六兒的交歡；第 83 回秋菊潛聽潘金蓮與陳經濟的不倫；第 78 回西門慶悄悄地在西廂房簾下偷瞧何千戶娘子藍氏，其美豔使他不覺魂飛天外；第 99 回周守備的家僕張勝，因潛聽了陳經濟與龐春梅的對話，因此殺了陳經濟。

一、潘金蓮對宋惠蓮的偷窺潛聽與欲望書寫

　　《金瓶梅》是一部書寫日常生活的小說，因此在日常瑣碎敘述中，得以穿插大量的偷聽、偷窺情節，以表現更直接的欲望書寫。關於「偷窺」在《金瓶梅》中隨手可得，如同張竹坡《金瓶梅》讀法裡所言：

> 《金瓶》有節節露破處。如窗內淫聲，和尚偏聽見；私琴童，雪娥偏知道。而裙帶葫蘆，更屬險事。牆頭密約，金蓮偏看見；惠蓮偷期，金蓮偏撞著。翡翠軒，自謂打聽瓶兒；葡萄架，早已照入鐵棍。才受贓，即動大遞之怒；才乞恩，便有平安之讒。調婿後，西門偏就摸著；燒陰戶，胡秀偏就看見。諸如此類，又不可勝數。總之，用險筆寫人情之可畏，而尤妙在既已露破，乃一語即解，統不費力累贅。此所以為化筆也。[42]

　　這些的窺視、偷聽都在《金瓶梅》中表現了作者的書寫意圖、主題意涵。「偷聽」、「偷窺」在《金瓶梅》裡成為一種從第三者敘事角度出發，敘事觀點的觀點多了一個切入面。偷窺的場景安排，並非始於《金瓶梅》，但到了《金瓶梅》則有更多細節的描寫，甚至是人人皆愛偷窺，或者把偷窺當作保護自己利益的方式——當潘金蓮為了找書童兒，因此輕移蓮步走向花園書房內（潘金蓮接近他人的房間時，總是「輕移蓮步」，偷聽、偷看似乎成為她生活的本

能），她瞧見玉簫和書童正在燕好，從此，月娘房裡的玉簫被迫成為她窺視月娘的眼線。

透過「偷窺」，可以看到「觀看者」的心裡展演，也可以看到「被偷窺者」的形象、姿態、言談動作，讀者因此有閱讀期待或想像，例如潘金蓮在「藏春塢」偷窺以及偷聽到宋惠蓮與西門慶的對話及性愛場景，這裡的性欲現場充滿了隱喻及以身體細微的感知書寫。宋惠蓮的出場，本是以潘金蓮的敘事「替身」（double）的身分出場。她比潘金蓮小兩歲，有著比潘金蓮更小的小腳，[43]以及無法隱藏的野心，她的地位卑下，卻明目張膽地想爬上妾室的位置。

西門慶和宋惠蓮勾搭上後，整個西門府宅卻無容他們可過夜身處的地方，因為宋惠蓮是西門家的僕婦，她的丈夫來旺是西門慶的家僕。她不僅是存在於西門家「家庭秩序的邊緣」，[44]她更是處在權力的最末端。西門慶擁有絕對權力，潘金蓮此時仍受寵，因此，她掌控了權力擁有者，加上宋惠蓮面對的是攻於心計的潘金蓮，由是，作為潘金蓮替身／影子的宋惠蓮，所隱喻的是潘金蓮的結局提示、道德的反諷，以及人格的對照。

因此，當西門慶請求潘金蓮讓宋惠蓮留宿，潘金蓮不以自己的意志為否定的理由，而以西門慶偏寵的春梅為藉口：「我就算依了你，春梅賊小肉兒他也不容他在這裡」為由拒絕西門慶，西門慶偏寵春梅，只好與宋惠蓮兩人在極冷的藏春塢雪洞裡過一夜。「雪洞」的和「藏春塢」在名稱上就充滿了冷和熱的對比，

43　張小虹：《性／別研究讀本》（臺北：麥田出版社，1998 年 8 月初版 1
　　刷，2002 年 10 月初版 2 刷），頁 25-26。
44　張小虹：《性／別研究讀本》，頁 29。

也在冷的對比中，呈現欲望的熾熱。在藏春塢雪洞裡，宋惠蓮覺得「冷氣侵人，塵囂滿榻」，雖然地上籠著一盆炭火，仍冷得打顫，這樣的寒冷，也指出她的未來沒有溫暖的可能。潘金蓮自是不會放過這個偷窺的機會，她輕移蓮步，悄悄走到花園下，偷聽他們的動靜以及對話。她藏身在「黑暗」的月窗下，只見裡面燈燭尚明，宋惠蓮並不知道她的未來並非一片通明，而是黑暗淒冷只聽見宋惠蓮說：

> 「冷鋪」中「臥冰」，把你賊受罪不濟的老花子！就沒本事尋個地方兒，走在這「寒冰地獄」裡來了！口裡唧著條繩子，凍死了往外拉。」

在西門慶和宋惠蓮的性愛場景裡，大量的冷、熱書寫，這冷熱自然是從身體感出發，進而描寫知覺上的冷熱以及生死隱喻──因潘金蓮偷聽、偷窺而暗示著宋惠蓮未來因潘金蓮而死──隱喻了火熱的欲望與冰冷的死亡。因為接下來，宋惠蓮和西門慶的私密對談，全聽在潘金蓮耳裡。來看看他們的對話：

> 西門慶看著惠蓮小腳，說：「我兒，不打緊處，到明日替你買幾錢的各色鞋面。誰知你比五娘腳兒還小」
> 惠蓮答道：「拿什麼比他！昨日我拿他的鞋略試了試，還奪套著我的鞋穿。」
> 宋惠蓮又問西門慶：「你家第五個秋胡戲，你娶他來家多少時了？是女兒招的，是後婚兒來？」西門慶回答：「也是回頭人兒。」

宋惠蓮說：「嗔道恁久慣老成，原來也是個意中人兒，露
水夫妻！」（第23回）

宋惠蓮自豪於自己的小鞋，藐視潘金蓮引以為傲的三寸金蓮，這
已是踩著金蓮痛處。原本地位更卑下的僕婦宋惠蓮，居然還背地
裡套著金蓮的鞋子比試，「套著金蓮的鞋」意味著踩著金蓮的性
吸引力，也意味著踐踏潘金蓮，這自然令金蓮憤怒。然而，宋惠
蓮這裡並非對所有再婚女人的批評，[45]她所針對的是西門慶的寵
妾潘金蓮。但她為自己引來禍害的，即是她對金蓮的批評：從
「小鞋」這個意味著性吸引力的符號，到「後婚的」、「回頭
人」、「意中人」等說明潘金蓮和西門慶在一起時已非「女兒
身」，而是「舊鞋」，都直指潘金蓮的身體以及身體所代表的
性，以及性魅力。宋惠蓮其實是踩著西門慶愛妾金蓮，突顯自己
的存在以及自己的性吸引力。

這樣的批評令潘金蓮氣得「兩隻胳膊都軟了，半日移腳不
動。」氣道：「若教這奴才淫婦在裡面，把俺們都吃他撐下去
了。」（第23回）但她又礙於西門慶性子不好，恐他發作，在宋
惠蓮面前若罵了她，則讓宋惠蓮逞了威風，因此含恨忍辱離開，

---

[45] 宋惠蓮也是後婚女子。因西門慶的家僕來旺的媳婦癆病死了，月娘與他
新娶一房媳，是賣棺材宋仁的女兒，本來在蔡通判家使喚，後來因「壞
了事被譴出」（文本裡沒有說明壞了什麼事），嫁給廚役蔣聰，蔣聰也
在西門慶家作活答應，宋惠蓮就和來旺刮上。一日，蔣聰和其他廚役分
財不均，喝酒廝打，蔣聰被戳死在地。後來，來旺哄月娘說惠蓮會作針
指，只是小人家媳婦，娶了回來。但為避潘金蓮之名，月娘將她改名為
惠蓮。參見：《金瓶梅詞話》（第22回）。

但她在離去時，在雪洞角門首拔下一根銀簪子插在門鎖上，才懊恨回房。潘金蓮刻意留下「證物」銀簪子，是讓西門慶知道，她在門外「偷聽」了他們的對話，而這裡的偷聽，反而意味著，她握有他們談話內容或把柄，「偷聽」本不該公諸於世，她卻明明白白讓西門慶知道，這也是她「宣示」作為西門慶愛妾的身分。

　　鞋子、髮簪，代表女性的貼身之物質，有其象徵意義，它們連接了「身體」重要之處，也代表了欲望，因此，潘金蓮對於被踩鞋、或作為回頭人（舊鞋的隱喻）感到極度的憤怒。在此從身體的性，再上升到「自我認知」的層面。《金瓶梅》的作者，透過身體之物（鞋子）描述身體的存在，隱喻身體的性愛功能，再透過隱喻所連結的記憶、情緒、認知、社會關係，就形成了「身體感知」。[46]

　　接著，到了元宵節家宴，妻妾合家歡樂飲酒，大丫頭如春梅、小玉、玉簫、迎春、蘭香等人在旁彈唱燈詞，下菜斟酒。但宋惠蓮僕婦的身分自然是無法參與其中。她坐在穿廊底椅子上。然而，作者也沒錯過更細節的對比，以及身體感知的傳達：沒能上席只能在廊下嗑瓜子的宋惠蓮，也沒閒著觀看潘金蓮的機會，她們倆其實總是處在「觀看」與「被觀看」互相對應的位置。此時的金蓮，在席上應西門慶的要求，為女婿陳經濟斟酒：

　　　　潘金蓮遞著酒，笑道：「姐夫，你爹咐咐，好歹飲奴這杯
　　　　酒兒。」

---

[46] 張珣：〈物與身體感理論：以香為例〉，余舜德編：《身體感的轉向》，頁 67，所謂的「身體感知」就是：「感知需要身體感官、感知、記憶、情緒、認知、社會關係、宇宙觀等等一起作用。」

陳經濟說道：「五娘，請尊便，等兒子慢慢吃。」（第 24
回）

陳經濟接過酒時，還向潘金蓮的手背捏了一捏，一面又踢了潘金
蓮的小腳，暗地裡調情，只是他們並不知道，這一切都看在站在
槅子外的宋惠蓮眼裡，她在窗眼裡瞧得一清二楚，心裡暗暗想
著：「尋常時在俺們跟前，倒且精細撇清，誰想暗地卻和這小夥
子兒勾搭。今日被我看出破綻，到明日再搜求我，自有話說。」
（第 24 回）於是在他們上街賞燈時，宋惠蓮在眾人面前露出她那
套著潘金蓮鞋子，一種自取滅亡式的自我彰顯，以及不斷以話語
及身體語言挑逗著陳經濟。只因為她看到金蓮和陳經濟的眉來眼
去，她要參與的、爭取的，不也是「金蓮的位置」，要記得的
是，她是因為潘金蓮而失去自己原來的名字，這是否也是潛意識
裡爭取自我的動機。她要以更性感的小腳爭取西門慶及陳經濟的
注目，以證明自己的魅力，滿足自己的欲望，希望獲得更多的利
益。從花園藏春塢的潛聽開始，潘金蓮在面對宋惠蓮節節升高的
愛寵，成為西門慶的新歡，或第七小妾的可能性時，潘金蓮自然
要極力打壓，終於，在潘金蓮的窺視潛聽之下，使得宋惠蓮最後
走向死亡的悲劇。

二、潘金蓮對吳月娘的窺視與潛聽

潘金蓮和吳月娘曾經互相叫罵，也曾因此使西門慶在妻妾中
左右為難，吳月娘失了正室的身分，潘金蓮則失了西門慶愛寵的
位置，從此留下嫌隙，而其中很大的因素，也是因為潘金蓮「嗜
好」潛聽及窺視。

　　事件的起因是春梅要申二姐唱曲給潘姥姥聽，讓春鴻找申二姐去，春鴻說：「俺大姑娘前邊叫你唱個兒與他聽去」，不識高低的申二姐，只要奉承月娘大妗，不肯去唱，還道：「你春梅姑娘他稀罕怎的，也來叫的我？有郁大姐在那裡也是一般。這裡唱與大妗奶奶聽哩。」大妗子還道：「也罷，申二姐你去走走再來。」（第 75 回）但申二姐就是不起身。這讓春梅聽了春鴻轉述後，氣得把申二姐大罵一頓並趕走她，申二姐爭吵不過春梅，哭哭啼啼下了炕拜辭大妗子，等不得轎子來就要廝僕領她走了。這件事擴大成潘金蓮與吳月娘之爭，因為大妗子把春梅罵申二姐一事告訴月娘，月娘就有幾分惱，要金蓮管管春梅別慣壞了她。金蓮卻護著春梅，反倒說申二姐的不是，這讓月娘更惱，月娘還向西門慶告了狀，誰知，西門慶竟也維護春梅說：「誰教他不唱與她聽來？也不打緊處，到明日使廝送一兩銀子補伏他，也是一般。」（第 75 回）西門慶維護了春梅，補償了申二姐，唯獨沒有安撫月娘。

　　緊接著，當晚金蓮吃了姑子的符藥，要與西門慶交媾好求子，卻見西門慶在月娘房裡不動身，於是金蓮掀起簾兒對西門慶說：「你不往前邊去？我等不的你，我先去了。」西門慶答：「我兒，你先走一步兒，我吃了這些酒就來。」這大大惹怒了吳月娘，月娘道：「我偏不要你去，我還跟你說話哩！你兩人合穿著一條褲子也怎的？是強悍世界，巴巴走來我這裡至硬來叫他！沒廉恥的貨！只你是他的老婆，別人不是他的老婆？」（第 75 回）吳月娘攔著西門慶，說孟玉樓一整天沒有吃東西，身子不舒服幾日了，要西門慶快點去看她。這倒也高招，吳月娘不讓西門慶進潘金蓮的房，但也不強留在自己房裡，一則無趣，二則自己

變成和潘金蓮一樣「攔漢子」，三則可以顯示大老婆的氣度，把
漢子送到身體不舒服且平時較受冷落，又平日與自己交好的孟玉
樓房裡，也算作了人情，又顯正室氣度。金蓮見月娘攔了西門慶
不放，滿腹氣憤，更何況如此又誤了王子日期，她心裡很是不
悅，次日，未告知月娘便把母親潘姥姥打發回去了。

　　事件的波瀾未平，潘金蓮從玉簫口中得知月娘是如何編排
她，金蓮銘記在心，來到月娘房外，聽見吳月娘對著大妗子說：
「你看，昨日說了他兩句兒，今日使性子，也不進來說聲兒，老
早就打發他娘去了。我猜，姐姐管情又不知心裡安排著要起什麼
水頭兒哩！」（第 75 回）月娘是在房裡說著話的，沒有料到金蓮
走到明間簾下聽戲多時了，猛然開口道：「是大娘說的，我打發
了他家去，我好把攔漢子！」月娘道：「是我說的！你如今怎麼
的？我本等一個漢子，從東京來了，成日只把攔在你那前頭，通
不來後邊傍個影兒！原來只你是他的老婆，別人不是他的老
婆？……」於是兩人都發怒了，情況不可開交，月娘大怒：「我
不真材實料，我敢在這屋裡養下漢來！」金蓮尚且說出：「你不
養下漢，誰養下漢？你就拿主兒來與我！」[47]（第 75 回）讓孟玉樓
一邊要吳月娘先不要氣惱，因為月娘說的重話已一棒打了幾人，
又一邊拉起金蓮趕著要她去前邊。

　　金蓮走後，月娘說：「早是剛才你們看著，擺著茶兒，還好

---

[47]　這個養漢子的說法，也使得後來的學者多有討論，到底吳月娘有沒有養
　　漢子？她與陳經濟也有一腿嗎？否則怎麼會讓陳經濟自由進出，又讓他
　　為這些女人們推鞦韆，且自己前次懷孕到小產一事西門慶通通不知，不
　　曾像這回懷孕般挾有孕之身，讓西門慶必須護著她，而不是站在金蓮的
　　身旁……但這些有趣的疑點，不在本章節的討論範圍中。

意等他娘來吃。誰知他三不知的就打發的去了。就安排著要嚷的心兒，悄悄走來這裡。聽怎的？那個怕你不成！待那漢子來輕學重告，把我休了就是了！」小玉說：「俺們都在屋裡守著爐臺站著，不知五娘幾時走來，在明間內坐著，也不聽見他腳步兒響。」孫雪娥則說：「他單為行鬼路兒，腳上只穿氈底鞋，你可聽不見他腳步兒響！想著起頭兒一來時，該和我合了少氣，背地打夥兒嚼說我，教爹打我那兩頓。娘還說我和他偏爭好鬥的。」（第 75 回）從小玉、孫雪娥到吳月娘，在在都見證潘金蓮嗜好偷聽，她甚至只穿氈底鞋，方能輕輕悄悄的來去無聲。

　　潘金蓮的偷聽潛聽緣自於她的好妒及猜疑，事實上，她也的確是時時想霸住男人，攔住漢子。但這回，西門慶首先安撫的是月娘，因為月娘有孕在身，西門慶先找太醫為她安胎，玉樓也逼著金蓮要她向月娘道歉。月娘心裡仍氣不過，即使已接受金蓮道歉，仍不許西門慶到她房裡，定要他到李嬌兒房裡歇一夜。隔日，平日咸少說孟浪話語的吳月娘，在孟玉樓問候她時：「大娘，你昨日吃了藥兒，可好些？」月娘道：「怪不的人說怪浪肉！平白教人家漢子捏了捏手，今日好了，頭也不疼，心口也不發脹了。」玉樓笑道：「大娘，你原來只少他一捏兒！」（第 76 回）這也是吳月娘少數失了「正室」身分的「孟浪言辭」，如此直接地表示被丈夫捏手的感官知覺引發身體及心理的欲望感受。最終月娘得以釋懷，則是因為西門慶「捏了捏她的手」，因此頭不疼，心口不脹。這裡雖只有簡單的敘述，但整個過程都是以身體感知來描述說明。再隔日，西門慶才往金蓮房裡，並且一連要安撫金蓮及春梅兩人，方才算解決。這臘月天的衝突，是一場極大的妻妾爭寵衝突。然而西門慶並不知道，這是他最後一次調停

他的妻妾紛爭，正月二十一日，三十三歲的西門慶，天數已盡。

月娘與金蓮的衝突，始於金蓮「蓮步輕移」的窺視潛聽，加深衝突的是她的「輕學重告」嘴上使壞。最終月娘得以釋懷，則是因為西門慶「捏了捏她的手」，因此頭不疼心口不脹，所有的過程都是以身體感知來描寫。

三、「潘金蓮醉鬧葡萄架」——從潛聽到身體感知

《金瓶梅》第 27 回是一般認為全書書寫最為情色的一回，露骨到近乎性虐待的情色演出，除了寫出受虐者（潘金蓮）與施虐者（西門慶）的不對等權力地位關係之外，也像是潘金蓮和西門慶在一場遊戲中，性愛主導權的搶奪，透過這一場同時具有性愛以及性虐成分的身體展演及欲望描寫，進一步思考《金瓶梅》編寫者所要傳達及書寫的隱喻為何？

首先，得退回到葡萄架事件之前，那是宋惠蓮自縊事件。當宋惠蓮得知來旺被打了四十大板遞解原籍徐州時後，取了一條長手巾懸樑自盡，未遂。後又與雪娥爭吵，甚至打了起來，非常不堪的場面。最後宋惠蓮趁著吳月娘與堂客們在後廳喝酒，西門慶也往赴席不在家時，「可憐這婦人忍氣不過，尋了兩條帶，拴在門檻上，自縊身死，亡年二十五歲。」（第 26 回）

腳帶一直是《金瓶梅》中具有多重隱喻的物品，首先，腳帶能將女人的腳纏成性感小腳；也是宋惠蓮作為自殺的工具（第 26 回）；也往往在性愛現場，讓西門慶把女性的腳吊掛好助性之物，不論是他與潘金蓮，或後來與王六兒（第 79 回）；在醉鬧葡萄架此回，也是西門慶和潘金蓮在交歡時，既是助性又是懲罰之物，更是象徵死亡之物（第 27 回）。

　　六月初一三伏天，天氣炎熱，西門慶見天熱在家避暑，他在宅院裡花園中翡翠軒捲棚內和潘金蓮、李瓶兒看賞開得爛漫的瑞香花，這裡細寫李瓶兒和潘金的服飾的色彩斑斕，逐漸推高「視覺」上欲望的呈現，再由視覺推向聽覺：

> 只見潘金蓮和李瓶兒家常都是白銀條紗衫兒，蜜合色紗挑線穿花鳳縷金拖泥裙子。李瓶兒是大紅蕉布比甲，金蓮是銀紅比甲，都用羊皮金滾邊，妝花眉子；惟金蓮不戴冠兒，拖著一窩絲杭州攢，翠雲絲網兒，露著四鬢，上粘著飛金，粉面貼著三個翠面花兒，越顯出粉面油頭，朱唇皓齒。兩個攜著手兒，笑嘻嘻驀地走來。（第27回）

兩個人攜著手走著的潘金蓮和李瓶兒，兩個人都紅豔動人，這樣的場景在《金瓶梅》裡絕對是極少數的時刻。西門慶遞了三枝花，教潘金蓮送給吳月娘、李嬌兒、孟玉樓，但金蓮指使春梅去送花，她卻潛在翡翠軒槅子外偷覷西門慶和李瓶兒。

　　西門慶見眼下無人，又見瓶兒「紗裙內罩著大紅紗褲兒，日影中玲瓏剔透，露著玉骨冰肌，不覺淫心輒起。」按著瓶兒，揭起湘裙，兩人曲盡于飛之樂。不想潘金蓮並不曾離開去叫喚玉樓來，她躲在翡翠軒槅子外潛聽。聽見他們在歡愛時，西門慶所說：「我的心肝，你達不愛別的，愛你好個白屁股兒，今日儘著你達受用」，瓶兒低聲著「親達達」，以及「奴身上不方便」「不瞞你說，奴身中已懷臨月孕，望你將就些兒。」（第27回）這裡有西門慶視覺上的滿足，進而欲愛的滿足。西門慶的欲望往往從視覺開始，他喜歡瓶兒白皙的膚色，金蓮、惠蓮的小腳，尤

愛她們穿著大紅睡鞋與他歡愛,接著,在歡愛時,他喜歡女性稱呼他「達達」,這在文中一再重述。

待玉樓來到,玉樓和金蓮兩人一齊走到軒內,她們的出現慌得西門慶手足無措。接著,潘金蓮一連說著充滿嘲諷意味的話語,當她坐在豆青磁涼墩上時,她說:「不妨事,我老人家不怕冰了胎。」當玉樓問她怎都吃生冷食物時,她說:「我老人家肚內沒閑事,怕甚麼冷糕麼?」羞得瓶兒在旁臉上紅一塊白一塊的。一會兒,吳月娘使喚了小玉請孟玉樓前去穿珠花時,瓶兒也急著離去。西門慶一把手拉住金蓮,不讓她走,他說:「小油嘴兒,你躲滑兒,我偏不放你。」(第27回)

接下來的幾個段子,是肉體及精神上的性愛加上性虐,但是在這些人們所熟知情節中,西門慶(與潘金蓮)是如何對待/看視潘金蓮的身體?

首先,西門慶要求潘金蓮「咱兩個在這太湖下下,取酒來投個壺兒耍子,吃三杯。」西門慶並使春梅取酒,金蓮取過月琴,彈了一會,見太湖石畔石榴花經雨盛開,戲折一枝,簪於雲鬢。但因她叨念了一句「我老娘帶個三日不吃飯眼前花」,被西門慶聽到,知道她又在嘲諷瓶兒,於是將她的金蓮小腳扛將起來,雲雨一番。接著,金蓮要求到葡萄架下投壺子玩耍。

到了葡萄架下,兩人玩著投壺遊戲,春梅拿著酒,秋菊拎著食盒到來,食盒裡有整整齊齊的細巧菓菜。待春梅又取酒去,秋菊取來金蓮要的枕頭涼蓆,西門慶到牆邊解手,回到葡萄架下時,潘金蓮已是主動裸身仰臥在衽蓆之上,腳上著了能引發西門慶性欲的大紅鞋,手裡搖著白紗扇子。至此都是潘金蓮引逗著西門慶,她掌握性愛場景,西門慶和潘金蓮的身體都是情欲高漲,

但是直至此時，食物、美景、赤裸的女體，是潘金蓮掌握著身體及欲望的主導權。

但接下來主控權回到西門慶手中。西門慶淫心大起，一面將潘金蓮的紅綉花鞋摘取下來，戲把她的兩條腳帶解下來，拴其雙足，並將吊掛在兩邊的葡萄架，兩人歡愛不已。春梅燙了酒來，見此情景，放下酒壺，走到臥雲亭，「搭著棋桌兒弄棋子耍子」，西門慶招她不來，遂丟下金蓮，尋春梅去了。春梅躲藏不過，被西門慶抱到葡萄架下，摟著春梅，兩人一口遞著一口飲酒，而金蓮還掛在葡萄架上。春梅看不過去，道：「不知你們甚麼張致，大青天白日裡，一時人來撞見，怪模怪樣的。」（第27回）西門慶不回答，只問花園角門是否關上？（他的意圖很清楚）然而，時間一時一刻地過去了，金蓮仍以「渴望性愛」的姿態被懸在葡萄架下，她對性的渴望反而成被西門慶用來懲罰她的手段。同時，還是以她纏小腳的腳帶將她的腳懸掛著。對照上一回宋惠蓮以腳帶自縊，西門慶和潘金蓮的欲望關係，以及無盡的縱欲，似乎也有了伏筆及死亡的隱喻。

西門慶接著投「肉壺」──西門慶取黃李子，投向裸身掛在葡萄架上的金蓮的私處。他連打中三個，又刻意放了一枚李子在金蓮私處，不取出，不行事，這裡的描寫是金蓮「急的婦人春心沒亂，淫水急流，又不好去摳出來的。只見朦朧星眼。但西門慶依舊不理她，只和春梅吃酒，甚至仰臥在醉翁椅上睡著了。西門慶甚至睡了「一個時辰」，醒來看見金蓮吊在架上「兩隻白生生腿兒，蹺在兩邊，興不可遏。」他先「摳出牝中李中，教婦人吃了」，再與金蓮歡愛，使用淫器以及抹了些助興的藥物，讓金蓮欲仙欲死，但卻在極歡愛時「婦人觸疼，急跨其身只聽磕磕響了

一聲，把個硫黃圈子折在裡面。」此時潘金蓮驀地「目瞑氣息，
微有聲嘶，舌尖冰冷，四肢不收，軃然於衽席之上。」（第27
回）金蓮頭目暈眩，幾乎要取了她性命。

　　這裡對於身體感知的描寫，從視覺、聽覺、觸覺到身體的疾
病感，十分細微。情欲極度需求及迎向欲望而張致的身體——金
蓮的裸身，西門慶的應合，以及金蓮被吊掛的雙足，私處成為肉
壺的潘金蓮身體，都被細緻地描寫。身體的欲求到硫黃圈折斷在
身體裡引發身體的疼痛與驚恐，以致於瀕臨死亡的暈眩、疼痛及
「莫知所以」的恐懼，身體感官以及知覺的敘述。

　　待西門慶扶著金蓮回房，一口遞一口和只穿著紅紗抹胸的金
蓮喝酒時，兩人又被欲望牽引，走過死亡驚恐的金蓮，卻又主動
摸弄西門慶的那話兒，作者在此形容西門慶的陽具是「那等頭睜
睜、眼睜睜」，「那話登時暴怒起來，裂瓜頭凹眼圓睜，落腮鬍
挺身直豎。」兩人極其歡愛，「是夜兩人淫樂，為之無度」（第
28回）。

　　潘金蓮因為潛聽西門慶和李瓶兒的對話、性愛，並因妒忌而
口無遮攔地揶揄懷孕的瓶兒，西門慶則將性愛當作餵養、攏絡以
及懲罰潘金蓮的工具，而最後，西門慶的性器又以如同眼睛的注
視作結，性愛與視覺一直在文中糾纏並行。從敘事觀點來看，
「偷覷」具敘事結構的功能，在偷覷底下的情色書寫，使得作
者、敘述者、讀者，以及人物與讀者之間的關係更顯複雜。[48]
「偷覷」的敘事，讓人物在自己的所見所聞中編織情節，並且有

---

[48]　陳建華：〈欲的凝視：《金瓶梅詞話》的敘述方式、視覺與性別〉，
　　　《經典轉化與明清敘事文學》，頁99。

各自體悟的觀點：[49]

> 如「翡翠軒」、「葡萄架」等關目著色絢麗，筆墨恣肆，
> 既是放縱淫逸的市井生活的寫照，亦憧憧影射宮闈殺機、
> 家國亂象，絕非一般晚明的「春宮」文學所能比侔，其中
> 處處為潘金蓮的「欲的凝視」所籠，給小說敘述帶來情場
> 如戰場的詭譎風雲。[50]

潘金蓮對性的渴求，在作者轉換敘事者觀點時，使得敘事的角
度，從彰顯潘金蓮的身體欲望及情欲自主，再轉到編寫者對於欲
望的批判。作者的敘事觀點的轉換，是帶著道德的批判，批判潘
金蓮「惡婦之眼」[51]，批判西門慶一家的敗德、墮落以及倫常失
序。對於讀者而言，這並非宣淫，而是以欲望誡世。《金瓶梅》
對於欲望上的描寫也開啟了後世豔情小說細節書寫的範本。

第三節　噁心與快感的身體感知書寫

　　噁心與快感是相反且衝突的感受，也是身體更內在的感知。
在《金瓶梅》中對於快感的描寫，除了交歡過程中的性愛快感，

---

[49]　陳建華：〈欲的凝視：《金瓶梅詞話》的敘述方式、視覺與性別〉，
　　《經典轉化與明清敘事文學》，頁110。

[50]　陳建華：〈欲的凝視：《金瓶梅詞話》的敘述方式、視覺與性別〉，
　　《經典轉化與明清敘事文學》，頁97-98。

[51]　陳建華：〈欲的凝視：《金瓶梅詞話》的敘述方式、視覺與性別〉，
　　《經典轉化與明清敘事文學》，頁115。

還有著以隱喻的方式呈現，即是以打鞦韆遊戲的方式，隱喻著性
愛的快感，也暗示著人物命運的起伏。在身體感知的呈現上，除
了有視覺、聽覺、肢體接觸、還有嗅覺、味覺的描寫。在西門慶
和他的女人們甚至男寵的交歡裡，口交倒也是常出現的性愛方
式，也表現施與受兩方的情欲展演以及彼此的滿足。噁心與快
感，有時在性愛裡可能成為雙方不同的身體感受，在《金瓶梅》
中透過西門慶讓女性飲尿、吞精，展現男女兩方欲望極致的歡愉
或難耐，這樣衝突的身體感知書寫。

一、「打鞦韆」的身體欲望展現及隱喻

　　打鞦韆是婦女們在春天裡的遊戲，在明清的世情小說中《金
瓶梅》女眷們打鞦韆，是相當精彩又具有欲望指涉意義的一幕。
[52]然而，與上一節所言的「葡萄架」如此直接的欲望衝擊相比，
打鞦韆則是充滿隱喻的遊戲活動。話說吳月娘在花園裡扎了一架
鞦韆，待西門慶不在家時，率眾姐妹遊戲一番，以消春晝之困。
打鞦韆，是從女性的角度書寫，它在家宅的花園裡卻因高高揚起
的鞦韆擺盪，使得女性在短瞬間，離開家宅幽閉的視線中，是瞬
間的衝破家庭藩籬再回到原點，在這樣一個高低擺盪的動作底

---

[52]　胡衍南：〈論《金瓶梅》及其續書之「鞦韆」意象運用〉，《2012 臺灣
　　　金瓶梅國際學術研討會論文集，頁 688-689、704。文中指出在明清世情
　　　小說中對於打鞦韆的描寫並不多，《金瓶梅》是箇中相當精彩的典範。
　　　回溯南朝時已有打鞦韆的記載，而打鞦韆是婦女、兒童在寒食清明節時
　　　的遊戲，非日常活動，閨閣婦女也只能偶爾為之，因此在《金瓶梅中以
　　　半回的幅度來書寫，自然有其意義，不僅補充人物個性及心理，也有修
　　　辭設計。

下，是人物視線的改變，也是高低位置的錯置。

　　吳月娘和孟玉樓先打了一回，接著要李嬌兒與潘金蓮打鞦韆，但李嬌兒以身體沈重打不得，讓李瓶兒和潘金蓮打了一回鞦韆，在打鞦韆時，也形同暫時忽略高下階層的位階關係。接著，孟玉樓叫來潘金蓮，兩人立在上頭打個立鞦韆，吳月娘讓宋惠蓮在下面相送，後來讓玉簫、春梅在旁推送。「正是：得多少紅粉面對紅粉面，玉酥肩並玉酥肩。兩雙玉腕挽復挽，四隻金蓮顛倒顛。」（第 25 回）這裡描寫了春天時女子的臉、肩、手腕、腳並立著，所有的形容都是美麗可人的，紅顏、體酥如玉、玉腕、金蓮小腳，她們還穿著高底鞋，不僅美麗還帶著欲望的暗示，在鞦韆上高高揚起，只是她們笑鬧得太厲害了，金蓮從鞦韆架上，滑浪一聲擦了下來，早是扶住架子不曾跌著。

　　於是，吳月娘發話：「這打鞦韆最不該笑，笑多了有甚麼好？一定腿軟了，跌下來。也是我那咱在家做女兒時，隔壁周臺官家，有一座花園，花園中扎著一座鞦韆。也三月佳節，一日，他家周小姐和俺一般三四個女孩兒，都打鞦韆耍子。也是這等笑的不了，把周小姐滑下來，騎在畫板上，把身上喜抓去了。落後嫁與人家，被人家說不是女兒，休逐來家。今後打鞦韆，先要忌笑。」（第 25 回）這段話說得也突兀，在場的這些妻妾，沒有人是女兒身，都是婦人家了，若不是月娘一時忘了（但是，怎可能呢？）就是月娘在表明自己是女兒身來到西門家，也或許，這仍是作者傳遞的父權社會底下男人渴望的、要求的以及處女情結，[53]然而，大夥都一致地不多說什麼，金蓮只道：「孟三兒不濟，

53　丁乃非著，蔡秀枝、奚修君譯：〈鞦韆、腳帶、紅睡鞋〉（臺北：《中

等我和李大姐打個立鞦韆。」吳月娘把打鞦韆和處女、女兒身的連結，除了表明自己是三媒六聘進來的大家閨秀之外，已巧妙地和「性」作了連接，這似乎為接著陳經濟的加入遊戲作了暖場。不一會兒，陳經濟自外進來，吳月娘竟要陳經濟幫忙推送：

> 月娘道：「姐夫來的正好，且來替二娘送送兒。丫頭們氣力少，送不的。」這經濟老和尚不撞鐘，得不的一聲，於是撥步撩衣向前。說：「等我送二位娘。」先把潘金蓮裙子帶住，說道：「五娘站牢，兒子送也！」那鞦韆飛在半空中，潘金蓮「猶若飛仙相似」。（第 25 回）

這裡大概也是本章第二節討論潘金蓮對於吳月娘的窺視潛聽時，提到兩人因此吵架嚷嚷時，潘金蓮所言：「你不養下漢，誰養下漢？你就拿主兒來與我！」（第 75 回）這裡極有曖昧可討論的空間，當然讀者也可以說月娘在此時，只把將陳經濟當作女婿，是丈母娘與女婿、母子的關係。然後，再往下讀，陳經濟的尺度也大了些，李瓶兒見鞦韆起去了，也要陳經濟推送她。但不同的是，陳經濟「於是把李瓶兒裙子掀起，露著他大紅底衣，摑了一把。」陳經對瓶兒和金蓮已有不同，他在第一眼看見潘金蓮時已被迷倒「猛然一見，不覺心蕩目搖，精魂已失。」（第 18 回）他是先把潘金蓮的裙子帶住，卻把李瓶兒的裙子掀起，還摑了一

外文學》，第 22 卷第 6 期，1993 年 11 月），頁 45，丁乃非言：「在如此的家庭裡，女人最好別笑，或者是在未經許可時絕對不可笑，就像妓女一樣，女人只能將自己的身體轉化成愉悅的形式來取悅他人。這便是女人的笑和處女膜之間的關係。」

把，顯然陳經濟對女性的意圖也高，但沒有岳父西門慶的財富權勢，因此只能作些小動作，占些便宜，一直要等到西門慶過世後，陳經濟離開了西門家，他的欲望才更有表現的空間。陳經濟加入這些女性的鞦韆遊戲，讓遊戲不再只是女性消磨春睏之畫的娛樂，它更暗示著，在西門慶家庭裡男女關係混亂，輩分倫理不明以及欲望橫流的情色現場。

　　然而，光是陳經濟站在五娘金蓮、六娘瓶兒的身後，推送她們打鞦韆的畫面，就充滿了曖昧，充滿著性暗示——多像是性愛的推送。此刻李瓶兒又叫道：「姐夫，慢慢著些，我腿軟了。」（第18回）瓶兒此刻的喚聲，彷若是在性愛現場的話語。接著是春梅和西門大姐兩個打鞦韆，再讓玉簫和惠蓮兩個打立鞦韆。宋惠蓮打得精彩，文中的描述：

> 這惠蓮手挽彩繩，身子站的直屢屢，腳趾定下邊畫板。也不用人推送，那鞦韆飛起在半天雲裡，然後抱地飛將下來，端的恰似飛仙一般，甚可人愛。月娘看見，對玉樓、李瓶兒說：「你看，媳婦他到會打。」正說著，被一陣風過來，把他裙子刮起，裡邊露見大紅潞紬褲兒，扎著臟頭紗綠褲腿兒，好五色納紗護膝，銀紅錢帶兒。玉樓指與月娘瞧，月娘笑罵一句「賊成精的」，就罷了。（第25回）

宋惠蓮在打鞦韆時底衣洩漏了她的衣著密碼，她穿著大紅潞紬褲兒，正是模仿著西門慶妻妾的裝束，而不是僕婦應有的身分，一身鮮紅嫩綠五顏六色。宋惠蓮又打一身好鞦韆，身子站直屢屢，鞦韆飛在半空裡，像個飛仙，也像是蓄勢待發想飛上枝頭當鳳

鳳。[54]

　　宋惠蓮打鞦韆相當厲害精彩，獨她不用人推，她的身體語言、她的行動都延續著在雪洞裡對於潘金蓮的蔑視與極欲超越，特別是她在打鞦韆時露出的紅色底褲，表示她的野心，鞦韆凌空，也代表她的壯志——她和西門慶有關係、主動勾搭陳經濟，都是她往上攀爬的企圖及表現，雖然宋惠蓮有著比金蓮更小也更迷惑西門慶的小腳，然而她卻沒有潘金蓮聰明機靈，甚至連一向駑鈍的吳月娘都看到她的大紅潞紬褲，月娘笑罵了一聲：賊成精的，也是明白宋惠蓮的心機企圖。鞦韆的高高揚起，其實隱喻著宋惠蓮對於成為西門慶第七小妾的企圖心，也隱喻她將會攀高跌重。

　　至於沒有在花園裡參與打鞦韆的孫雪娥，在後邊見到來旺兒往杭州織造蔡太師的生辰衣服回還，見到雪娥，作了揖，問了西門慶與吳月娘在那裡？雪娥回道，「你爹今日被應二眾人邀去門外耍子去了；你大娘和大姐都在花園中打鞦韆哩！」二人話了家常，雪娥往廚下倒了一盞茶與來旺，當來旺問：「媳婦子在竈上？怎的不見？」（第 25 回）雪娥冷笑答道：「你的媳婦兒，如今不是那時的媳婦兒了，好不大了！他日日只跟他娘們夥兒裡下棋、摑子兒、抹牌頑耍，他肯在竈上做活哩？」孫雪娥趁此時向來旺兒透露宋惠蓮和西門慶妻妾親近的關係。

　　原本西門慶來家後，看到來旺悉把杭州織造的蔡太師生辰尺頭，併家中衣服一切完備時，西門慶是滿心歡喜，還打賞了他五

---

[54]　胡衍南：〈論《金瓶梅》及其續書之「鞦韆」意象運用〉，頁 692，文中提及《金瓶梅》作者形容金蓮「猶若飛仙相似」打鞦韆，後用「端的恰似飛仙一般」來形容惠蓮，顯然是在強調金蓮與惠蓮的同質性。

兩盤纏，讓他買辦家裡東西。待來旺送了些體己禮物給雪娥時，
雪娥一五一十地向來旺告狀，宋惠蓮如何和西門慶勾搭，玉簫又
如何做牽頭，她們是如何在金蓮屋裡做的窩巢，連同惠蓮箱奩裡
的衣服首飾，都是西門慶給她的。沒能有資格和月娘等人一起打
鞦韆的雪娥，不能高飛揚起，因此把宋惠蓮拉下了她極欲高飛的
枝頭。話說，這一狀把宋惠蓮往死裡告，也把自己往最險惡的境
地裡推，花園裡神采飛揚高高打鞦韆的宋惠蓮，在這一刻起，所
有美好的想像，精彩的未來都墜落了，想要飛上枝頭的宋惠蓮，
和面臨遞解原籍徐州命運的來旺，鞦韆的起落更像是預告他們命
運的高低，他們將要從雲端跌落，而告了狀的孫雪娥，也把自己
往悲劇推送。

　　除了吳月娘她們在園子裡打鞦韆，帶著情色曖昧與性的象徵
之外，還有一回，以西門大姐的死亡重疊上打鞦韆的意象。且
說，在西門慶死後，吳月娘趕走了陳經濟並堅持把西門大姐送到
陳經濟家，但是陳經濟對於西門大姐毫無情義，亦不善待她。後
來，陳經濟又娶了一個粉頭回來，是一個十八歲的青樓女子馮金
寶，娶回來後陳經濟收拾兩間房給馮金寶住，又買了丫頭喜兒伏
侍她，家裡大魚大肉儘供著她，卻全然不理睬西門大姐。後來陳
經濟與金寶兩人還合氣辱罵西門大姐。陳經濟甚至打了元宵一
頓，踢了大姐幾腳，西門大姐極為憤怒嚷罵金寶，並趕著金寶撞
頭，她罵道：

> 好養漢的淫婦，你抵盜的東西與鴇子不值了，倒學舌與漢
> 子說我偷米偷肉？犯夜的倒拿住巡更的了，教漢子踢我！
> 我和你這淫婦擯兌了罷，要這命做甚麼！（第92回）

這讓陳經濟大怒，罵道：「好淫婦，你擯兌他？你還不值他的腳指頭兒哩！」一把手採過大姐頭髮，用拳撞、腳踢、拐子打、打得大姐鼻口流血，半日才甦醒過來。這陳經濟還兀自歸房去睡了，留了大姐在下邊房嗚嗚咽咽哭著。丫頭元宵則在外間睡著，到了半夜，西門大姐用一條索子懸樑自盡身死，亡年 24 歲。次日早晨，元宵起來，推裡間不開，陳經濟和馮金寶仍睡著，使他的丫頭來叫大姐，要取木盆洗，但房門卻推不開。陳經濟還罵道：「賊淫婦，如何還睡？這早晚不起來！我這一跤開門進去，把淫婦鬢毛都拔淨了。」重喜兒打窗眼內望裡張看，她說道：

他起來了，且在房裡打鞦韆耍子兒哩！（第 92 回）

元宵往裡瞧了半天，才叫道：「爹，不好了，俺娘吊在床頂上吊死了！」（第 92 回）吊死的西門大姐，卻被丫頭以為她在打鞦韆耍玩，一生都不曾被陳經濟疼愛呵護——至少在文本的內容中，不曾見過她被呵護疼愛，也沒有任何兩人性愛及欲望的描寫，只有冷落及威脅打罵，死亡才讓她能在空中高高地晃盪著彷若兀自耍玩。

　　西門大姐的上吊自縊彷若盪著鞦韆的景象，這裡疊上了之前西門大姐與春梅打鞦韆的情景；疊上了陳經濟幫西門慶愛妾潘金蓮以及李瓶兒打鞦韆的形象；然而，在西門大姐和陳經濟之間的打鞦韆則只有死亡的意象。可知，打鞦韆的豐富象徵意義，不只有推送的性暗示、也有對於宋惠蓮攀高跌重的隱喻，更是連結了生與死的意象。

二、吞溺、吞精的身體感官與隱喻

西門慶妻妾成群，好色縱欲，圍繞在他周圍的女子們或者迎合他的欲望，或者也渴求自己的欲望被滿足。在身體感知的呈現上，有眼睛（視覺）、耳朵（聽覺）、肢體接觸（觸覺）、口鼻（嗅覺味覺）的表現及描寫。在西門慶和他的女人們甚至男寵的交歡裡，口交倒也是常出現的性愛方式，而西門慶尤其迷戀女性為他吸吮吞精，在此表現情欲中兩方的欲望的關係。除此之外，《金瓶梅》中還有二次變態又詭異的情節，即西門慶讓女性吞他的尿，這種噁心又詭異的場景與性愛，充滿了荒誕及荒涼的欲望書寫。原來，在西門慶上東京為蔡太師賀壽離家半個月，待西門慶回家，潘金蓮的欲望自是高漲極欲被滿足的。再加上，前一回西門慶上東京時，由於陳經濟在潘金蓮房裡飲酒被奶娘如意兒看見，如意兒向月娘架了一篇金蓮的是非，這回西門慶往東京去，月娘不想惹是非，連她的兄嫂來也不留宿他們，夜夜將後邊儀門上鎖，姐妹們只在房裡作針指，月娘將凡事都看看嚴嚴實實。

如此，待西門慶來家後，潘金蓮自然是迫切希望自己的情欲被滿足，也想要獨占西門慶的身體及寵愛。因此她對西門慶更是溫存逢迎，連西門慶溺的尿她都喝下去，這是怎樣的承迎諂媚，對於她和西門慶的身體感知又起了什麼作用？更重要的是，這樣的身體欲望書寫，又隱含了何種意義？

話說西門慶來到潘金蓮房裡，金蓮正重整妝容，盼著西門慶來到。當西門慶來到，她先伺候他吃茶點再上床歇宿。接著看到的描寫是「暖衾暖被，錦生春，麝香靄靄，兩人翻雲覆雨之際，金蓮百媚俱生。」（第 72 回）欲愛之後，兩人睡不著，枕上把離

言深講，淫情未足，金蓮為西門慶品簫，這裡說：

> 這婦人的話無非只是要拴西門慶的心，又況拋離了半月，
> 在家久曠幽，淫情似火，得到身，恨不得鑽入他腹中，那
> 話把來品弄了一夜，再不離西門慶要下床溺尿，婦人還不
> 放，說道：「我的親親，你有多少尿？溺在奴口裡，替你
> 咽了罷！省的冷呵呵的熱身子你又下去，凍著倒值了多
> 的。」這西門慶聽了，越發歡喜無已。
> 叫道：「乖乖兒，誰似你這般疼我！」於是真的溺在婦人
> 口內，婦人用口接著，慢慢一口一口都咽了。西門慶問
> 道：「好吃不好吃？」
> 金蓮道：「略有些鹹味兒，你有香茶與我些壓壓。」西門
> 慶道：「香茶在我白綾襖內，你自家拿。」這婦人向床頭
> 拉過他袖子來掏，掏了幾個，放在口內纏罷。
> 正是：侍臣不及相如渴，特賜金莖露一杯。看官聽說：大
> 抵妾婦之道，蠱惑其夫，無所。雖屈身忍辱，殆不為恥。
> 若夫正室之妻，光明正大，豈肯為此！是夜，西門慶與婦
> 人盡力盤桓。（第72回）

從西門慶與潘金蓮兩人的雲雨纏綿，到潘金蓮「淫情似火」片刻
也不願離開西門慶以及他的那話兒。當西門慶要下床溺尿時，潘
金蓮語出驚人地願意為他喝尿，她說怕西門慶著涼，這讓西門慶
越加歡喜，也毫不猶豫地尿在金蓮口裡。但金蓮的承接肯定是辛
苦的，因為文中描寫是「用口接著，慢慢一口一口都咽了。」
（第72回）那個**慢**字，連金蓮的身體感都帶出來了，那必然不是

歡愉的，所以得慢，得一口一口咽下，然後才說有些鹹味，要用
香茶來壓壓味。性愛交錯，歡暢淋漓，接著是金蓮口咽尿液，編
寫者在看官聽說裡的評論，指出潘金蓮是為蠱惑其夫，才會忍辱
負重至此，因此也得到西門慶整夜盡力盤桓以滿足她。因此，潘
金蓮是家庭秩序的破壞者，也是極度敗德的女人，實為「殆不知
恥」的淫婦勾當，這豈是正室肯為？

　　這一段情節無論是在道德批判強烈的《詞話本》，或者同情
女性情欲自主的《繡像本》裡，都有相同的情節表現，編寫者透
過潘金蓮身體欲望的表現，批判了不符合道德秩序規範的女性，
自然也指陳了女性對於自身存在，所能展現的也只有自己的身體
了，只是潘金蓮也將自己工具化。這一段敘述令人也悲涼了起
來，性愛的歡愉，在金蓮承接莖露時，成了迎合與獻媚。金蓮與
金蓮小腳成為性魅力的象徵或代稱，古代有文人以金蓮小鞋承酒
而飲的故事，在此，金蓮本身就成了「承接」以及「承載」男人
排洩物的容器，成為尿壺！

　　潘金蓮忍耐地吞咽的動作，意味著西門慶與潘金蓮都是彼此
性愛的征服者與被征服者，也是彼此算計底下的囊中物。鹹的、
不潔的、噁心的，得以香茶壓壓，這就是吞溺的結果，更顯現欲
望的動物性，不論是西門慶或潘金蓮的身體都是被欲望支配。潘
金蓮為了得到西門慶最多的嬌寵，已至無所不用其極，但西門慶
卻只問她：「好不好喝？」略有常識的人都會知道尿液是大家避
之唯恐不及，即使是家中奴婢，貼身的心腹丫頭或小廝大約都不
必去處理這些屎尿，但金蓮「貴」為西門慶的寵妾，卻以這種荒
誕噁心變態的方式，降格以換得西門慶的「刮目相看」。

　　潘金蓮的飲尿，還是「自發地」佔有及攏絡西門慶，但後

來，情景再度上演，但這回卻是西門慶要求奶娘如意兒為他飲尿。如意兒是官哥兒的奶娘，在官哥兒死去時，她求李瓶兒留下她，瓶兒過世前將她轉交給月娘，等著將來可以繼續奶月娘的孩子。然而瓶兒死去不久後，一日，西門慶到瓶兒房裡，令她為他寬衣解帶，如意兒知道他要在這房裡安歇，「連忙收拾、伸鋪、用湯婆熱的被窩暖洞洞的，打發他歇下。」如意兒在繡春的攛掇下，脫了衣服鑽入被窩內。西門慶乘興服了藥，如意兒曲體承歡口中呼達達不絕，西門慶說：「我兒，你原來身體皮肉也和你娘一般白淨，我摟著你，就如同和他睡一般。你須用心伏侍我。我看顧你。」（第 67 回）西門慶又問她多少年紀？知道比他小一歲，今年 31 歲了，見如意兒會話說，枕上又好風月，心下甚喜，晨起，如意兒伏侍鞋襪，打發梳洗，極盡殷勤，把迎春、繡春都比了下去，但如意兒立即問西門慶要了蔥白紬子，要做披襖兒當孝衣，為瓶兒穿孝，西門慶一一許她。往後也如此瞞著月娘，背地裡銀錢、衣服、首飾都給了如意兒，他們的交歡像是交易。

　　一日，如意兒與繡春、迎春正在炕上吃飯，見西門慶走入，慌忙跳起身，西門慶倒是從容地說：「你們吃飯、吃飯」，於是走出明間，坐在李瓶兒畫影前的一張交椅上，不一時，如意兒笑嘻嘻走出來，說道：「爹，這裡冷，你往屋裡坐去罷。」西門慶一把摸到懷裡，要繡春往花園藏春塢書房內的一罈葡萄酒斟來，迎春與如意兒備了一桌細巧碟食，西門慶與如意兒兩人吃酒歡愛。西門慶再度誇她白淨身子：「我的兒，你達達不愛你別的，只愛你這好白淨皮肉兒，與你娘的一般樣兒。我摟著你，就如同摟著她一般。」說著說著，如意兒又討了東西：「我有句話兒對

爹說，迎春姐有件正面戴的仙子兒，要與我。他要問爹討娘家常戴的金赤虎，正月裡戴。爹與他了罷！」西門慶道：「你沒正面戴的，等我叫銀匠拿金子另打一件與你。你娘的頭面箱兒，你大娘都拿的後邊去了，怎好問他要的？」如意兒道：「也罷，你還另打一件赤虎與我罷！」（第75回）一面走下來就磕頭謝恩。

　　物質與性愛、身體與利益的交換，在《金瓶梅》中並不陌生。如意兒和西門慶歡愛的場景不算太多，但每每她在結束歡愛後都向西門慶要了東西，直接地以性／身體交換禮物，這在西門慶這裡自是以上下關係，以施／受者的態度去面對，更甚至在兩人交歡時，當被西門慶抽提得氣喘喘吁吁時，她仍要說：「這紅腰子（註：婦女護腹肚或束胸腰的小衣）還是娘在時與我的。」西門慶道：「我的心肝，不打緊處。到明日，鋪子裡拿半個紅緞子，與你做小衣兒穿，再做雙紅緞子睡鞋兒穿在腳上，好伏侍我。」（第 75 回）緊接著西門慶再一次問如意兒的名姓，排行幾姐？多少年紀？其實，西門慶早已問過她了，但他也早已忘記了，顯示西門慶並不在意她。但西門慶仍告訴她，若她能有造化懷上孩子，就扶她頂瓶兒的缺。這章四兒——也就是如意兒，自是極力承歡，應承西門慶要她喊他親達達——如此，她得暫時忘了或忽略自己的丈夫。兩人摟睡到五更天方醒。西門慶忽而要章四兒為他的那話兒吮咂，並告訴她：

> 「你五娘怎替我咂，半夜怕我害冷，連尿也不教我下來溺，都替我嚥了。」老婆道：「不打緊，等我也替爹吃了就是了。」這西門慶都個把胞脬尿都溺在老婆口內。當下兩個旖旎溫存。（第75回）

這次並不是如意兒怕西門慶冷著，也不是如意兒不要西門慶下床小解，而是西門慶主動告訴她，潘金蓮如何為他「吮咂」，又如何吞了他的尿，如意兒的回答，簡短：「不打緊，等我也替爹吃了就是了。」意思是：沒關係，老爺想要這樣，那我也照作就是了！西門慶也不客氣，二話不說，都讓她吞了。至此，沒有似描寫金蓮的，慢慢一口一口都咽了——在文字表述上，這也讓讀者感受到難以吞咽的噁心感，在食道抗拒下，必須緩慢艱難的完成，因此是一口一口慢慢吞咽；也沒有西門慶溫存又自大地問：好吃不好吃？這句問話雖然讀來充滿嘲諷，但至少表示西門慶對於潘金蓮的關懷，於是有香茶壓鹹味的接續動作，一個動作連著一個動作，都在表明身體的反應——包括口腔、心理，也訴諸於情感的交流，不論這樣的情感動機及目的為何。但是西門慶對於如意兒的吞尿，並沒有任何溫存憐惜的表現，沒有任何詢問，只有高居臨下的姿態，要求如意兒服從及吞尿。

　　反觀如意兒的吞尿，是半被迫承接，沒有選擇的——因為西門慶和如意兒的交歡總是在如意兒討衣物金飾鞋腳等財物中作結，西門慶喜歡如意兒的「只有」她的白淨白膚——西門慶說的：「你達達不愛你別的，只愛你這好白淨皮肉兒。」（第75回）那麼，如意兒能作的自然是極盡能事的討好、取悅、滿足西門慶，因為西門慶根本不在意她的感受，所以不會過問她的身體及心理感覺，如意兒的口著著實實成了盛接西門慶尿液的夜壺，她的欲愛只剩荒誕、噁心，並且帶給讀者無比的荒涼。

　　到了文本後來，西門慶死亡前的鏡頭，更是性愛與死亡的連結，潘金蓮在那場可怕的性交中，用口接咽西門慶精液的形象，

不由得令人想起吸血鬼的行為。[55]西門慶貪欲,得了胡僧藥後縱欲無度,與王六兒交合時,仍思想著何千戶娘子藍氏。當日吳月娘宴請堂客,首先堂客荊統制娘子、張團練娘子、雲指揮娘子、喬親家母、崔親家母、吳大姨、孟大姨都到了,只有何千戶娘子以及王三官的母親林太太併王三官的娘子未到。西門慶使排軍、玳安、琴童來回催邀了幾遍,林太太來了,而何千戶的娘子直到大晌午才到來,坐著四人大轎,一個家人媳婦坐小轎跟隨,排軍抬衣箱,青衣家人緊扶轎竿,陣仗很大。月娘等姐妹至儀門迎接,西門慶則在西廂房放下簾子偷瞧。

　　這一眼是西門慶死前最大的遺憾,是他沒能攀上的鳳凰:「這藍氏年紀不上二十,生的長挑身材,打扮的粉妝玉琢,頭上珠翠堆滿,鳳翹雙插,身穿大紅通袖五彩妝花四獸麒麟袍兒,繫著金鑲碧玉帶,下襯著花錦藍裙,兩邊禁步叮陳,麝蘭香噴。」這樣彷若神女巫山降下的女子,讓西門慶「一見魂飛天下,魄喪九霄,未曾體交,精魄先失。」(第78回)得不到藍氏的西門慶,餓眼欲穿,饞涎空嚥,突然撞見來爵媳婦,覺得她的模樣還行,雖沒有宋惠蓮的風流,也充得過第二,於是趁著酒興,兩個人對上了解衣褪褲也就完事了。餓眼、饞涎與性愛的滿足連結,成了身體的感官知覺。

55　〔美〕黃衛總,張蘊爽譯:《中華帝國晚期的欲望與小說敘述》(南京:江蘇人民出版社,2012年6月第2版),頁99:「潘金蓮毒害武大是為了繼續與西門慶的奸情,而隨後西門慶之死的原因也是她在西門慶精力幾乎耗盡的情況下仍堅持與其性交。潘金蓮在那場可怖的性交中用口接咽西門慶精液的形象,不由得令人想起許多豔情小說中性吸血鬼的行為。」

　　西門慶仍是不能忘情於藍氏，吃了胡僧藥與王六兒戲耍，但
返家時被橋下鑽出來的黑影嚇得打冷顫。回到家醉意迷濛，但潘
金蓮淫心蕩漾，自己吃了一丸胡僧藥，送了三丸合著酒，讓醉著
的西門慶全都吃下，當藥力發作，潘金蓮騎在他身上，西門慶只
顧睡，潘金蓮仍自己取助興膏藥，情不能擋，欲不能止，西門慶
只是由著她。但吃了三丸僧藥的西門慶只是不泄，火熱腫脹，遂
令潘金蓮用口吮之。最後：

> 那管中之精，猛然一股邀將出來，猶水銀之瀉筒中相似，
> 忙用口接，咽不及，只顧流將起來，初時還是精液，往後
> 盡是血水出來，再無個收救。西門慶已昏迷過去，四肢不
> 收。婦人也慌了，急取紅棗與他吃下去。精盡繼之以血，
> 血盡出其冷氣而已。（第79回）

西門慶油枯燈盡，潘金蓮吮之血水繼之精液流洩的景況，使她彷
若吸血鬼，吸吮的動作與吸血鬼的形象疊合在一起。然而，吞精
的過程，潘金蓮在一系列動作底下，所有的動作都是她主動的索
求，她得到了快感、性滿足，她操控著一切；西門慶則如一無生
命的木偶，任由她操弄，西門慶的身體並沒有知覺，並沒有從性
交中得到快感。相對於上回金蓮的吞尿，得到快感與滿足的是西
門慶，這回，卻只有潘金蓮的欲望被滿足，他們兩人因此處於快
感與噁心對立的兩端，在興奮與瀕死的兩極，互為辯證，也互為
反諷。再檢視潘金蓮主動吞尿，半被動吞精——隱喻她從西門慶
的排洩物到西門慶生命的精血都吞掉了，她飲尿與吞精享愛著快
樂與噁心並存的身體更為內在的，也更為荒謬的感受，同時，也

道出欲望的複雜性以及存在的荒涼。

第四節　結　語

　　元宵節的節俗內容與慶典的狂歡性，是從公眾的狂歡向私領域靠攏，從觀看與被觀看「視」的角度來看：《金瓶梅》的四寫元宵：第一次寫元宵，就從李瓶兒的生日寫起，鋪寫在元宵節瓶兒家的樓台上，被觀看的孟玉樓與潘金蓮以及街市上的浮浪子弟。第二度的描寫，寫出西門慶家人服飾華麗，以及街市裡行人如織歡度元宵的活動，在這回裡用大量絢麗的顏色表現元宵節狂歡氣息，寫出元宵節裡廣場／街市的聲音和色彩斑斕，並鋪寫家庭聚會的場景。第三度寫元宵，則藉元宵節放烟火的活動，極盡聲光顏色的書寫，以及從燦爛到寂滅的過程。第四度寫元宵，則寫出一切已不再的過眼煙雲。四度寫元宵，觀看及被觀看成為節俗表現的日常與世情，元宵節因此成為《金瓶梅》中表現視覺感官欲望的節慶。即使抽離人物的情感欲望，元宵節中人們觀賞的燈火、煙火，也展示了喧囂、輝煌到寂滅的人生處境。

　　小說中的「偷窺」、「潛聽」書寫，是小說家的書寫策略，增加娛樂性以吸引讀者，增加商品的銷售量，達到口耳相傳的宣傳效果。而這樣的商業行為反過來再影響了小說的創作，使得作品在「越軌」行為的關注及描寫成為小說家們所宣稱的———一種全新敘事文體的要素。[56]而這些欲望的描寫，也彰顯了《金瓶

56　〔美〕黃衛總，張蘊爽譯：《中華帝國晚期的欲望與小說敘述》，頁53。

梅》作者對於欲望觀察及反省，特別是潘金蓮中一次又一次透過偷窺、潛聽引發的事端。在潘金蓮聽覷及窺視的現場，有宋惠蓮和西門慶的情欲，有吳月娘和其他妾或丫頭關於潘金蓮攔住漢子的對話，還有李瓶兒與西門慶性愛現場。潘金蓮不僅引發妻妾不合的事風波，也致使宋惠蓮自縊死亡，而所有的根源都指向她想占有西門慶，而這些事件的背後連接的也往往是情色欲望。這些事件的背後，這些潛聽偷窺的根本，其實深切地表達了《金瓶梅》欲望的複雜性以及欲望存在的矛盾。

龐春梅在西門慶與潘金蓮的欲愛現場，或者執壺斟酒凝視，或者在葡萄架下看視西門慶以性獎懲潘金蓮——這些凝視的角度，並不只是陳列他們性愛的內容，更重要的是表達編寫者批判的立場，透過龐春梅的觀看，她看到的是女性臣服在男性底下，女性的身體如何被使用、被滿足、也被懲罰，端看權力的一方（男性）如何給予。春梅的觀看，不是沈默的凝視，而是從欲望的位置及性別的角度去看視，在幾年後，春梅自己也成為欲望的主體，也被僕人窺視，甚至於成了女版西門慶的複刻版。

《金瓶梅》裡月娘等人在春天時打鞦韆的遊戲，卻與情色欲望，以及生死都有所連結。打鞦韆所帶來的快感，是連接著視覺、觸覺的身體想像——也就是引發曖昧的快感的動作，同時，在《金瓶梅》中打鞦韆也暗合了性愛的快感與死亡擺盪的意象。想要飛上枝頭的宋惠蓮，鞦韆的起落更像是預告她的命運：飛高後的她終將要跌落。打鞦韆除了帶著情色曖昧與性的象徵之外，西門大姐的死亡也疊上她曾和月娘等人在院子裡玩鞦韆遊戲的影像。打鞦韆因此是連結了欲望，也連接了死亡的意象。

《金瓶梅》透過細寫身體的各種感官知覺形塑了西門慶與女

性們、男寵的關係，這些家庭生活瑣碎的日常，是西門慶家興起與崩壞的軌跡。潘金蓮及如意兒在與西門慶交歡之餘尚且為他的吞精飲尿，徒留讀者無比荒涼的感受。最終，西門慶也因潘金蓮縱欲無度，精盡繼之血水，使西門慶提早和人世告別──以彷彿被死神擄獲的姿態──而潘金蓮則是飲尿、吞精──將西門慶的生命及排泄物都吸吮，這樣的描述成就極醜且噁心的荒誕美學。但同時也說明了西門慶在父權社會底下的主體位置，一家之主彷若一國之君，其他人以各種可憎、可怖、可憐、可哀的姿態匍伏階下，乞求愛寵或財富。此外，尿液與香茶的並列，以及金蓮（等同小腳的性魅力）卻如同夜壺的作用，更是無比的荒謬可悲。女性對男性獻媚至此，願意承接其排泄物，是對上下位階、男女尊卑的社會極為嘲諷，也表現了男性的快感來自女性的自我屈從。這裡指陳的不只是《金瓶梅》在肉身色欲上淋漓書寫，更指向人欲望無窮的另一個向度，回到欣欣子序言裡所說的，是為世誡，而且，是那樣沈重的呼籲。

第四章 《金瓶梅》女性身體政治的敘事意義

　　不論男性或女性的身體都受到社會、文化以及權力的規訓。身體蘊含著標記，它的表面有歷史經驗的烙印。[1]在文化及歷史上，我們可以看到身體被權力作用，特別是女性的身體，它記錄了父權文化的約制，或者權力對於身體的利益交換關係。權力是無所不在，在傅柯看來：「權力不是一種制度，不是一個結構，也不是些人天生有的某種力量，它是人們對既定社會中『複雜的策略性處境』的一個稱呼。」[2]傅柯對身體政治的系譜作了探究和考察。對於傅柯而言，規訓首先就是一種身體的政治技術。[3]身體實則為我們提供一種語言，表達了人與人彼此的互動關係，由此，我們檢視《金瓶梅》的女性身體書寫，可以看到西門慶如何使用權力，規訓女性身體，也可以窺見《金瓶梅》的編寫者透過女性身體政治，直指家庭或社會的失序。

　　身體是人最直觀、最外在的特徵，每個人都首先是身體的存

---

[1]　黃華：《權力，身體與自我——福柯與女性主義文學批評》（北京：北京大學出版社，2005 年 6 月 1 版，2006 年 9 月第 2 次印刷），頁 87。

[2]　黃華：《權力，身體與自我——福柯與女性主義文學批評》，頁 53。

[3]　費德希克‧格霍著，何乏筆、楊凱麟、龔卓軍譯：《傅柯考》（臺北：麥田出版社，2006 年 2 月初版一刷，2011 年 8 月初版五刷），頁 109。

在，從而使身體成為一個包含著歷史、社會、文化等諸多信息的存在。[4]如同現象學所指出的，身體並不是一個物質性客體，身體作為被體現的意識，它充滿著象徵的重要性。[5]身體的符號則可以進一步解釋社會型態與人的關係，也可以說明人與家國、時代之間的關係，以及歷史的處境。身體的書寫也成為作者描述歷史現象，或表達情感的一種展演方式，可知在某種程度上，身體也就是社會結構運作的場域，也是個人慾望、感性經驗的展開場所，更是權力的施展場所。正是在這一意義上，身體與政治、時代、文化的問題相糾纏，因此身體書寫往往自我言說以展現主體性。[6]

　　在性別政治底下，女性受制於父權社會的約制，女性的身體或被規訓成三從四德的閨秀，或以身體迎合並服從男性。在《金瓶梅》中這些女性為了要得到西門慶的愛寵、財物或是妾室的身分，她們把身體作為工具。在此則要更進一步說明：這些男男女女是如何透過權力、利益交滿足自己身體的欲望？在彰顯女性欲望自主權時，是否也顯示士商階層的流動？例如王招宣府裡的林太太，她身為貴婦遺孀卻與西門慶苟合，他們在苟合時又是如何作態，好維持自己的身分地位；西門慶的夥計韓道國之妻王六兒，她出軌、外遇，以性交易利益，同時也滿足自己的性癖好，

4　楊秀芝、田美麗：《身體・性別・欲望——20 世紀八九十年代小說中的女性身體敘事》（武昌：武漢大學出版社，2013 年 2 月第 1 版），頁 6。

5　Bryan S. Turner 著，謝明珊譯：《身體與社會理論》（臺北：韋伯文化國際出版公司，2010 年 2 月），頁 80。

6　李蓉：《中國現代文學的身體闡釋》（臺北：秀威資訊科技公司，2010年 6 月 1 版），頁 341。

但她卻能與外遇的小叔在晚年過上安生日子，那麼《金瓶梅》的編寫者透過王六兒的身體敘事，所要傳達的意義為何？這兩個都名為「六兒」的女人——王六兒和潘六兒（潘金蓮）有何相應的關係？

在《金瓶梅》中以身體向西門慶邀寵或獲得利益的女人不少，唯有龐春梅冷眼看著西門慶的妻妾爭寵，她受到西門慶寵愛卻無爭無求，她對自己的身體的掌控也遵從主子潘金蓮的指示，但到最後卻成為一個縱欲無度，淫欲而死的女子，她的死亡是如此近似西門慶死亡的姿態，那麼，她的身體書寫的意義又何在？至於潘金蓮處心積慮以自己的身體迎合西門慶的欲望，她究竟是情欲自主——她不斷主動尋找可以滿足她欲望的男人，還是，她其實是徹底馴服於父權社會，才會將身體當作她的資本以及工具，以滿足男人獲得愛寵。如此或可問，從潘金蓮九歲入王招宣府一直到她被武松剖心祭兄，她的身體是如何決定她的命運？

上述這些女性——林太太、王六兒、龐春梅、潘金蓮，她們究竟是因為被父權社會所宰制，因此只能以身體作為利益交換的工具？抑或者，她們其實是反叛傳統道德觀念，而以滿足自己的欲望為出發點？究竟，被「身體」左右或的是這些女性，還是因欲喪命的男性們：西門慶及陳經濟？

第一節　林太太以身體作為地位階層的顛覆

《金瓶梅》裡仍有某些片段延續《水滸傳》的敘事背景或人物。在《水滸傳》中的「節義堂」在《金瓶梅》也曾出現，但在《金瓶梅》中，成了鋪墊西門慶和貴婦遺孀林太太的苟合場景，

敘述透過身體與權力交換，使得士商階層位階彼此混同。不僅反諷了《水滸傳》裡的忠義，也嘲諷了家庭及社會價值的崩毀。

　　話說，深居簡出的遺孀林太太如何與西門慶勾搭上。原來，西門慶梳籠青樓裡的李桂姐，她是西門慶第二個妾李嬌兒的侄女。娼門裡以身體營生，自然不用排輩分，但是舊愛新歡與西門慶的關係，在這裡卻更為複雜，以至於後來，李桂姐為了保住自身權益，與西門府有更多的關係，李桂姐還認吳月娘為乾娘，乾女兒住乾娘家還和乾爹在花園裡有情色關係。西門慶梳攏了李桂姐，但不滿李桂姐背著他讓王三官包養，因此以他的權勢報復了王三官。花樓裡的鄭愛月兒為了讓自己成為西門慶新寵，極力迎合西門慶好色獵豔的性格。

　　鄭愛月兒告訴西門慶，王三官的母親林太太是權貴遺孀卻好風月，還為西門慶指出勾搭上她的明路。接著更進一步說，三官兒時常不著家，他的娘子才 19 歲，她是「東京六黃太尉侄女兒，上畫般標致，雙陸棋子都會。」「爹難得先刮剌上了他娘，不愁媳婦兒不是你的。」（第 68 回）這樣的敘述，立刻讓鄭愛月兒成為西門慶的頭號知己粉頭。因為她深知，在西門慶蒐集女性的情欲版圖中，最缺乏的就是權貴婦人。

　　這個王招宣府就是潘金蓮「從九歲賣在王招宣府裡，習學彈唱，就會描眉畫眼，傅粉施朱」，是潘金蓮學得「做張做勢，喬模喬樣」的地方（第 1 回）。這位寡居的林太太「生的好不喬樣，描眉畫眼，打扮狐狸似的。」（第 68 回）她依賴文嫂為她牽頭，好滿足寡居在簪纓世家深宅大院裡的寂寞與欲望。在西門慶面前，文嫂口中的林太太是：

若說起我這位太太來，今年三十五歲，屬豬，端的上等婦人，百伶百俐，只好像三十歲的。他雖是幹這營生，好不幹的嚴密！就是往那裡去，坐大轎，伴當跟著，喝著路走，逕路兒來，逕路兒去。三老爹在外為人做人，他怎在人家落腳？這個人說的訛了。倒只是他家裡深宅大院，一時三老爹不在，藏掖個兒去，人不知鬼不覺，倒還許說。若是小媳婦那裡，窄門窄戶，敢招惹這個事？（第69回）

足見林太太與人有染，既非空前也非絕後，只因為「他雖是幹這營生，好不幹的嚴密！」所以能接近她的人必須有門路，同時，在林太太出門仍坐大轎講排場，以維持權貴之家的排場及尊嚴。這就更有趣也更能刺激西門慶的感官欲望，因為在他的性愛對象中，還沒有坐大轎有伴當跟著的權貴夫人。西門慶一定要文嫂妥當完成此事，他甚至還對文嫂說：「你當件事幹！我這裡等著，你來時只在這裡來就是了，我不使小廝去了。」（第69回）這大概是西門慶對得到女人最急切的一次發話了。

　　文嫂也不負使命，當她向林太太舉薦西門慶時，她從林太太不安於室的兒子王三官下手，說她知道有一人可以把三爹（王三官）身旁一干人打散，三爹就可以收心，也不會再進青樓花院了，那人正是：

縣門前西門大老爹，如今現在提刑院做掌刑千戶，家中放官吏債，開四五處鋪面：鍛子鋪、生藥鋪、紬絹鋪、絨線鋪，外邊江湖又走標船，揚州興販鹽引，東平府上納香蠟；夥計主管約有數十。東京蔡太師是他乾爹，朱太尉是

> 他衛主，翟管家是他親家。巡撫、巡按都與他相交，知
> 府、知縣是不消說。家中田連阡陌，米爛陳倉；赤的是
> 金，白的是銀，圓的是珠，光的是寶。身邊除了大娘子
> ——乃是清河左衛吳千戶之女，填房與他為繼室。只成房
> 頭、穿袍兒的也有五六個，以下歌兒舞女、得寵侍妾，不
> 下數十。端的是朝朝寒食，夜夜元宵。今老爹不上三十
> 四、五年紀，正是當年漢子，大身材，一表人物；也曾吃
> 藥養龜，慣調風情；雙陸象棋，無所不通；蹴踘打毬，無
> 所不曉；諸子百家，拆白道字，眼見就會……昨日聞知太
> 太貴誕在邇，又四海納賢，也一心要來與太太拜壽……今
> 老太太不但結織他來往相交，又央浼他把這干人斷開，不
> 使那行人打攪，這須玷不了咱家門戶。（第69回）

這裡不得不引述長長的原文，因為這段話充滿嘲諷意味。首先，
能幫著王三官不再走入花街柳巷的人，竟然是成日在花街裡走踏
的西門慶，這倒也諷刺。在文嫂的描述中，西門慶是個富裕商
人，但結交了無數官場要人，從知縣、知府到東京朝廷巡撫、太
尉、太師等人，更別提他放官債——官場商場的勾結，這是他在
公領域上的表現。至於在私領域上，文嫂形容西門慶除了一表人
才，妻妾倡優無數，更重要的是他正處三十四、五的壯年，有強
健的大身材，他還會蹴踘打毬，表現出強壯健康（當然也暗示著性能
力）。同時也指出西門慶會雙陸象棋，可見他是懂得生活享樂的
男人。不僅如此，文嫂還將他的性能力用「吃藥養龜，慣調風
情」來表現。身體的強健並充盈著對於欲望的渴求，這似乎能滿
足了遺孀貴婦的欲望索求。最後文嫂以林太太生日為由，說她欲

四海納賢，因此西門慶一心要來與太太拜壽——這四海納賢，真是作者的諷刺與幽默，所納之「賢」的標準究竟是什麼呢？值得玩味，也許，西門慶對於女人永遠有興趣，廣為蒐集，倒也可算得上四海納賢。

　　林太太被文嫂說的自然是千肯萬肯，笑著對文嫂計較著：「人生面不熟，怎生遽然相見的？」在文嫂讓王三官收心為由，讓提刑院遞狀告引誘王三官的那幫人，以此作為兩人相見的理由。在文嫂安排下，兩人終於見面了——西門慶先至王招宣府後門，玳安敲段媽媽門，這個段媽媽就住在王招宣府家後房，早晚看守後門，開門閉戶，內有入港（幽會）者，在段媽媽家落腳為眼。西門慶在段媽媽及文嫂的安排下，進到林太太住的五間正房。透過暗號，終於有丫鬟出來開門，文嫂再引西門慶到後堂，掀簾而能登堂入室。這裡果然是世家大族，重重機關暗號，才得以入港。順著西門慶的眼光，我們看到林太太所身處的深宅大院的樣貌：

> 文嫂導引西門慶到後堂，掀開簾櫳而入。只見裡面燈燭熒煌，正面供養著他祖爺太原節度邠陽郡王王景崇的影身圖，穿著大紅團龍蟒衣玉帶，虎板校椅，坐著觀看兵書，有若關王之像，只是髭鬚短些；傍邊列著鎗刀弓矢。迎門朱紅區上書「節義堂」三字。兩壁書畫丹青，琴書瀟灑。左右泥金隸書一聯：「傳家節操同松竹，報國勳功並斗山。」（第69回）

這是西門慶和林太太幽會的場景，他們在書寫著「節義堂」的廳

堂上，算計著接下來的幽會，而節義堂上的對聯，雋著「傳家節操」。林太太從房門簾裡觀察西門慶：

> 見西門慶身材凜凜，語話非俗，一表人物，軒昂出眾，頭戴白緞忠靖冠，貂鼠暖耳，身穿紫羊絨鶴氅，腳下粉底皂靴，上面綠剪絨獅坐馬，一溜五金鈕子，就是個富而多詐奸邪輩，壓善欺良酒色徒。一見滿心歡喜……（第69回）

這真是一個有趣的描寫，林太太見西門慶一表人材，覺得他就是個「富而多詐奸邪輩，壓善欺良酒色徒」，但她卻「一見滿心歡喜」，節義堂上的祖爺太原節度使身影對比詐奸邪輩的酒色之徒，極具嘲諷。兩人相見，西門慶側身磕下頭去拜了兩拜，林太太也敘禮相還，待丫頭們全都下去後，文嫂以王三官為話頭，西門慶說得冠冕堂皇：「令郎已入武學，正當努力功名，承其祖武。不意聽信游食所哄，留連花酒，實出少年所為。太太既吩咐，學生至衙門裡即時把這干人處分懲治，無損令郎分毫。亦可戒諭令郎，再不可蹈此故，庶可杜絕將來。」一段正氣凜然的大人話語。

　　這段話在後來西門慶還說與吳月娘聽，他是如何又如何讓衙門排軍捉拿了王三官身旁一幫子人，他描述自己斥喝說王三官：「你家父祖何等根基，又作招宣，你又現入武學，放著那功名兒不幹，家中丟著花枝般媳兒——是東京六黃太尉侄女兒，不去理論，白日黑夜，只跟著這夥光棍在院裡嫖弄……通不成器」，但這段發話反招月娘譏諷，她說：「你不曾溺泡尿看看自家影兒。老鴉笑話豬兒黑，原來燈臺不照自。你自道成器的，你也吃這井

裡水，無所不為，清潔了些甚麼兒？還要禁的人！」（第 69 回）
說得西門慶啞口無言，因為西門慶自己眠花宿柳，卻滿口仁義道
德地勸著王三官。

　　再回到林太太和西門慶的相處，從王三官到林太太即將來到
的大壽之日，最後在美酒佳餚的助興下，兩人「交杯換盞，行令
猜枚，笑雨嘲雲，酒為色膽」。芳情已動，文嫂過一旁，連次呼
酒不至。西門慶見左右無人，先促席而坐，再言頗涉邪，又手捏
腕之際，戲攄粉項……最後林太太自掩房門，解衣鬆珮，輕展繡
衾，情興如火，不覺蝶浪蜂狂……完成交歡。有趣的是，兩人再
度整衣淨容，復飲香醪，再度回到「節義堂」上，西門慶起身告
別，「婦人挽留不已，叮嚀頻囑」，西門慶則是「躬身領諾，謝
擾不盡」（第 69 回），兩人之間在此時恭敬客氣的賓主之儀，惺
惺作態的社交文化，對比兩人剛剛歡愛的情節，貴婦與商賈之間
的作態禮儀，更顯得荒謬可笑，也足見，商人階層的西門慶極欲
向世家大族靠攏以顯示自己的身分，至於林太太選擇這樣一位暴
發戶商人階層作為欲望的滿足對象，則是向新興權貴靠近。

　　十一月十五日是林太太生日，西門慶赴壽宴。這一回，西門
慶來到王招宣府裡的「世忠堂」，兩邊門聯寫著：「榮載元勛
第，山河帶礪家。」祖輩對於後輩世代忠義的盼望，在林太太身
上沒能實現。西門慶帶來的壽禮是一套遍地金時樣衣服，紫丁香
色通袖緞襖，翠藍拖泥裙。林太太一見，金彩奪目，便有五七分
歡喜，因此在宴席上林太太要王三官拜西門慶為義父。西門慶的
新寵粉頭鄭愛兒為西門慶指路，讓他和林太太勾搭上，鄭愛月兒
落後還說：「還虧我指與爹這條路兒，到明日，連三官兒娘子不
怕不屬了爹！」西門慶道：「我到明日，先燒與他一炷香；到正

月裡，請他和三官娘子往我家看燈吃酒。看他去不去。」鄭愛月兒說：「爹，你還不知三官娘子生得怎樣標緻，就是個燈人兒沒他那一段兒風流妖豔！今年十九歲兒，只在家中守寡，王三官兒通不著家。爹，你若用個工夫兒，不愁不是你的人。」（第77回）因此，西門慶雖然與王三官母親林太太有染，但他心裡真正想要的是王三官十九歲的年輕妻子。

　　在此，西門慶征服林太太，其實是「征服招宣府『世代簪纓、先朝將相』的高貴社會地位——這種世家地位，無論西門慶結交多少權貴，家業多麼豪富，都是望塵莫及的。」[7]在征服了中年的權貴遺孀之後，年輕貌美的東京六黃太尉侄女兒，那才是西門慶心底最想沾染的對象，不只因為她年輕美貌，更重要的是，她是權貴將相人家的女孩，集年輕、美貌、身世於一身，這是他這般商人階層無法匹配的階層。

　　重和元年新正月元旦，西門慶往府縣拜年回來，剛下馬，招宣府王三官帶著四五個隨從來拜年，他向著西門慶四雙八拜。接著，西門慶也要至王招宣府回禮。這一回，西門慶是存心要「鏖戰」林太太，因此早早吃了胡僧藥，極力演出的他還在林太太的心口與陰戶燒了兩柱香，並許下明日家中擺酒，著人來請她同三官娘子一起去看燈玩耍。林太太滿心應承，西門慶更是歡喜不已，於是與林太太留連痛飲。至十二日，西門慶家中請堂客，荊統制娘子、張團練娘子、雲指揮娘子、喬親家、崔親家母、吳大姨、孟大姨都到了，唯有周守禦娘子有眼疾不得來，以及何千戶

7　田曉菲：《秋水堂論金瓶梅》（天津：天津人民出版社，2005年1月第2版，2008年4月第2次印刷），頁205。

娘子、林太太及王三官娘子未到。林太太是自己來的，她拜見西門慶時，西門慶特地問了：「怎的三官娘子不來？」林太太說：「小兒不在，家中沒人。」（第 78 回）這應該令西門慶很是失望，不過，馬上有一位年輕貴婦娘子要登場，那就是何千戶娘子藍氏，藍氏「年紀不上二十歲，生的長挑身材，打扮得粉妝玉琢……細彎彎的兩道蛾眉……滴溜溜的一雙鳳眼，嬌聲兒似囀日流鶯，嫩腰兒似弄風楊柳……有蕊珠仙子之風流……似水觀音之態度。」她竟能讓識多見廣，閱女無數的西門慶一見魂飛天下，魄喪九霄，未曾體交，精魄先失，心搖目蕩。在生命最後他與王六兒交歡時，心裡念想的都是藍氏。然而，不論是藍氏或王三官娘子，她們代表的是權貴娘子，又青春正好流風窈窕，這也是西門慶這個商人階層，不論揮霍多少錢財也不能攀得的女性。

從鄭愛月兒、文嫂的口中可以看到，充滿欲望的林太太代表簪纓世家的道德崩毀，而代表正在崛起的商人階層的西門慶，則毫無隱瞞他好貨重欲的人生目標。於是林太太以身體顛覆了地位階層關係，在「節義堂」裡、在「世忠堂」裡——這些標榜著忠孝節義的儒家道德倫理，終究被欲望給破壞了。同時，為了掩護彼此更大的欲望，林太太還讓王三官認西門慶為義子，殊不知西門慶心裡真正想要的是王三官娘子，想望的是「義媳婦」。還好，西門慶並沒機會達成願望，否則又是一則西門慶同時和婆婆、媳婦有染複雜的亂倫關係。

林太太和西門慶的欲望關係中，她以身體交換滿足的是其實自己的欲望，而西門慶要獲得的是簪纓世族的貴族夫人。不論是西門慶或林太太都是征服的心態，都是將自己當作權力的一端，同時也是獻出身體的一方。他們在身體、權力、欲望的關係裡，

都是獲利的一方。身體是他們的籌碼，身體也是他們欲望與權力交換的場域。然而，在林太太與西門慶交歡時，傳統概念中士、農、工、商的階級地位也被打破：商人崛起，儒道式微，而他們苟合的廳堂，懸掛的「節義堂」、「世忠堂」，也暗示著忠義節義的失落，階級因此流動，地位高下反而因為身體的欲望，而逐漸被靠近。

第二節　王六兒作為生存資本的身體政治

　　西門慶的夥計韓道國，他的妻子王六兒從西門慶身上得到的財物，不是其他與西門慶有染的僕婦們所能及的。事實上，王六兒的存在是為了與潘金蓮形成對照。陳葆文說：「王六兒的存在，正是作為陰性的西門慶加以書寫的。」「他的目的，恐怕揭露、警告、恐嚇，更甚於善意與包含吧。」[8]田曉菲則認為：「本書的兩個六兒——王六兒和潘六兒——似乎是彼此的鏡像」、「兩個六兒的相似經歷與不同的結局向我們顯示：對於作者來說，不是偷情者最後一定都要受到報應，一切都要看人的性格、行事動機與遭遇的機緣——也就是人們俗話常常說的，不可抗拒的『命運』的洪流」。[9]她們極相似又極不同——她們的結局則是完全相反——潘金蓮最終被武松剖心祭兄，街死街埋；王六兒卻能與小叔韓二結成夫妻，且情受何官人家業，二人種田過

8　陳葆文：〈王六兒身體政治析論——《金瓶梅詞話》「酒、色、財、氣」多重書寫的一個觀察面向〉（新北市：淡江大學「2014 女性文學與文化學術研討會」，2014 年 6 月），頁 32-35。
9　田曉菲：《秋水堂論金瓶梅》，頁 258。

日。除了對比潘六兒與王六兒，在情節敘事中，也一再對比她們的小叔武二與韓二。

　　韓二在兵荒馬亂的逃難路上遇見韓愛姐，他將作挑河作伕子覓得的粗飯給愛姐盛了一碗（第 100 回），這樣的叔叔是和武松極大的對比：武二（武松）則是在殺了王婆和潘金蓮後，當目睹一切的侄女迎兒對武二說：「叔叔，我害怕」，武二卻說：「孩兒，我顧不得你了。」他帶走所有銀兩，留下孤苦無依的迎兒（第 87 回），這是《金瓶梅》對於世態炎涼的嘲諷。

　　王六兒剛出場時她年約二十八、九歲，丈夫韓道國是西門慶的夥計，由於女兒愛姐被西門慶安排送到翟管家當妾，因此西門慶來看看韓愛姐，然而，這一看，卻讓西門慶看上王六兒。王六兒是有一個完整的家，她和丈夫女兒的情感都很好，更重要的是，她在欲望上也是自主的，她與小叔韓二有染，搞得街坊都知道。她後來和西門慶交合，但她並不認為和丈夫以外的男人有關係是敗德的事，她將此看作是攢錢的方式，在丈夫送女兒到翟管家處回來後，王六兒還把她和西門慶勾搭上的事告訴韓道國，說西門慶使了四兩買了丫頭讓她使喚，韓道國才明白，翟管家送了五十兩禮錢，他交給西門慶，西門慶再三不肯收的原因，竟是妻子與他勾搭上了，他說：「嗔道他頭裡不受銀子，教我拿回來，休要花了，原來就是這些話了。」（第 38 回）有趣的是，韓道國認為妻子王六兒輸身一場得到錢財是理所當然的，還要她多忍忍多擔待，因為賺錢營生不易。夫妻同心，不僅能一起分享還能討論共謀，待西門慶再來家時，韓道國裝作不知情，逕自往店鋪夜宿去。還要王六兒：「等我明日往鋪裡去了，他若來時，你只推我不知道。休要怠慢了他，凡事奉承他些兒！如今好容易賺錢，

怎麼趕的這個道路！」王六兒還玩笑了一番，說：「你倒會吃自在飯，你還不知老娘怎麼受苦哩！」（第 38 回）爾後西門慶使了一百二十兩銀子，在獅子街石橋東邊，買了一所門面兩間到底四層樓的房子給王六兒。（第 39 回）街坊鄰舍們也都知道韓道國是西門慶的夥計，而王六兒是西門慶的姘婦。在討論王六兒時，無法迴避她和潘金蓮的並列對比，因為，張竹坡評點中提及：

> 他如宋惠蓮、王六兒，亦皆為金蓮寫也。寫一金蓮，不足以盡金蓮之惡，且不足以盡西門、月娘之惡，故先寫一宋惠蓮再寫一王六兒，總與潘金蓮一而二，二而三者也。[10]

王六兒其實是潘金蓮的影子，是與金蓮映襯對比的角色。首先，是潘六兒和王六兒的長相及姿態。潘金蓮的美貌自是不待言，至於西門慶眼中的王六兒，則是：

> 王六兒引著女兒愛姐出來拜見，這西門慶且不看他女兒，不轉睛只看婦人。見他上穿著紫綾襖兒，玄色緞紅比甲，玉色裙子，下邊顯著趬趬的兩隻腳兒，穿著老鴉緞子羊皮金雲頭鞋兒。生的長挑身材，紫膛色瓜子臉，描的水鬢長長的……西門慶見了，心搖目蕩，不能定止。（第 37 回）

紫膛色的瓜子臉，長挑身材，鮮豔的衣服色澤，並不是西門慶一

---

10 張竹坡：〈批評第一奇書金瓶梅〉，《金瓶梅資料彙編》（北京：中華書局，1987 年 3 月第 1 版），頁 60。

向喜歡雪白肌膚的女人，但卻透露另一種野性的風情，誠如文末
湖洲販絲綿客人何官人眼中的王六兒：

> 那何官人又見王六兒長挑身材，紫膛色瓜子面皮，描眉鋪
> 鬢，大長水鬢，涎鄧鄧一雙星眼，眼光如醉，抹的鮮紅嘴
> 唇，料此婦人一定好風情。（第98回）

不論是西門慶或何官人眼中的王六兒，她透露的身體訊息就是
「好風情」的女人，這是她的性吸引力。潘金蓮若是帶著媚態的
女性姿態，習琵琶會彈唱。王六兒則是帶著侵略性、野性的美出
現在西門慶眼前。[11]

王六兒初出場時，在作者的描述中，有一個特點和潘六兒相
似，她們都常站在門首看人：

> 他（韓道國）渾家乃是宰牲口王屠妹子，排行六姐，生的長
> 挑身材，瓜子面皮，紫膛色，約二十八九年紀……（韓二）
> 舊與這婦人有奸……不想街坊有幾個浮浪子弟，見婦人搽
> 指抹粉，打扮喬模喬樣，常在門首站立睃人。人略鬪他鬪

---

[11] 陳葆文：〈王六兒身體政治析論——《金瓶梅詞話》「酒、色、財、
氣」多重書寫的一個觀察面向〉，頁13，作者在此文中指出：「王六兒
整體美感的突出與另類，其實很具有侵略性的」，因此敏銳如潘金蓮才
會強烈質疑西門慶何以會看上王六兒：「你家外頭還少哩，也不知的一
個大摔瓜長淫婦，喬眉喬樣，抽的那水鬢長長的，搽的那嘴唇鮮紅的，
倒人家那血毛皮。甚麼好老婆，一個大紫膛色黑淫婦，我不知你喜歡他
那些兒！」（第61回）

　　兒，又臭又硬，就張致罵人；因此街坊這些小子兒心中有

　　幾分不憤。（第33回）

至於潘六兒則是：

　　婦人（潘金蓮）在家，別無事幹，一日三餐吃了飯，打扮光

　　鮮，只在門前簾下站著，常把眉目朝人，隻睛傳意。左右

　　街坊，有幾個奸詐浮浪子弟，睃見了武大這個老婆，打扮

　　油樣，沾風惹草。（第1回）

作者將潘六兒與王六兒站在門前的樣子，像是彼此的映襯。但不同的是，浮浪子弟們想沾惹潘金蓮；對於王六兒，則因王六兒強悍好鬥，常惹得街坊不快。一個似水柔情沾風惹草；一個則是帶著野性及攻擊性的女人。可以肯定的是王六兒不同於其他西門慶勾搭上的女子，西門慶的其他女人，多半以柔弱服從的姿態／身體交換西門慶的財物權勢。但是王六兒和潘金蓮都是有主見、有決斷力，性格強勢的女人，只是王六兒的強勢更為外顯，這或許也勾起了西門慶征服的欲望。

　　她們在性格上，也有幾分相似。且說，後來因在蔡太師被參劾，太師兒子禮部尚書蔡攸處斬，家產抄沒入官，因此蔡太師家的翟管家，他的愛妾韓愛姐、王六兒、韓道國一家三口各自逃生，要投靠在清河的小叔韓二。韓道國靠老婆衣飯肥家，雖然王六兒此時已四十五、六歲，已有些年紀但風韻猶存，為了家計仍作了私娼，勾上了沛洲販絲綿客人何官人。後來地皮流氓劉二尋來要打何官人時，何官人奪門跑了，劉二將王六兒酒桌一腳登

翻。王六兒一介女性，竟對著流氓劉二罵道：「是那個少死的賊殺才，無事來老娘屋裡放屁？老娘不是耐驚耐怕兒的人！」又被劉二向前一腳踩了她仰八倒又喝罵她，王六兒一頭撞倒，哭了起來，罵道：「你是那裡來的光棍搗子，老娘就沒個親戚兒，許你便來欺負老娘？要老娘這命做甚麼？」（第 99 回）旁人拼命勸她，沒有人敢惹劉二，要她休要不知利害，但王六兒還是說總有比他權勢更大的人吧，睬這殺材做什麼！

　　至於潘六兒，在仍是武大妻子時，被武松把酒勸說：「嫂嫂把得家定，我哥哥煩惱做甚麼！豈不聞古人云：籬牢犬不入」——這句話惹得潘金蓮惱羞成怒，她指著武大罵：

> 你這個混沌東西，有甚言語在別人處說，來欺負老娘！我是個不戴頭巾的男子漢，叮叮噹噹響的婆娘，拳頭上也立得人，胳膊上走得馬，人面上行的人，不是那腲膿血捵不出來鱉老婆！自從嫁了武大，真個螻蟻不敢入屋裡來，有甚麼籬笆不牢犬兒鑽得入來？你休胡言亂語！一句句都要下落。丟下塊磚兒，一個個也要著地！（第2回）

潘金蓮的霸氣聲口和王六兒相同，足見王六兒和潘六兒都有女漢子形象的一面。她們在性事上也同樣吸引西門慶：潘六兒總能推陳出新，以各種花腔招式，攬住西門慶旺盛的欲望，不論是她自陳裸身在葡萄架下，引得西門慶淫心大動：原本兩人在葡萄架下，是玩投壺遊戲。待春梅取酒，秋菊取來金蓮要的枕頭涼蓆，西門慶到牆邊解手，再回到葡萄架下時，潘金蓮已是裸身仰臥在衽蓆上，腳上著了能引發西門慶性欲的大紅鞋，手裡搖著白紗扇

子。潘金蓮主動的獻上身體引逗著西門慶，因為潘金蓮在前一刻
方知曉李瓶兒已有孕在身，有愛寵危機意識的她，自然是以美
食、美景、充滿欲望的女體，吸引西門慶，潘金蓮此時掌握了身
體以及欲望的主導權。（第 27 回）更不用提她為他作歡愛時要用
的白綾布條（第 73 回），還獻上春梅以討好西門慶。然而，潘金
蓮也常在性愛中忍受且服從西門慶的癖好，還有用各式的情趣用
品或藥物，或者主動為西門慶吸吮陽具、甚至吞精、飲尿，無所
不用其極地展現自己在性愛上如何臣服於西門慶，以獲得愛寵並
掌控西門慶的欲愛。

　　王六兒則以別人不能忍受的性愛姿勢，贏得西門慶的讚賞
──後庭花，這個性姿勢是連潘金蓮都難以忍受的，但卻是王六
兒喜歡的。西門慶這樣對王六兒說：「王六兒，我的兒，你達不
知心裡怎的，只好這一樁兒。不想今日遇你，正可我意。我和你
明日生死難開。」（第 38 回）西門慶以「生死難分」來形容他對
王六兒性愛的滿意，也可見在西門慶的交歡史上王六兒的獨特地
位，同時也可以知道潘六兒與王六兒在西門慶的欲望滿足上必然
占重要分量。這兩人在性愛上吸引西門慶的程度，大約也是旗鼓
相當。

　　王六兒一心一意將「身體換取錢財」當作是她營生的方法。
更何況她有一位「全力支持」她賣身的丈夫韓道國，他不像來旺
得知宋惠蓮與西門慶有染──即使來旺自己也和西門慶的妾雪娥
有染──來旺仍覺得戴了綠帽受辱，拼了命也要計較一番。韓道
國不同，他支持妻子王六兒、安撫王六兒以身體獲得利益的工
作，還在官哥兒死後，主動要擺酒席請西門慶，他說：

你我被他照顧，此遭掙了恁些錢，就不擺席酒兒請他來坐坐兒？休說他又丟了孩兒，只當與他釋悶，也請他坐半日。他能吃多少？彼此好看些。就是後生小郎看著，到明日就到南邊去，也知財主與你我親厚，比別人不同。（第61回）

韓道國在宴客當晚往鋪子睡去，留下老婆陪西門慶。從這裡看來，韓道國更懂得將妻子的身體當作籌碼，去迎合老闆西門慶。在西門慶死後，韓道國帶著賣貨得的一千兩回到家中，他告訴王六兒，留下一半，只送一半到西門家如何？王六兒罵他傻，她說，如果西門慶仍在，倒也罷了，他都死了，再與他無瓜葛：「不爭你送與他一半，教他韶刀兒問你下落。到不如一狠二狠，把他這一千兩，咱顧了頭口拐了上東京，投奔孤兒裡。」韓道國對西門慶仍有些夥計與老闆的情分在，他說道：「爭奈我受大官人好處，怎好變心的？沒天理了。」（第81回）王六兒倒是明明白白地回他：

「自古有天理倒沒飯吃哩！他占用著老娘，使他這幾兩銀子不差甚麼。想著他孝堂，我倒好意備了一張插桌三牲，往他家燒紙。他家大老婆，那不賢良的淫婦，半日不出來，在屋裡罵的我好訕的！我出又出不來，坐又坐不住。落後他第三個老婆出來，陪我坐。我不去坐，坐轎子來家。想著他這個情兒，我也該使他這幾兩銀子！」一席話，說得韓道國不言語了。（第81回）

王六兒直指她以身體換西門慶的錢財，是公平交易。對西門慶有歉疚、有情分的反而是丈夫韓道國，王六兒只把輸身一場當作是營生，而這營生的目的其實更為重要——就是為了家計，是為了他們的這個家庭。因此，往後，王六兒也為了這個家的生存作了私娼。王六兒的身體政治及算計，是十足將身體的商品化，換句話說，她和西門慶的交合，也是彼此的算計。若說世道不彰，那麼，得把王六兒、韓道國、西門慶一起檢視：西門慶是商人，女人對他而言，是可以權力及錢財換取性愛；王六兒，則站在勞方，提供身體、性愛，她認為貨銀兩訖，十分合理；那麼說來，不彰的世道，要算上韓道國一份，他不僅支持王六兒和西門慶的情色交易，好換得更好的生活，在後來，當女兒韓愛姐當私娼尚且不夠支付三人開支時，韓道國甚至表示：

> 韓道國不免又教老婆王六兒，又招惹別的熟人兒，或是商家，來屋裡走動，吃菜吃酒。這韓道國當先嘗著這個甜頭，靠老婆衣飯肥家；況此時王六兒年約四十五六，年紀雖半，風韻猶存；恰好又得他女兒來接代，也不斷這樣的行業。如今索性大做了！原來不當官身，衣飯別無生意，只靠老婆賺錢，謂之隱名娼妓，今時呼為私窠子是也。
>
> （第 98 回）

韓道國幫女兒、妻子找客源，量酒的陳三兒他勾了一個湖州販絲綿客人何官人，年五十多歲，要請他女兒愛姐陪他，但愛姐一心想著陳經濟推心中不快，三回五次都不肯下樓來。急的韓道國不得了，害怕失了這位客人，得罪量酒的酒保，也斷了客源。後來

何官人看上王六兒，兩個人打得火熱，韓道國也使了他許多錢。到最後，在兵荒馬亂中韓道國死了，王六兒跟了早先與她有染的小叔韓二。相較於王六兒，韓道國是這個家庭中較早離場的人，那麼，如果《金瓶梅》裡談因果，為世誡，則因果為何？透過酒、色、財、氣，要誡的又是什麼呢？

潘金蓮與王六兒兩人都是自覺地掌控自己的身體，但是王六兒與潘六兒對待自己身體所有權的方式卻大為不同。然而，潘金蓮念茲在茲的是她自己的欲望有沒有被滿足，而不是她能從男人身上得到多少錢財，這大約是潘金蓮和王六兒最大的差異。王六兒只是單純要以身體要換取的，則是對於家庭的最大的錢財收益。這就是他們在身體政治上在利益計算上最大的不同。王六兒把自己的身體放置在勞資雙方的計算上，但她對待身體或利益的方式又與其他的青樓娼妓不同。青樓女子全仰賴男人生存，例如李桂姐為了迎合包養她的西門慶，她甚至可以當著應伯爵的面與西門慶繼續交歡（第52回），她擁有的是全然被工具化的身體。[12]

---

[12] 在此寫及李桂姐因恩客王三官日日在院裡行走，不理會家裡像畫般的媳婦——她是東京六黃太尉侄女兒，王三官還偷偷把她的頭面都賣了好梳籠齊香兒，並與李桂姐持續往來。王三官娘子一氣之下在回東京跟老公公祝壽時，告了王三官一狀，氣得老公公要朱太尉著本縣捉人。李桂姐因此躲在西門慶家，求他幫忙。一日，西門慶和李桂姐在花園深處藏春塢雪洞裡歡愛，被應伯爵循聲找到，進了門，兩人正在進行中，西門慶要他快出去，應伯爵卻對李桂姐說：「小淫婦兒，你央及央及兒，不然，我就吆喝起來，連後邊嫂子們都嚷的知道。你既認做乾女兒了，好意叫你躲住兩日兒，你又偷漢子？教你了不成！」桂道：「去罷，應怪花子。」伯爵道：「我去罷，我且親個嘴著。」於是按著桂姐，親訖一嘴才出去。西門慶道：「怪狗才，還不帶上門哩！」應伯爵一面帶上門一面說：「我兒，兩個盡著搗著盡著搗。搗掉底子，不關我事。」一

　　王六兒不然，雖然她也將身體作為交換利益的工具，但她在其中仍感受歡愉或苦楚，然而她要獲得的並不是欲望中的感官知覺，她要的是從西門慶那裡得到的更大的利益，因此才有苗青關說案。[13]作為一名女輩又只是夥計之妻，她卻能從西門慶身上得到龐大的經濟利益，也為苗青關說收取回扣，她因此成不折不扣的「商人」，她是以自己的身體透過西門慶的權力，算計及索取更多的財富。潘金蓮的身體則是用以滿足自己的以及男人的欲望，她的政治算計十分簡單，透過自己的美貌及身體，遇上能滿足自己欲望需求的男人，過上更好的日子。這樣全然為欲望而活的女子，自然是《金瓶梅》的編寫者所不能認同的，因此給予她街死街埋的命運懲誡，方能回應也期許即使在亂世中仍有家庭倫常的功能及倫理道德。

　　那麼，何謂家庭功能及意義，在王六兒及潘六兒身上又如何表現？王六兒的身體是攢錢的工具，但她的目的是為了壯大家庭經濟利益。因此她從西門慶那裡得手了一間樓、一個丫頭、許多

　　會又回頭跟西門慶要香茶才離開。李桂姐在此過程中，最多也只說了：「怪攮刀子，猛的進來，唬了我一跳！」除了被闖入現場的驚嚇之外，李桂姐沒有絲毫遮掩，羞愧，不安。自然也不會理會她喊吳月娘乾娘的情分。（第52回）

[13] 苗青聯合賊船兩個艄子殺害主人苗天秀，霸占一船財物，後來沒死的安童向提刑院告發，兩個艄子認罪。苗青則在因緣際會下找到王六兒幫忙關說，以私了這樁強盜劫殺謀財害命之事。西門慶和夏提刑平分一千兩銀子，王六兒則得到一百兩以及四套妝花緞子衣服，她再分給玳安十兩銀子。最後，王六兒除了為自己治裝打頭面，還花了十六兩買了個丫頭，名喚春香教韓道國收用。另花了三十兩蓋起兩間平房增添家屋。（第47-48回）這裡也可以看到，王六兒的「盈利所得」不只花用在自己身上，更大的部分是擴建家屋，買丫頭讓丈夫收用，也供家裡使喚。

銀兩物品，還關說苗青案，得到一百兩。因此，她不要丈夫韓道國在西門慶死後送還西門府一千兩。甚至在文末亂世逃難時作了私娼，養活自己及丈夫，她也疼愛韓愛姐，韓愛姐嫁作翟管家的妾，她哭了三天，韓愛姐要為陳經濟守喪守節，她極不捨。重要的是，她對丈夫沒有欺瞞，她以性作為交易的行為都是得到丈夫允許。若我們暫且放下對於男女或性愛的道德批判，會看到王六兒謀求的是錢財，她考量的是家庭的共同利益，這是她輸身的唯一目的。

　　王六兒在與西門慶有染得到大筆錢財，還與韓道國在西門慶死後捲款一千兩銀子逃走，並以私娼為業，但她卻與潘金蓮有完全不同的結局。這絕不是《金瓶梅》的編寫者偶然的善意，除了嘲諷崩毀的世道，王六兒的存在也一再對比著潘金蓮：她們同樣有女漢子的性格，也努力滿足自己的欲望。然而，王六兒謀財，潘金蓮卻害命。重利好欲的時代，可以攬錢擁利，然而，身而為人，不論在任何時代社會底下，都不該謀害他人。也因此在《金瓶梅》中傷害別人生命的，例如潘金蓮、李瓶兒都早逝或死於非命。

第三節　潘金蓮欲望自主的身體密碼

　　潘金蓮早已被定義成中國古典文學裡，首位且最淫欲又最廣為人知的女性，從《水滸傳》到《金瓶梅》，她的名字已成為欲望的符號，也成為關於潘金蓮的身體書寫，可以透過凝視——包含女性之間、男性對於女性的看視。在觀看與凝視中，其實是帶著性別的角度、文化的眼光，因為凝視的角度與被看者的位置，

看到潘金蓮來自於自己與男性的物化眼光。同時說明潘金蓮對於欲望的張望,來理解潘金蓮透過身體符號所表達的對於欲望的隱喻。

一、張望——潘金蓮的身體語言

潘金蓮一出場,對於她的形容就是:「這潘金蓮是南門外潘裁的女兒,排行六姐。因他自幼生得有些顏色,纏得一雙好小兒,因此小名金蓮。」(第 1 回)美色及小腳宣告她無可被忽視的女性魅力。她出身為裁縫之女,九歲被賣到王招宣府習學彈唱描眉畫眼,加上她本性機變伶俐,不過十五歲,就會描鸞刺繡,品竹彈絲,又會一手琵琶。在生命的初始,她所習得認知的,便是以身體之美侍人。後來王招宣死後,潘媽媽爭將她出來,又以三十兩銀子轉賣到張大戶家,與玉蓮同時進門,在大戶家習學彈,金蓮學琵琶玉蓮學箏。主家婆余氏初時甚是抬舉二人,不令上鍋,聊備灑掃,還給她們金銀首飾妝束身子。她們是一對美人,但玉蓮早逝只留下金蓮。十八歲時,金蓮「已出落的臉襯桃花,不紅不白,眉彎新月,又細又彎」,張大戶看上的必然是青春的她以及她的身體,也收用她了。

等到被張大戶的老婆余氏發現,對她甚是苦打,大戶知道主家婆不容此女,又想早晚看覷此女,就白白把她嫁給武大,也給武大銀兩作炊餅,大戶等候無人時便踅入房中與金蓮廝會。「武大雖一時撞見,亦不敢聲言。朝來暮往,如此也有幾時。」(第 1 回)後來張大戶忽然患陰寒病症死了,主家婆察知其事,便把武大、金蓮趕了出去。他們只好另外租賃房子居住,武大依然賣炊餅,但金蓮自恃自己有幾分顏色,對於武大甚是憎嫌。在金蓮身

世的描述中，其實不斷描述的都是她的容貌，以及在主人家習得
的描眉畫眼以及品竹彈絲，在文本中，敘述她常在無人處彈個
「山坡羊」，感傷自己所嫁非人：

> 想當初，姻緣錯配，奴把他當男兒漢看覷。不是奴自己誇
> 獎，他烏鴉怎配鸞鳳對？奴真金子埋在土裡，他是塊高麗
> 銅，怎與俺金色比？他本是塊頑石，有甚福抱著我羊脂玉
> 體？好似糞土上長出靈芝。奈何？隨他怎樣？倒底奴心不
> 美！聽知：奴是塊金磚，怎比泥土基！（第1回）

自恃為金磚的潘金蓮，注定以色相身體侍人。不論是張大戶或是
西門慶在他們男性色欲之眼中，她是個「美貌妖嬈的婦人」。這
裡將引述《金瓶梅詞話》與《繡像金瓶梅》對於潘金蓮的描寫，
相同的都是：

> 這婦人每日打發武大出門，只在簾下嗑瓜子兒。一徑那一
> 對小金蓮故露出來，勾引的這夥人日逐在門前彈博詞、扠
> 兒機，口裡油似滑言語，無般不說出來。（第1回）

因此武大在石街住不牢，只好要求搬家，他跟潘金蓮商議，她也
想過個「看相應的典上他兩間住，卻也氣概些，免受人欺負。你
是個男子漢，倒擺布不開，常教老娘受氣！」但武大說沒有錢，
潘金蓮道：「呸！濁材料！把奴的釵梳湊辦了去，有何難處？過
後有了，再治不遲。」這裡看到潘金蓮的爽快利落，她拿出自己
的釵梳湊辦了銀子，於是武大在「縣門前樓，典了上下兩層，四

間房屋居住，第二層是樓，兩個小小院落，甚是乾淨。」（第 1
回）至於《金瓶梅詞話》則多了這樣的描寫：

> 人人只知武大是懦弱之人，卻不知他娶得這個婆娘在屋
> 裡，風流伶俐，諸般都好，為頭的一件好偷漢子。（第 1
> 回）

《繡像本》略去這段潘金蓮喜好偷漢子的文字，在田曉菲看來：
「這使得潘金蓮變成賢惠有志氣的婦人，而且她也不留戀被浮浪
子弟攪擾的生活，又可見她好的只是有男子漢氣概的男人而已，
而不是金錢。」也因此潘金蓮「她最終的沈淪與慘死，有無數的
偶然機會在作祟，不完全是她自己的性格所決定的。」[14]這樣的
說法是從潘金蓮的命運及結局來看，確實值得思考。在《繡像
本》刪去了潘金蓮偷男人的敘述，表示並不是因為她好偷漢子的
性格，決定了她縱欲違德的本性且注定了善惡果報的結局，而是
因為她所遇見的人事物，這中間有許多偶然事件的發生，才有了
她最終的命運。

　　我們再回到二本《詞話本》及《繡像本》共同的敘述，這裡
的描述其實充滿了矛盾與趣味。首先，說明潘金蓮對於金錢並不
是那麼在意，丈夫武大說沒錢，但想搬家，潘金蓮即使覺得丈夫
無用，也大器地拿出釵梳典錢。

　　其次，她的話語都是具有男子漢氣概的，這也是一種暗示，
暗示著武大的懦弱使她不滿，也預示著充滿男子氣概的武松，以

---

[14]　田曉菲：《秋水堂論金瓶梅》，頁 7。

及風流且富裕的西門慶都會使她目眩神迷。

　　第三，她每日在簾下嗑瓜子，和她後來元宵節時在李瓶兒家陽台嗑瓜子的形象一直是延續的，她用自己的小金蓮及自己的眉目傳情，這是她自覺使用自己的女性魅力，以滿足她對於婚姻或人生際遇的不滿足。

　　即使我們同意田曉菲對於潘金蓮命運的同情，但是，卻無法忽視潘金蓮對於自己身體有意識的展示，以及透過身體的欲望需索是無所不在的表現著。接著來看看，西門慶首次見到潘金蓮的描寫：

> 但見他黑鬒鬒賽鴉翎的鬢兒，翠彎彎的新月的眉兒，清泠泠杏子眼兒，香噴噴櫻桃口兒，直隆隆瓊瑤鼻兒，粉濃濃紅艷腮兒，嬌滴滴銀盆臉兒，輕嬝嬝花朵身兒，玉纖纖蔥枝手兒，一捻捻楊柳腰兒，軟濃濃白麵臍肚兒，窄多多尖趫腳兒，肉奶奶胸兒，白生生腿兒。（第1回）

每一句每一字都直指潘金蓮的身體是他所欲望的，也描寫了潘金蓮的美貌身材以及她散發出來的性吸引力。當然，女性在傳統文化中是被規範、被要求的對象，當她表現出比較是暴露的角色時，她在被看視的同時，也展現了強烈的視覺性和情色意味。[15]
再來看看女性眼中的潘金蓮，潘金蓮初嫁入西門家，拜見大娘子吳月娘時，月娘在坐上仔細定睛看，見潘金蓮這婦人年紀不上二

15　周憲：〈讀圖，身體，意識形態〉，汪安民編：《身體的文化政治學》（開封：河南大學出版社，2003 年）。

十五六，生的這樣標緻：

> 眉似初春柳葉，常含著雨恨雲愁；臉如三月桃花，暗帶著
> 風情月意。纖腰嬝娜，拘束的燕懶鶯慵；檀口輕盈，勾引
> 得蜂狂蝶亂。玉貌妖嬈花解語，芳容窈窕玉生香。（第 9
> 回）

在西門慶眼中充滿肉體魅力的潘金蓮，在吳月娘眼中亦是玉貌妖
嬈，對於潘金蓮身體的描寫，不分男女都覺得她能魅惑眾生，引
得蜂狂蝶亂。那麼潘金蓮又怎麼看得自己呢？

　　當潘金蓮勾引武松不成，武松動身要替知縣押送禮物到東京
之前，他來辭別哥哥嫂嫂，除了要武大少賣些炊餅，每日遲出早
歸，不要和人喝酒，不要和人爭執，潘金蓮以「不戴頭巾的男子
漢」自我的描述，反駁武松對她的忠告。她說了自己是拳頭上立
得了人，胳膊上走得了馬的女漢子，她在此對於自己的描述中，
語氣還充滿了男子氣概。可知，潘金蓮不僅展現有著充滿性吸引
力的女性身體，也有男子漢氣概。以及在《詞話本》中也以「虎
中美女」暗示潘金蓮的情色殺身，男子漢、老虎的意象，都暗喻
著潘金蓮狂暴剛烈的性格。

　　潘金蓮是連名字都充滿了性的暗示或魅力。潘金蓮不僅以身
體迎合西門慶的需求，也充分滿足自己的欲望。西門慶則是第一
個能滿足她身體欲望的男人——潘金蓮九歲被賣到王招宣，待王
招宣死了，她又被轉賣到張大戶家裡也被他收用了，後來張大戶
想占有她，所以白白把她嫁給個性懦弱，身材矮小樣貌猥衰的武
大。金蓮自視貌美但在這個過程中，並沒能遇見真漢子，待她見

到武大的弟弟打虎英雄武松，金蓮百般勾引，武松卻不受嫂嫂誘惑。自從她九歲被賣到王招宣府開始，即知道／也開始利用身體來找到自己的生存位置，她勾引武松，是她行使自己身體所有權的開始，身體是她唯一的資本。在武松拒絕她後，她還是繼續在簾下、在門首瞅著人瞧，是一種看似主動，卻仍是被動地被男人決定的命運姿態。

直到金蓮在簾下失手將叉竿打在西門慶頭巾上，二人一見情生意動。她看見「也有二十五、六年紀，生得十分博浪；頭上戴著纓子帽兒，金玲瓏簪兒金井玉欄杆圈兒，長腰身穿綠羅褶兒；腳下細結底陳橋鞋兒，清水布襪兒；腿上勒著兩扇玄色挑絲護膝兒；手裡搖著灑金川扇兒。越顯出張生般龐兒，潘安的貌兒。」（第 1 回）在王招宣府、張大戶家見過世面的潘金蓮，自然能從西門慶裝扮上看出西門慶的富裕身分，加上西門慶身形高大，也有潘安的貌。當兩人雲雨過後彼此更有意，對於潘金蓮而言，西門慶在情色欲望身家背景各方面才是她要的男人，因此她不惜藥死武大，好成為成西門慶的小妾。

潘金蓮終於嫁入西門家之後，她以各種性愛花招展現魅力贏得西門慶的愛寵。但是她的美麗妖嬈，在成為西門慶的小妾後，資本額便下降了，她必須與其他的小妾、僕婦、外面青樓女子，以及不斷被西門慶看上眼的女人們爭奪西門慶的愛寵，因為她要索求的並不是西門慶的錢財，她要的是更抽象的、無形的——欲望的滿足以及西門慶的愛寵，然而，這是更難得到的。她明白她得和其他女人——不斷增加的女人分享西門慶，她的欲望終究不能被滿足。也因為她縱欲無度，餵了西門慶過量（3 顆）的胡僧（壯陽）藥，使得西門慶精盡人亡。

　　潘金蓮沒有家世，沒有錢財，沒有婚姻保障的正室地位，也沒有子嗣得以依靠，她正是在父權社會底下除了「身體」以外，什麼都不曾擁有的女人。回頭看潘金蓮，她的一生，作為張大戶收用的婢女，不是她願意的；嫁給武大是被張大戶決定的；她四處張望，看上強壯的武松，但她被拒絕。直到遇見西門慶，天雷勾動地火，開始了她欲望且不倫的一生。她藥死武大，進了西門家，卻和女婿陳經濟有染，和小廝琴童有首尾。最後她被賣出西門慶，在王婆家寄居時和王婆兒子王潮兒有染。她縱欲無度，除了自身情欲的不滿足，也正因為她一無所有，唯有「身體」才是她自覺擁有的能力或工具。關於身體欲望的自主，潘金蓮著實顛覆了父權社會對婦女的限制與要求，她也成了千古淫婦第一人。

二、她們對於自己身體的支配，是潘金蓮的對照或補充

　　《金瓶梅》中幾個和西門慶有染的女人不得善終，如潘金蓮最後被武松剖心，街死街埋；宋惠蓮則因為害得丈夫來旺被發配原籍，家破人散，因此自縊；為了與西門慶在一起，間接害死花子虛的李瓶兒，在她的兒子官哥兒被潘金蓮訓練的貓──雪獅子唬死後，瓶兒也因血崩之症以及悲傷過度而病死；成為周守備夫人的龐春梅，則因淫欲無度，生出骨蒸癆病症，縱欲死於床上，得年 29 歲。

　　如果《金瓶梅》作者是讓縱欲的女人死於非命，以此誡世。[16]

16　東吳弄珠客：〈金瓶梅序〉，《金瓶梅詞話》：「然作者亦自有意，蓋為世戒，非為世勸也。」

那麼西門慶的夥計之妻王六兒，她得以善終的人生，就頗值得玩味。然而上述幾位女性，除了龐春梅為潘金蓮的丫頭之外，其他幾位都是人妻，也與潘金蓮在某些角度視之時，有相似的面貌，或相類的生命經驗，她們或者是為潘金蓮的鏡像或補充。例如李瓶兒與潘金蓮對於西門慶都是一見傾心，她們都曾直接或間接害死自己的丈夫，然而她們成為西門慶的小妾之後，發展出不同的性格與命運，李瓶兒是潘金蓮在西門家的對照組：在進入西門家之後，李瓶兒成為了賢妻良母，她不再著重欲望享樂，她孕育了西門慶的子嗣，也真心地愛上西門慶。雖然李瓶兒終究也是早逝，但她的死亡卻得到西門慶眼淚、珍視以及儀式盛大的喪禮，潘金蓮卻只落得街死街埋的命運。

前述中也指出，張竹坡認為《金瓶梅》以其他人物側寫金蓮之惡，因此有了作為她的補充的宋惠蓮及王六兒，王六兒的外貌絕無金蓮之妖嬈，卻有金蓮的男子氣概。對於西門慶而言，王六兒也有與潘金蓮相當的性魅力，但她們不同的性格以及對於生活的需索不同，因此有了完全相反的人生際遇，甚至於王六兒能「自由地偷漢子」，更是潘金蓮難以效尤的。此外，關於宋惠蓮及王六兒。在某個程度上，王六兒和潘金蓮是彼此的鏡像，而她們最終有不同的結局，[17]則是因為王六兒將身體當作是維護家庭

17　田曉菲：《秋水堂論金瓶梅》，頁 258。田曉菲認為：「例如王六兒私通西門慶以養家，其實與潘金蓮嫁給武大仍然作張大戶的外室沒有區別，而武大也安然享受著這一私情帶來的利益。武大與武松，與韓道國及韓二也是彼此的鏡像。」然而，田曉菲更認為：「兩個六兒的相似經歷與不同結局向我們顯示：對於作者來說，不是偷情者一定都要受到報應，一切都要看人的性格、行事動機與遭遇的機緣──也就是人們俗話

利益的條件，而潘金蓮則是將自己的欲望放在家庭利益之先，因此害了他人及自己的生命。

　　許多女性都以身體迎合西門慶獲取更多利益，不論是成為西門慶的小妾，或者得到財物。與西門慶發生性愛關係的僕婦如奶娘如意兒、宋惠蓮、賁四嫂、來爵媳婦……等，在西門慶「寵幸」過後，往往會得到錢財或物品，但她們所得並不多。[18]雖然，她們希望得到更多，最好能攀上西門慶小妾的位置，只是那得費多大心力，也會在西門慶妻妾中引起多大的爭鬥，如同《金瓶梅》作者所言：「看官聽說：凡家主，切不可與奴僕並家人之婦苟且私狎，久後必紊亂上下，竊弄奸欺，敗壞風俗，殆不可制。」（第 22 回）宋惠蓮正是因為想從西門慶那裡得到更多最後

　　常常說的，不可抗拒的『命運』的洪流。潘金蓮不幸，成為自己的激情和他人貪欲的犧牲品；王六兒所得到的，正是金蓮所失去的那種生活。」

18　西門慶看上宋惠蓮時，讓玉簫傳話，並拿了一疋藍緞子到她屋裡給她。刮上後，給她衣服、汗巾、首飾、香茶、碎銀子、各色鞋面。（第 22 回、23 回）奶娘如意兒和西門慶雲雨，天亮後，西門慶尋出了瓶兒的四根簪子賞他。（第 65 回）而後，她在歡愛後又向西門慶討了蔥白紬子，背地裡西門慶給她銀錢、衣服、首飾。（第 67 回）又一回，伺候了西門慶後，如意兒又討了裙襖，西門慶忙開瓶兒箱子取了一套翠藍緞子襖兒、黃綿紬裙子，一件藍潞紬綿褲兒，一雙妝花膝褲腿兒給她。（第 74 回）再一回，在溫存時，如意兒討了金子打的赤虎臉面。（第 75 回）待西門慶在生命的末期，又與如意兒性愛，在她身上燒了三處香，完事後，開門尋了一件玄色緞子妝花比甲給她。（第 78 回）西門慶勾上僕婦賁四嫂，歡愛過後，西門慶賞了她五六兩一包碎銀子，兩對金頭簪兒。（第 77 回）但西門慶玩耍了來爵老婆，賞了她一對金裹頭簪兒，四個烏銀戒指兒，讓玉簫送去。（第 79 回）

卻賠上自己生命的女人。

宋惠蓮的丈夫來旺是西門慶的僕人，然而在她與西門慶勾搭上之後，她極力展現的是她比潘金蓮還小巧的腳，但她沒有潘金蓮的心機算計及聰明。本名為宋金蓮的她，卻因身分是僕婦，在她成為來旺妻子時，吳月娘為避潘金蓮的名諱將她改為宋惠蓮。她似乎注定要成為潘金蓮的影子、失敗的對手，即使她有衝天的志氣——在盪鞦韆時，她的志氣，已為吳月娘等人都看得明明白白了。（第25回）她的丈夫來旺雖然也與西門慶的第四小妾孫雪娥有染。但當來旺得知宋惠蓮與西門慶的情事時，仍氣憤不過，這自然是在父權社會底，對於性別有不同的要求。至於潘金蓮，她絕不願宋惠蓮成為西門慶的小妾而能與她平起平坐，因此使計將來旺送入大牢。此時，不夠聰明的宋惠蓮還一廂情願地對西門慶說：

> 我的親達達，你好歹看奴之面，奈何他兩日，放他出來。隨你教他做買賣，不教他作買賣也罷。這一出來，我教他把酒斷了，隨你去近到遠，使他往那去，他敢不去？再不？你若嫌不自便，替他尋上個老婆，他也罷了。我常遠不是他的人了。（第22回）

最後宋惠蓮因羞憤自縊而亡。在西門慶的妾室中，與他因身體欲望相吸引的，有李瓶兒與潘金蓮。但李瓶兒不僅有吸引西門慶的身體，還有大筆的財富；真正以身體作為工具，成為西門慶小妾，是潘金蓮。李瓶兒在進入西門家後，也被文化傳統的思維規訓成為賢妻良母，溫柔嫻靜；只有潘金蓮，顛覆了父權社會底下

對女性的想像，她以身體交換的不是財富，而是西門慶的愛寵，以及在西門慶權力底下的家庭地位。

龐春梅，她是潘金蓮的丫頭，也讓西門慶收用，但她從不費心要成為西門慶的小妾，反而與潘金蓮發展出革命情感、姐妹情誼。她更像是潘金蓮的影子，她的個性倔強要強，與潘金蓮相像，她比潘金蓮更早進入西門慶家中，也比潘金蓮更早被賣出西門家，然而，最終是她為潘金蓮收屍，也收容照顧以及擁有潘金蓮的情人陳經濟。她和潘金蓮是主僕、姐妹也是知己，她兩度把身體獻給潘金蓮的男人（西門慶與陳經濟）。最終她也習得了潘金蓮對於身體的欲望自主，以及縱欲無度的人生，她死亡的姿態也回應了西門慶的死亡，她的生命與死亡都作為潘金蓮與西門慶的影子與補充，而這個部分則在本章最後一小節專節說明。

三、潘金蓮性愛、暴力與死亡的身體書寫

雖然在《金瓶梅》一百回中就描寫的回數之數量而言，描寫最多的並不是性愛，而是日常生活的細節，但最為人們記憶及談論的，卻是性愛欲望，因此潘金蓮的「身體」早被定義為欲望無度、淫蕩的符號。從她作為武大妻子卻在簾下嗑瓜子露出金蓮小腳，引得浮浪子弟言語挑逗。直到嫁給西門慶，她一心想把西門慶的欲愛都攬住，但是三妻四妾又行走青樓的西門慶自然不能滿足她的激情，於是她把高漲的欲望投身到陳經濟身上，都彰顯了她的欲望自主，以及她掌握自己身體欲望的主控權。

在潘金蓮表現欲望自主的過程中，她第一個愛上的男人是小叔武松，他「身長七尺，膀濶三停，自幼有膂力，學得一手好槍棒」當潘金蓮第一次看到武松時，她看到的是：「看武松身材凜

凜,相貌堂堂,身上恰有千百斤氣力——不然,如何打得大
蟲?」這比之過去潘金蓮生命中的男人,確實是很不同的,別忘
了她十五歲被賣到張大戶家裡時,張大戶已是六旬之上,收用了
金蓮後,身上添了四、五種病症:腰便添疼、眼便添淚、耳便添
聾、鼻便添涕、尿便添滴。十足垂垂老人的體態,最後患陰寒病
症死亡了。至於丈夫武大則是「一味老實,人物猥衰,甚是憎
嫌」,且武大是「三寸丁、谷樹皮」——矮小,皮膚粗糙,頭臉
窄狹的外貌。因此,當潘金蓮見到強壯的打虎英雄武松時,心裡
尋思:「一母所生的兄弟,又這般長大,人物壯健!奴若嫁得這
個,胡亂也罷了……誰想這段姻緣,卻在這裡!」(第 1 回)這大
概是潘金蓮第一次的一見鍾情,如同她自幼所習得的,是以色相
待人,是以身體作為吸引異性的法則,在此同時也表現了她的身
體欲望。

當她得知武松未婚,潘金蓮要武松搬來一家子一起住,同時
潘金蓮展開了對於武松的性暗示以及不斷獻殷勤。由於金蓮是使
女出身,慣會作些小殷勤,在武大郎面前,金蓮仍是揀好的肉兒
菓兒地遞上去給武松,武松只低了頭不理她。待武松搬入家裡,
金蓮安排吃飯,捧茶服侍武松,武松則取銀子給武大,取一疋緞
子給嫂嫂金蓮做衣服。從此,金蓮時常拿言語撩撥武松,武松沒
有回應。

一日大雪,武松入門,才把氈笠兒除將下來,金蓮便伸手接
去,武大道:「不勞嫂嫂,生受!」自把雪拂了,掛在壁上。金
蓮又道:「奴等了一早了,叔叔的的不歸來吃早飯?」武松道:
「早間有一相識請我吃飯了。卻才又有一個作杯,我不耐煩,一
直走到家來。」一直到這裡的對話,其實非常像潘金蓮自己想像

的幸福小夫妻的互動。接下來，則是武松這硬漢和欲望金蓮的對
話，金蓮想和武松飲酒，武松卻想等哥哥來家一塊吃，金蓮說：
「那裡等他！」

　　她拿著盞酒，看著武松說：「叔叔飲滿此杯。」武松接過酒
去，一飲而盡。那婦人又篩了一杯，說：「天氣寒冷，叔叔飲個
成雙的盞兒。」武松道：「嫂嫂自飲。」接來又一飲而盡。武松
卻篩一杯，遞與婦人。接下來金蓮在三杯酒下肚後烘動春心，武
松也明白，接下來更是十足的潘金蓮身體語言與欲望的表現：

> 婦人起身去燙酒，武松自在房內，卻拿火箸簇火。婦人良
> 久煖了一注子酒，來到房裡，一隻手拿著注子，**一隻手便
> 去武松肩上只一捏**，說道：「叔叔，只穿這些衣服，不寒
> 冷麼？」武松只不作聲。
>
> （金蓮）卻篩一盞酒來，**自呷了一口**，剩下大半盞酒，看著
> 武松道：「你若有心，吃我這半杯兒殘酒。」武松劈手奪
> 過來，潑在地下。說道：「嫂嫂，不要恁的不識羞恥！」
> 武松睜起眼來說道：「武二是個頂天立地的噙齒戴髮的男
> 子漢，不是那等敗壞風俗傷人倫的豬狗！嫂嫂休要這般不
> 識羞恥，為此等的勾當。倘有些風吹草動，我武二眼裡認
> 的是嫂嫂，拳頭卻不認的是嫂嫂！再來休要如此作為。」
> （第1回）

這裡極為詳盡的引述文本情節，實可由對話中理解潘金蓮是如何
一廂情願地愛慕武松，以及觸摸武松的身體，她費心伺候，也費
力撩撥，卻得到武松喝道：「嫂嫂，不要恁的不識羞恥！」潘金

蓮自然要惱羞成怒，待武大回來，哭得眼紅紅的告了武松一狀，然而武大並不相信她。待武松要替知縣護送禮物前往東京朱太尉處，來向哥哥辭行，這一回武松自備酒菜，在哥哥門前坐地等待（武松的刻意避嫌），金蓮看到武大與武松進門，不僅上樓重勻粉面挽雲鬟換衣服，心裡還尋思：「莫不這廝思想我了？不然卻又回來！那廝一定強我不過，我且慢慢問他。」同時，似乎也忘了先前的尷尬場面，婦人拜道：「叔叔，不知怎的錯見了，好幾日並不上門，教奴心裡沒理會處。每日教你哥哥去縣裡尋叔叔陪話，歸來只說沒尋處。今日再喜得叔叔來家。沒事壞鈔做甚麼！」（第 2 回）足見在潘金蓮心裡，一直對武松懷抱著欲愛的期待，也才能合理地說明，即使在武松出發前，要嫂嫂把家定「籬牢犬不入」的話語，雖然當時激怒了潘金蓮，她大罵武松是混帳東西，但是到了西門慶死後，在王婆處「待售」時，一聽聞武松要娶她回去一家一計過日子時，金蓮忘了舊時所有的憤怒尷尬，兀自欣喜地想：「這段姻緣，還落在他家手裡！」更等不得王婆叫她，自己就走出來，向武松道個萬福，說道：「既叔叔還要奴家去顧管迎兒，招女婿成家，可知好哩。」（第 87 回）如此迫不急待要與武松在一起，可見武松確實是潘金蓮欲望的男人。

　　此時的潘金蓮已完全將為了要贖她而上東京籌款，和她一直私通的陳經濟拋在腦後。她一心一意等著武松來娶她，因為武松是她愛上的第一個男人，同時也可知，金蓮愛上的是武松強健的體魄，以及打虎英雄的形象。因此，金蓮以為的新婚大喜之夜，她就成為了武松祭哥哥的血祭新娘。一如田曉菲所言，武松殺嫂祭兄的橋段裡，死亡、暴力卻也連結著性愛的暗示。當武松為尋哥哥無意中打死猛虎後時，武松被知縣迎到廳上時，在《詞話

本》裡武松是坐著花紅軟轎，迎送到縣衙前。而《繡像本》則比
《詞話本》多了一段關於武松外表的敘述，武松是騎著一疋大白
馬：

> 雄軀凜凜，七尺以上身材，闊面稜稜，二十四五年紀。雙
> 眸直豎，遠望處猶如兩點明星；兩手握來，近覷時好似一
> 雙鐵碓……頭戴著一頂萬字頭巾，上簪兩朵銀花；身穿著
> 一領血腥衲袄，披著一方紅綿。（第1回）

田曉菲認為：「武松是以死亡施與者或曰死神使者的形象出現
的，這個形象蘊涵著無窮的暴力與殘忍。武松一出場和紅色的鮮
血聯繫在一起。」「而金蓮的結局，在這裡已可以見出端倪
了。」[19]武松此處除了和鮮血聯繫而有死亡的意象，在此騎著大
白馬，簪著銀花，披著一方紅綿的武松，卻更像是大婚時的新
郎，彷彿歡喜地將要去迎接新娘。就連《詞話本》裡只描寫武松
坐著花紅軟轎到縣衙，都像是迎親隊伍，而等著出場的女主角就
是潘金蓮。

　　但新婚血腥之夜則要等到故事末了才會揭曉。那是一場將潘
金蓮從九歲起便被培養以色相侍人，最終肉身被支解，有關性、
暴力、死亡揉合的身體書寫。當武松把一百兩銀子，以及酬謝王
婆的五兩碎銀子交給王婆後，武松備酒肉下菜蔬，晚間王婆子領
著潘金蓮入門，金蓮脫去孝服。上一回金蓮是為了嫁西門慶，除
去了為武大戴的孝；這一回為了嫁武松，她脫去了為西門慶戴的

---

[19]　田曉菲：《秋水堂論金瓶梅》，頁2。

孝,但是卻成為武松的祭品,武松將新娘獻祭武大,似乎說明天理昭彰循環不已。金蓮戴著新髮髻,身穿紅衣服,搭著蓋頭,像個新嫁娘般回到武大家裡,然而迎接她的卻是武松為武大重立的靈牌,武松把刀插在桌上,把欲逃走的王婆綑綁住,接著「武松把金蓮旋剝淨了,跪在靈桌前,武松喝道:淫婦快說」,金蓮嚇得魂不附體,只好從實招來。在靈前一手揪著潘金蓮,一手澆酒奠祭武大說:「哥哥,你陰魂不遠,今日武二與你報仇雪恨。」(第 87 回)

武松摳了一把香灰,塞在潘金蓮口裡,不讓她叫出來,接著把她揪翻在地,用油靴只顧踢他肋肢,後用兩只腳踏他兩只胳膊,接下來武松喊著:「淫婦,只說你伶俐,不知你心怎麼生著,我試看一看!」「一面用手去攤開他胸脯,說時遲,那時快,把刀子去婦人白馥馥心窩內之一剜,剜了個血窟窿,那鮮血就冒出來,那婦人就星眸半閃,兩只腳只顧登踏。武松口噙著刀子,雙手去幹開他胸脯,那鮮血就邀出來。」潘金蓮亡年 32 歲(第 87 回)。武松殺嫂祭兄的整個過程,不僅極暴力,使用的都是帶著著性意象的暴力語言,例如他喊金蓮為「淫婦」,以及極可怖的剖胸掏心,也像是帶著暴力的激烈的性愛,田曉菲指出:

> 武松以「剝淨」金蓮的衣服,代替新婚夜的寬衣解帶,以其被殺的鮮血代替處女在新婚之夜所流的鮮血,都是以暴力意象來喚起和代替性愛的意象,極寫出武松和金蓮之間的曖昧而充滿張力的關係,以及武松的潛意識中對金蓮的性暴力衝動。性與死本來就是一對有著千絲萬縷聯繫的概念,這裡,金蓮所夢寐以求的與武松的結合,便在死亡當

中得以完成。[20]

潘金蓮愛上的第一個男人，她所嚮往他的氣力及強健的身體，在此時武松以暴力回應了她——以走向死亡的暴烈氣力，像是故事開始在景陽崗被武松徒手打死的老虎，以及在《詞話本》第一回敘述金蓮是「虎中美女」，金蓮成了武松的血祭新娘，以鮮血及死亡度過了她和他的大婚之夜，武松打虎與殺嫂的形象終於合而為一。

　　潘金蓮的身體是充滿符號的書寫。打從她的出身為裁縫之女，她無可選擇地被賣入王招宣府當使女，開始了她無可違抗地順從身體為她帶來的命運——她所擁有美貌及金蓮小腳。她用色身侍人，性格上卻有男子漢的剽悍，於是她的身體渴望著更強大的男人，也渴望的完全屬於她的欲望及愛情。在那樣一個父權社會底下，當她必須選擇地只能作為猥衰形貌武大之妻，或擁有眾多女人的西門慶的小妾時，她毫不猶豫地選擇了後者。看似情欲自主的潘金蓮，實則，她不過更臣服於父權社會中男性對於女性身體的看待方式，也就是說，她想以身體欲望留住西門慶的情愛，卻只能更加獻媚於西門慶，因此她為他吸精飲尿，她為他在性愛與死亡之間游走（那個葡萄架下的性愛遊戲，差點使她喪命）。然而，到了最後卻是西門慶因她的欲望而喪命，她騎在西門慶身上，餵他過量的胡僧藥，無視於西門慶早已油枯燈盡，最後只剩一口氣，她還是需索又需索。也就是說，性、暴力、死亡，在潘金蓮身上總是並存，直到死亡。

---

[20]　田曉菲：《秋水堂論金瓶梅》，頁 260。

第四節　不被規訓的女性──龐春梅的身體政治

　　龐春梅這個角色，不只成為書名中「金・瓶・梅」三個主角名之一，也是《金瓶梅》後二十回的女主角，和前八十回男主角西門慶遙遙相對。在前八十回裡幾乎不見龐春梅的欲望書寫──雖然西門慶收用了春梅，是為寵婢，潘金蓮也一力抬舉她，也只見她的心高氣傲的表現。春梅幾度在西門慶與潘金蓮的欲愛現場，但春梅不僅表現對這一切的淡漠，連李嬌兒的弟弟李銘教演琵琶時略按重了她的手，便自覺受辱，春梅於是生氣大罵（第 22 回），從此西門慶也不准李銘上門。西門慶過世後，春梅撞見歡愛中的潘金蓮與陳經濟，潘金蓮為了確保春梅和她是同一陣線，要求春梅在她眼前，當場和陳經濟交歡（第 82 回），龐春梅羞得臉一紅一白，但她卻沒有拒絕。然而，當春梅成了周守備的夫人時，她卻縱欲無度，像是潘金蓮的分身，又像是女版西門慶。特別是她將陳經濟以姑表兄弟的名義接入周守備府，他們暗地裡勾搭，日日歡愛。但春梅仍聽從周守備的吩咐，為陳經濟覓了一房媳婦，即使如此，兩人依然維持性愛關係，那麼，春梅對於陳經濟是否有情？或只有肉體上的欲望，我們要如何看待作者對於龐春梅的身體書寫呢？

一、以身體作為回報的女性知己關係：
家庭和諧的必要性

　　龐春梅是在潘金蓮入門的前一年被賣到西門慶家，首先是在吳月娘房裡使喚。（第 7 回）直至潘金蓮嫁入西門府，西門慶將她撥到金蓮房裡答應。（第 9 回）丫頭是主人的財產，行動及身體都

沒有自主權,潘金蓮一開始是將她當作牽制西門慶欲望的棋子:當西門慶繞著圈子想收用春梅,他說:「隔壁花二哥房裡,倒有兩個好丫頭。今日送花來的是小丫頭;還有一個,也有春梅年紀,也是花二哥收用過了。但見他娘在門首站立,他跟出來,且是生的好模樣兒。誰知這花二哥年紀小小的,房裡恁般用人!」潘金蓮一聽就明白,回答道:「你自在房中叫他來,收他便了。」(第10回)此後,潘金蓮一力抬舉春梅,不她上鍋抹竈,揀心愛的衣服首飾與她,還幫她纏的兩隻腳小小的,全因「春梅比秋菊不同,性聰慧,喜謔浪,善應對,生的有幾分顏色。」(第10回)讓本有幾分姿色的春梅,更受西門慶寵愛。

　　春梅一直是忠誠且體諒地對待潘金蓮,時間久了,金蓮對她倒也有些真心。春梅不但以主僕之禮待金蓮,且以姐妹之情相待,最後她還為金蓮收屍、埋葬、祭弔她。金蓮和春梅的知己關係,是透過許多現實上的累積,從金蓮入門成為西門慶的妾,西門慶便將正室吳月娘房裡的春梅換到金蓮房裡伏侍,沒多久,西門慶暗示想要收用春梅,潘金蓮當然奉承西門慶,從此二人由主僕變成盟友,一如孫雪娥和春梅吵架時罵春梅,春梅轉述給蓮聽的話:「他還說娘教爹收了我,和娘捎一幫兒哄漢子。」(第11回)很快的,春梅救了金蓮一回。

　　且說西門慶貪戀青樓裡的李桂姐,半個月都不著家,金蓮因此孟玉樓帶來的小廝琴童勾搭上。夜裡金蓮叫小廝入房,未至天明打發他出來,沒想到琴童不守本分,把金蓮給他的錦香囊股子葫蘆繫在身上,漸漸地露出破綻被人發現。風聲吹到孫雪娥、李嬌兒耳裡,她們一齊向月娘舉發,也向西門慶告狀。琴童矢口否認有奸情,只說那是打掃花園時撿到的,仍被西門慶打了三十

棍，打得皮開肉綻，又被趕出家門。西門慶將琴童趕出去後，取了馬鞭要金蓮脫衣跪下認罪，金蓮口口聲聲說半個月來她只和玉樓一處作針指，如若不信，只問春梅便是。西門慶於是將春梅摟在懷中，問她：金蓮與小廝果然有首尾？春梅坐在西門慶懷裡說——這是春梅少數在西門慶懷裡撒嬌撒痴說話的場景：

> 這個，爹，你好沒的說！和娘成日脣不離腮，娘肯與那奴才？這個都是人氣不憤俺娘兒們，作做出這樣的事來。爹，你也要個主張，好把醜名兒頂在頭上，傳出外邊去好聽？（第12回）

說得西門慶再沒一句話，丟了馬鞭，教金蓮穿上衣服，這是春梅第一次救金蓮。金蓮甚是抬舉春梅，春梅則一力護著金蓮。第二日，西門慶生日，李桂姐正得西門慶寵愛，李嬌兒拿了轎子接桂姐到西門家，拜見了月娘，但金蓮怎也不肯見她，桂姐因此心裡懷忿。她要西門慶剪下潘金蓮一絡頭髮，才見真本事。回家後，西門慶要春梅「門背後有馬鞭子，與我取來」，作勢要打金蓮，只因前二日琴童事件令潘金蓮生懼，不明究理卻也不敢反抗，春梅則不理西門慶叫喊，半天才推門進來，進門後也只在燈前放油點燈，西門慶使喚要她拿鞭子，她仍不動身，金蓮則喊：「春梅，我的姐姐，你救我救兒！他如今要打我！」春梅於是對西門慶說：

> 爹，你怎的恁沒羞！娘幹壞了你的甚麼事兒，你信淫婦言語來？平地裡起風波，要便搜尋娘，還教人和你一心一計

哩！你教人有那眼兒看得上你！（第12回）

接著春梅「搣上房門，走在前邊去了。那西門慶無法可處，反呵呵笑了。」且看春梅的肢體動作以及語言，她從不奉承西門慶，但西門慶卻一心一計地寵著她，仔細回顧與西門慶有過關係的女子們，哪一個不是趕著西門慶叫爹叫親達達，只有春梅不奉承也不獻媚，雖然她只是個丫頭，她對於自己的身體卻握有主控權，例如一開始提及的，李銘略按重了她的手，她便氣憤大罵；當潘金蓮和西門慶在葡萄架下欲愛遊戲，西門慶招手要春梅下來，叫她不來，於是西門慶撇下金蓮找春梅，但春梅「才待藏躲，不想被西門慶撞見」。雖她被抱到金蓮與西門慶的性愛現場，等到西門慶喝醉睡著，春梅便「一溜烟往後邊去了。」（第27回）西門慶對於春梅格外寬容，除了她年輕有姿色，大約也因她不折服的傲氣，使她和其他以色身侍奉西門慶的女子更顯不同。

往後，西門慶勾搭上宋惠蓮，要問潘金蓮的地方容他們倆過一夜，潘金蓮說道：「我是沒處著放他，我就算依了你，春梅賊小肉兒他也不容他在這裡。你不信，叫了春梅小肉兒問問他來。他若肯了，我就容他在這屋裡。」（第23回）西門慶問也沒問，便回答：「既是你娘兒們不肯，罷！我和他往那山子洞兒那裡過一夜。」西門慶於是和宋惠蓮到花園裡的藏春塢雪洞裡過了一夜，龐春梅成了潘金蓮最好的藉口。

當西門慶死去，潘金蓮與陳經濟兩個勾搭上，春梅一日撞見他們在樓上庫房歡愛，春梅怕羞了金蓮，連忙退了回去，但金蓮叫住了春梅說：

我的好姐姐，你姐夫不是別人，我今教你知道了罷：俺兩
個情孚意合，拆散不開。你千萬休對人說，只放在你心
裡。

春梅道：「好娘，說那裡話！<u>奴伏侍娘這幾年，豈不知娘
心腹，肯對人說！</u>」但金蓮卻說：「你若肯遮羞俺們，趁
你姐夫在這裡，你也過來和你姐夫睡一睡，我方信你。你
若不肯，只是不可憐見俺們了！」春梅把臉羞的一紅一
白，只得依他，卸下湘裙……（第82回）

這裡可以看到金蓮如何看待春梅，春梅又如何對待金蓮。首先，
春梅一直是金蓮的夥伴、盟友，也是她的棋子。也就是說，當西
門慶想要春梅時，金蓮獻上她；當春梅撞見她和陳經濟的歡愛
時，她要春梅也獻身，以確保春梅的忠誠。然而春梅又是怎麼看
待金蓮的？她自始至終都以主僕、知己者看待金蓮，她是金蓮忠
實的丫頭，也是她的心腹，她懂金蓮，也願意和陳經濟當著金蓮
的面交歡，以得到潘金蓮的信任。後來，金蓮和陳經濟打得火
熱，難分難解，然而此時陳經濟被吳月娘限制到前邊花園去。金
蓮只好拜託春梅為她傳話，要陳經濟偷偷進來會一面。金蓮甚至
說，若能叫得陳經濟進來，必重報此恩。春梅回道：

娘說的是那裡話！<u>你和我是同一個人。</u>爹又沒了，你明日
往前復進，我情願跟娘去，咱兩個還在一處。（第83回）

「你和我是同一個人」是什麼意思呢？這已不只是盟友概念，而
是更進一層，兩人已是無分你我的生命共同體，是知己、是互為

彼此。潘姥姥在李瓶兒死後，回憶起瓶兒，仍讚揚她是「有仁義的姐姐，熱心腸兒。」潘姥姥對瓶兒房裡的繡春、如意兒說：

> 我但來這裡，沒曾把我老娘當外人看承……我臨家去，好歹包些甚麼兒與我拿了去再沒曾空了我……正經我那冤家（按：指女兒潘金蓮），半個折針兒也迸不出來與我……他若肯與我一個錢兒，我滴了眼睛在地！你娘與了我些甚麼兒。（第78回）

待春梅來後，潘姥姥又對春梅抱怨金蓮的沒心沒人義，以及慳吝。春梅卻道：

> 姥姥罷，你老人家只知其一，不知其二。俺他爭強不伏弱的性兒，不同的六娘錢自有。他本等手裡沒錢，你只說他不與你。別人不知道，我知道。像俺爹，雖是抄的銀子放在屋裡，俺娘正眼兒也不看他的。若遇著買花兒東西，明公義問他要，不怎瞞藏背掖的。教人看小了他，他怎麼張著嘴兒說人！他本沒錢，姥姥怪他，就虧了他。莫不我護他？也要個公道。（第78回）

春梅為金蓮辯護，每一句都說著她理解金蓮的要強好勝，並同情她沒錢的處境。她確實比金蓮的母親潘姥姥更懂金蓮。當春梅被月娘賣出西門家時，即使月娘不讓她帶走一衣一物，她都不曾哭泣，但是，她卻灑淚拜辭金蓮。成了周守備小妾的春梅，得知潘金蓮被賣出，每天「晚夕啼啼哭哭」，希望周守備能買回金蓮與

她作伴，她甘願讓位作第三個妾。（第 87 回）潘金蓮被武松剖心祭兄，春梅得知金蓮身死街頭，「整哭了兩三日，茶飯都不吃。」（第 88 回）潘金蓮托夢告訴春梅自己暴屍街頭，春梅立即要家僕想辦法安葬金蓮。這些點點滴滴，也都說明了，春梅侍奉金蓮有主僕之情，也有姐妹知己情誼。

　　《金瓶梅》裡圍繞著西門慶的女性無不極力爭寵，勾心鬥角排擠他人，然而，春梅和金蓮卻在一種和諧的情境下共享著男人，她們作為知己，是對比著西門慶與他的幫閒兄弟們結義的荒謬性。然而，也正因為龐春梅所言的，自己和潘金蓮是「你和我是同一個人」，因此，她入了守備府，成為守備夫人後，也就代替了潘金蓮和陳經濟延續舊情，但更重要的是，她也成為像潘金蓮那麼淫欲無度的女人了。當龐春梅仍在西門府時，她和潘金蓮是主僕、也是知己，更是情同姐妹願生死相依，在作者筆下這樣的龐春梅，是有情有義，不爭互讓的女性，這才是維繫家庭和諧之道。這或許是作者所讚許的，以西門慶為中心的家庭成員，上下有別，主從有分。

二、在欲望的現場，觀看縱欲的家庭成員

　　龐春梅是西門慶寵愛的丫頭，她見證西門慶家的興盛與衰敗。《金瓶梅》裡和西門慶有過關係的女人們中，潘金蓮唯對春梅不妒不忌。有回，潘金蓮回到房裡，見到西門慶和春梅正歡愛著，平時吃醋好妒的她卻躲到別處，不打擾他們——潘金蓮這樣的表現是很有意思的，她的用意是收編春梅，以留住西門慶的心。相較於西門慶身旁的女人不斷地以身體吸引，好得到財物，或成為西門慶想的妾，作為西門慶寵婢的春梅，卻不曾以身體作

為交換，反而是冷眼看視西門慶和女人們的欲愛翻騰。

　　對於龐春梅而言，她並不討好西門慶，也不以性來交換他的財物。小說中很少描繪她的內在思惟，但也許，我們可以進一步追問：作者是否欲透過她存在的性愛現場，窺見她在場的意義？同時，作者透過春梅的身體書寫表達了何種意義？

　　春梅雖然仗勢著西門慶的寵愛直言敢說，但有時甚至於會「自覺」地疏離或躲開西門慶。這或許是《金瓶梅》別出心裁的寫作，安排龐春梅見證西門慶性與暴力的場景──作者讓春梅走近或走進西門慶的性愛鏡頭的場景中，卻不描寫春梅的表情或內心感受。

　　例如，西門慶因憤怒李瓶兒先招贅了蔣竹山，在他終於答應讓李瓶兒過門後，頭三天不理她，故意冷了冷她，讓瓶兒急著上吊。等到西門慶終於進瓶兒房裡時，要瓶兒裸身，並以馬鞭抽裸身的瓶兒，所有的人都在門外，只有春梅在院子裡伺候，西門慶聽了李瓶兒言：「他（按：蔣竹山）拿什麼來比你！你是個天，他是塊磚，你在三十三天之上，十九地之下⋯⋯他拿什麼來比你！你是醫奴的藥一般，一經你手，教奴沒日沒夜只是想你。」（第19回）他回嗔作喜，拉了瓶兒起來，穿上衣服，摟在懷裡，兩人極盡綢繆。一面又令春梅進房放桌兒，往後邊取酒，這一切細節，只有在院裡子伺候的春梅能略聽一二。

　　等在角門邊打聽消息的孟玉樓及潘金蓮，她們待春梅走出來，但急急想知道房內的細節，春梅說：「她哭著對俺爹說了許多話哩。爹喜歡抱起她來，令她穿上衣服，教我放了桌兒，如今往後邊取酒去。」當金蓮對春梅道：「賊小肉兒，沒他房裡丫頭，你替他取酒去？」春梅道：「爹使我，管我腿事！」（第20

回）接著她不理會金蓮，自顧自笑嘻嘻地去取酒食。春梅雖偷聽
了西門慶和瓶兒的對話與事件過程，但她不評論不多言，只如實
告知。不評論不多言的態度，可以解釋：她是守分的丫頭，她也
是西門慶的心腹丫頭。唯她能成為性愛現場的旁觀者，她獨享在
西門家中觀看西門慶和其他女子歡愛的位置。也因此，金蓮雖然
吩咐她：「快送了來，教他家丫頭伺候去。你不要管他，我要使
你哩！」（第 20 回）但春梅只笑嘻嘻，仍和小玉一同進去瓶兒房
裡，擺完酒菜，留下迎春、綉春在裡面答應，再回到金蓮房裡。

　　相較於潘金蓮氣憤不已地批評瓶兒：「賊沒廉恥的貨！頭裡
那等雷聲大雨點小，打哩亂哩及到其間，也不怎麼的。」春梅聞
言，也只是淡淡地說：爹使喚我，其他不關我的事。她意不在爭
奪西門慶的寵愛，一切與她無關。由此看到春梅的任性自專，以
及金蓮對春梅的抬舉放任。特別是潘金蓮將身體當作是工具，迎
合西門慶也滿足自己的欲望，唯春梅不曾以身體或以性來迎合西
門慶，她的情感表現淡漠疏離。那麼，對西門慶淡漠的龐春梅，
在西門家裡是否真的沒有喜歡上任何人？田曉菲是這樣看春梅的
情愛：

> 金蓮表面潑辣，但實際上不能離開男人而存在，她的潑辣
> 和強硬也都是倚仗男人對她的寵愛，但看西門慶死後，她
> 就已經完全受制於月娘。春梅的潑辣雖然看起來與金蓮一
> 模一樣，但是春梅其實相當獨立堅強。她對男人，除了性
> 的要求之外，似乎一概沒有什麼特別的、生死難拆的感情

也就是說，她從來沒有真的愛上過什麼人。[21]

然而，龐春梅是否真的「從來沒有真的愛上過什麼人」？或者，更直接的問題是：她對陳經濟是否有情感？這倒是值得思考。且說，當陳經濟被吳月娘趕出西門府，後來西門大姐自縊，月娘奪走西門大姐的箱奩，怒告陳經濟，陳經濟一貧如洗，為了生活成為道士。後又因事故被押解到周守備府，因緣際會下，春梅在軟屏後得知陳經濟被罰二十棍，為他求了情，免去了十棍。原本春梅想與陳經濟相會，但春梅想起了在守備府裡為奴的孫雪娥，於是心中暗道：

> 剁去眼前瘡，安上心頭肉。眼前瘡不去，心頭肉如何安得上？（第94回）

這裡明明白白地說，陳經濟是龐春梅的「心頭肉」，這如何不是春梅的一份情感？爾後，她終於找到陳經濟，並以姑表兄弟的身分將他帶入守備府，兩人朝朝暮暮暗地勾搭，彼此情熱。但春梅也聽從周守備意思，為陳經濟招了一門親事，尋了好模樣，溫柔典雅，聰明伶俐的葛翠屏，在他們婚後，仍與他們兩口一處吃飯，以姑妗相稱，同起同坐，而暗地裡仍與陳經濟有性愛關係。

也就是說，春梅對於陳經濟是有情愛的，雖然他們之間是因交歡而有遇合，但是陳經濟確實是存在春梅內心，春梅才有「安上心頭肉」的想法。反觀陳經濟，他的心思是在潘金蓮身上，因

21　田曉菲：《秋水堂論金瓶梅》，頁248-249。

此當陳經濟知道春梅被薛嫂領出，他給薛嫂一兩銀子好見見春梅並與之歡愛後，春梅說：「姐夫，你好人兒，就是個弄人的劊子手！把俺娘兒兩個弄得上不上下不下，出醜惹人嫌到這步田地！」陳經濟的回答卻是：「我的姐姐，你既出了他家門，我在他家也了不久了……你教薛媽替你尋個好人家去罷。」陳經濟對待春梅，完全不像他待金蓮，金蓮被打發出來時，陳經濟說：「咱兩個恩情難捨，拆散不開。」（第 86 回）不同於陳經濟想方設法，要與金蓮長相廝守，他對春梅並沒有特別的情感。然而，回顧春梅對待陳經濟的態度，她對他只有性的欲求，全無情感的嗎？

　　龐春梅和陳經濟「的確是彼此情欲的出口」，但「如果龐春梅對陳經濟有情，如何能坐視陳經濟的新婚燕爾、甚至日後因開酒店而與韓愛姐發生的一段情？」[22]這確實值得思考。陳經濟和龐春梅以欲交合，未必需要愛，春梅把陳經濟接入守備府中，也滿足了春梅的欲望索求，即使春梅為陳經濟娶妻，他們仍苟合不斷，就陳經濟的立場，妻妾成群也不過是男人生活的一個面向，未必有情愛。然而，就龐春梅而言呢？

　　除了陳經濟是春梅的心頭肉外，我們還可以看到，當龐春梅終於又回到西門府見舊家池館，這時眾人們都喊春梅為周家奶奶，來到西門府月娘找來兩個妓女彈唱，吩咐道：「你把好曲兒，孝順你周奶奶一個兒。」又叫小玉斟上大鍾，教春梅吃，月娘說：「姐姐，你吩咐個心下愛的曲兒，教他兩個唱與你聽下

22　陳葆文：《酒色財氣金瓶梅》（臺北：聯合百科電子出版公司，2015 年 10 月），頁 129。

酒。」春梅因此點了〈懶畫眉〉，曲子唱著：

> 冤家為你幾時休？捱過春來又到秋，誰人知道我心頭。
> 天，害我伶仃瘦，聽的音書兩泪流。從前已往訴緣由，誰
> 想你無情把我丟！
> 冤家為你減風流！鵲噪簷前不肯休，死聲活氣沒來由。
> 天，倒惹的情迤逗，助的淒涼兩泪流。從他去後意無休，
> 誰想你辜恩把我丟！
> 冤家為你惹場憂！坐想行思日夜愁，香肌憔瘦減溫柔。
> 天，要見你不能夠，悶的我傷心兩泪流。從前與你共綢
> 繆，誰想你今番把我丟！
> 冤家為你惹閒愁！病枕著床無了休，滿懷憂悶鎖眉頭。
> 天，忘了還依舊，助我的腮邊兩泪流。從前與你兩無休，
> 誰想你經年把我丟！

接著，文中寫道：「看官聽說：當時春梅為甚麼教妓女唱此詞？
一向心中牽掛陳經濟在外，不得相會。情種心苗，故有所感，發
於吟詠。」（第96回）接著寫到她回到守備府，「因思想陳經濟
不知流落在何處，歸在府中，終日只是臥休不起，心下沒好
氣。」連守備都察其意，所以找來張勝、李安，幫春梅尋她的兄
弟陳經濟，當然，守備以為春梅是思念兄弟。從她在西門府被薛
婆領出去賣，陳經濟去看她，她對陳經濟說說，他就是個「弄人
的劊子手」。在守備府裡她說陳經濟是她的「心頭肉」，作者說
她「心有所感，情種心苗」，以及「思想陳經濟不知流落在何
處」的各種心念，在在指出，春梅對陳經濟是有情感的。

那麼,幫陳經濟娶妻葛翠屏,看著他們新婚燕爾,女貌郎才,以及陳經濟和韓愛姐的一段情,龐春梅如何能接受呢?回到龐春梅在西門府六年習得的,除了西門慶、潘金蓮等人的欲愛翻騰之外,她必然也看到了,即使李瓶兒有愛於西門慶,卻必須包容西門慶穿梭在女子們之間;也必然明白,正室吳月娘必須有容妾室們的氣度。正因為她想要長久地和陳經濟在一起,她更必須遵從周守備的建議,為陳經濟娶妻成家。因此,春梅為陳經濟收拾西廂房三間與他作房,又收拾了一個書院給他。雖然春梅和陳經濟的妻子以姑妗相稱,同起同坐,實質上,龐春梅更像是陳經濟的正室,在陳經濟被張勝一刀殺死後,陳經濟在外的露水鴛鴦韓愛姐,全身縞素頭戴孝髻,跪著對春梅、葛翠屏哭說:

> 「情願不歸父母,同姐姐守孝寡居。也是奴和他恩情一場,活是他妻小,死傍他魂靈。」那翠屏只顧不言語。春梅便說:「我的姐姐,只怕年小青春,守不住。只怕誤了你好時光。」(第99回)

春梅收容了韓愛姐,在此可看到,龐春梅對於陳經濟是有欲亦有愛。最後韓愛姐同春梅、翠屏坐了轎子回守備府裡去了。由上述可知,龐春梅對於陳經濟,並不只是肉體交歡,她對他是有著情愛。也許那情感是源自於對於潘金蓮的忠誠,是因為思念舊家歲月而延續了與陳經濟的歡愛,但最終,龐春梅主宰了自己的欲愛,也習得了主子夫人的風範,因此為陳經濟娶妻子,也在他死後能接納收容他的情人,那是一種彷若「正室的風範」,也成全自己對於陳經濟的情感。

　　《金瓶梅》中還有一個畫面，作者安排龐春梅站在西門慶和潘金蓮的性愛現場觀看，她像是不在場的在場，不言而言的觀看。[23]這回，她靜默立在他們面前，觀看他們的春宮演出。春梅的看視，是領著讀者觀看，我們似乎是站在春梅身後，觀看她的看視。她沒有表情，只觀看西門慶和潘金蓮的情欲。我們猜測著受到西門慶寵愛、潘金蓮攏絡的丫頭春梅，在觀看性愛現場時，她如何解讀她所看到的欲望現場，即使沒有提供解答，但當我們從此刻遙望全文最後，春梅成了周守備的夫人後，她任性縱欲與陳經濟、小廝私通，甚至為陳經濟訂親娶媳婦後，仍與陳經濟有首尾。在性愛上她沒有道德限制，只有自我滿足。似乎是以她此時的觀看，預告了往後她的縱欲行為。但她終究也因欲望無度而病死。回到此刻她所凝視的現場，她似乎在後二十回裡成為西門慶的複刻女版，她死亡的姿態和西門慶死前最後洩欲的樣貌極相似：

　　　　（西門慶）西門慶只是不泄，龜頭越發脹的色若紫肝，橫筋
　　　皆現，猶如火熱……那管中之精，猛然一股邀將出來，猶
　　　水銀之瀉筒中相似，（潘金蓮）忙用口接，咽不及，只顧流
　　　將起來。初時還是精液，往後盡是血水出來，再無個收
　　　救。西門慶已昏迷過去，四肢不收。（第79回）

　　　　（龐春梅）這春梅在內頤養之餘，淫情愈盛，常留周義在香
　　　閣中，鎮日不出……一日過了他生辰，到六月伏暑天氣，

23　這個部分在第三章討論身體感知「觀看」時已討論，這裡不再贅敘。

早晨晏起。不料他摟著周義在床上，一泄之後，鼻口皆出
涼氣，淫津流下一窪窪，就嗚呼哀哉，死在周義身上，亡
年二十九歲。（第100回）

龐春梅代表的就是欲望本身，無目的縱欲與沈淪，她從來未曾處
心積慮要成為西門慶的妾，也不會一再索討西門慶的錢財衣物。
她的縱欲隱喻了整個社會的氛圍，入西門府方 18 歲的春梅看盡
了西門慶和妻妾們的男歡女愛，最終她在床上淫欲無度，縱欲而
死，春梅死亡的姿態和西門慶重疊。

　　關於龐春梅見證了或參與了性愛，作者這樣的書寫意義何在
呢？如果我們從晚明整個時代欲望的沈淪、社會的混亂、道德的
崩毀來看，春梅有其意義，而此更回應了潘金蓮、李瓶兒、龐春
梅作為「金瓶梅」書名的一種解讀：「金・瓶・梅」。潘金蓮將
自己的身體及性愛當作籌碼，為了攬住西門慶或其他男性（武松、
陳經濟），她的主動及積極不只在滿足自己的欲望，也在於獲得更
多的資源包括西門慶的愛寵，以及在西門家的地位。至於李瓶
兒，則是擺盪在身體自覺與傳統溫柔敦厚妻子角色之間的女子，
在還見西門慶之前，她的情欲望與身體自覺都是可以和潘金蓮並
列，但成為了西門慶的寵妾且生貴子之後，她卻力圖成為賢妻良
母，這也是值得思考的現象。然而，李瓶兒在西門家最終仍不敵
這龐大的、集體的欲望沈淪，她終究喪子也失去了生命。至於龐
春梅，則是成為西門慶和潘金蓮縱欲的複合體，是西門慶女性複
刻版。

三、龐春梅是西門慶與潘金蓮淫欲的綜合體，
見證西門府與守備府的起落

——東吳弄珠客曰：「春梅以淫死較諸婦為更慘耳」

龐春梅的性愛對象包括了《金瓶梅》兩個重要的男性角色：西門慶與陳經濟，他們是岳父與女婿。當春梅成為守備夫人後，春梅也延續了西門慶淫亂的性愛、亂倫關係，她與名義上的表兄陳經濟，也在守備府裡失去主僕之序。春梅先是想勾搭家僕李安，後與守備府老僕周忠之子周義，淫欲無度，最終死在周義身上。龐春梅見證了西門府的興衰，也參與了守備府的起落，在她身上，既僅守主僕之際，卻又破壞倫常秩序。

龐春梅因潘金蓮，她和陳經濟發生關係，被賣出後在薛嫂家時，陳經濟來看她，他倆又是一番雲雨。當她成了周守備的小妾，很快懷有身孕，就如同孫雪娥聽到薛嫂說春梅已有四五個月身孕後，雪娥說：「她賣守備家多時，就有了半肚孩子？」（第88回）果然令人懷疑，這孩子是否是陳經濟和她在薛嫂家時有的？後來，在守備家，春梅即使為陳經濟娶了媳婦，仍和他一直有關係。

春梅所代表或隱喻的，正是一個家庭倫常的秩序，以及失序。她成為守備夫人後，再見到吳月娘、孟玉樓，即使月娘及玉樓都稱她為姐姐，她仍稱月娘為「娘」自稱為「奴」。春梅守著主僕倫常的部分：又例如，在清明節時，吳月娘和孟玉樓等人上西門慶新墳祭掃，經過永福寺，落腳歇息，巧遇來祭拜的龐春梅——此時已是周守備府得寵的小奶奶。春梅一見吳月娘與吳大妗

子，便讓吳妗子轉上座，便「花枝招颭磕下頭去」，慌的大妗子
還禮不迭，說道：

> 姐姐今非昔日比，折殺老身！
> 春梅道：「好大妗子，如何說這話？奴不是那樣人！尊卑
> 上下，自然之理。」拜了大妗子，然後向月娘、孟玉樓插
> 燭也似磕下頭去。月娘、玉樓亦欲還禮，春梅那裡肯，扶
> 起磕了四個頭。（第 89 回）

她對於吳月娘、孟玉樓、吳大妗子謹守了主僕分際，即使她在被
吳月娘賣出的當時，月娘甚至不許春梅帶走一件衣服，只許罄身
走出，金蓮聽著滿眼落淚，春梅卻不落一滴淚。最後還是小玉幫
著，要金蓮為她備著幾套上色衣服，小玉自己送了兩根簪子送給
春梅。這一段往事，當春梅成為守備府小奶奶再回到西門府時，
她不曾提及，仍以主僕之禮對待吳月娘等人。春梅仍維持傳統上
下位階，守著家庭中的主僕分際倫常秩序的人。

　　龐春梅的性與欲望，也投射在她重遊西門家舊家池館時。春
梅回到金蓮當初住的房，她問月娘的是：「俺娘那張床往那去
了，怎的不見？」月娘解釋，那床先給西門大姐帶到陳經濟家，
後來西門大姐死了抬回來，賣了八兩。春梅道：「想著俺娘，那
咱爭強不伏弱的，問爹要買了這張床。我實承望要回了這張床
去，也做他老人家一念兒，不想又與人去了。」（第 96 回）在
此，可以看到「春梅和月娘的一席感歎，圍繞著『床』：床上雲

雨之所在，也是豔情的象徵。」[24]這是春梅對於在西門家日子的記憶，是豔情也是欲望的記憶。

　　龐春梅是見證西門慶家樓起樓塌的重要視角人物，當她成為守備府小奶奶再回到舊家池館，眼見西門府邸的荒涼。她經歷了西門慶娶妾生子、升官發財的十年，經歷人事的聚散離合，分離衰敗。事實上，故事開始時，春梅方才 18 歲，卻是西門慶疼愛的丫頭。十年過後，她 29 歲，卻已是守備夫人，她的生命在盛夏中熾熱地欲愛，但是也才只是 29 歲，卻已是她的秋天，是她的暮年，她的生命也終了於此。春梅成為守備夫人後，再回到西門家，見舊家池館也看見了西門家的興衰起落。當月娘問起守備和府裡的彈唱丫頭們的日常，春梅說：

> 奶奶，他那裡得工夫在家？多在外，少在裡如今四外，好
> 不盜賊生發。朝廷敕書上，又教他兼管許多事心青，鎮守
> 地方，巡理河道，捉拿盜賊，操練人馬。常不時往外出巡
> 幾遭，好不辛苦哩！（第96回）

在亂世中，即使人們想要維持著秩序，但更大的混亂與失序，卻正要發生。周守備的工作是維持國家、社會的秩序，當周守備為家國征戰時，龐春梅卻縱欲破壞家庭倫常秩序，她背著周守備和陳經濟有染，也不斷和僕人之子歡愛無度，這對比著她對吳月娘等人謹守的主僕之禮，實是令人感到荒謬及諷刺。

　　《金瓶梅》是本欲望的書，也是充滿隱喻的書，她見證了西

---

[24]　田曉菲：《秋水堂論金瓶梅》，頁288。

門家的興盛與衰敗。當她成為周守備的小妾後，也見證周守備為國家秩序維護的奮鬥，然而，成為周家奶奶的她，卻不斷地在欲海裡浮沈，不斷地沈淪，像對欲望索求無度的潘金蓮，而她最終和西門慶一樣，死於縱欲過度。因此龐春梅不僅是西門慶女性的複刻版，更是潘金蓮與西門慶縱欲的綜合體，作者透過他們縱欲的病體及性愛人生的描寫，在在隱喻了家庭秩序的崩壞。

第五節　結　語

田曉菲在《秋水堂論金瓶梅》說：「《金瓶梅》是一部秋天的書。它起於秋天，西門慶在小裡面說的第一句話，就是：『如今是九月二十五日了。』它結束於秋天：永福封肅殺的『金風』之中。」[25]這樣的秋天書寫，萬物凋零。秋涼無刻不威脅著盛夏的繁華，而盛夏的繁華也在初秋時漸漸消失：「秋天是萬物凋零的季節，卻也是萬物成熟豐美的季節。《金瓶梅》既描寫秋天所象徵的死亡、腐敗、分離、凋喪，也描寫成年人的欲望、繁難、煩惱、需求；它不迴避紅塵世界令人髮指的醜惡，也毫不隱諱地贊美它令人銷魂的魅力。」[26]張潮的《幽夢影》更指出：「《水滸傳》是一部怒書，《西遊記》是一部悟書，《金瓶梅》是一部

---

[25] 田曉菲：《秋水堂論金瓶梅》，頁 1。另外在頁 87，則言：「然而秋天又何如？秋天不但花枝凋零，而且萬物淪喪，瓶兒在一年後的秋天去世，西門慶旋即身亡，眾佳人也便紛然四散了。《金瓶梅》是一部秋天的書：始於秋天，終於秋天，秋涼無時無刻不在威脅著盛夏的繁華也。」

[26] 田曉菲：《秋水堂論金瓶梅》，頁 305。

哀書。」[27]《金瓶梅》即透過女性寫出凋零的秋天、哀婉的女性之音，也寓寄家庭的興衰起落，隱喻了晚明的社會的衰敗，而衰敗是起於家庭人倫的失序。

西門慶和許多女子有染或有關係，這些女子包括他的妻妾、婢女、僕婦、夥伴僕人的老婆、青樓女子、權貴遺孀。這些和他有關係的女子，其中受他支配的妻妾、僕婦（都具有上下階層的從屬關係）；因為他有錢有權，因此以性愛交換他的財物或獲得利益，或期待能得到更高的身分地位（從僕婦變成小妾）。至於西門慶的女婿陳經濟，他和西門慶的愛妾潘金蓮以及寵婢龐春梅都有關係。

以身體向西門慶交換利益的女性中，王六兒是個中翹楚，她獲利最大。王六兒和青樓女子不同，青樓女子明白自己的工作是依附男人的流連及愛寵，或者希望西門慶包養她，或者攀附西門家的權勢：於是李桂姐認吳月娘作乾娘，吳銀兒奉承西門慶的愛妾李瓶兒，認她當乾娘，即使他們都曾經或西門慶正在包養的女人，認作乾爹、乾娘，也使自己能受到西門大官人的保護。王六兒則將身體及性視為一種資本，以此交換錢財，性成為商業工具。反過來說，王六兒是所有女性中，將自己的身位地位抬高到較和西門慶平等的位置，性交易在王六兒而言，是平等的交換。事實上，在許多時候王六兒並不把自己和西門慶看成上下／施受／壓迫承受者。這裡並不是說王六兒有進步的性解放觀念，而是指她純粹將自己與西門慶的性愛關係，當作是勞資關係。她是勞方，西門慶是資方，她不斷計算的是，如何在勞資關係中，找到

27　張潮：〈批評第一奇書金瓶梅〉，《金瓶梅資料彙編》，頁251。

更有利於自己的位置。

　　王六兒和小叔韓二的偷情，潘金蓮與琴童、王潮兒偷情，她們的身體自主，也只是在滿足自己的欲望。但不同的是，當王六兒以身體作情色交易，或作為私娼時，所謀求的是錢財，她考量的是家庭的共同利益，這是她輸身的唯一目的。潘金蓮不同，潘六兒的身體，是欲望的場域，她只為滿足自己的欲望，不惜破壞家庭和諧，甚至加速西門慶喪命。潘金蓮背著武大有染，她雖不重財卻害了命。同時，在她進了西門家後，她成了家庭秩序的破壞者，因為爭寵，她不時地興風作浪，不彰的世道都可顯現在潘金蓮身上。王六兒只是謀財，但潘金蓮卻害命，這是最大的差別。同時，她們有不同的動機：王六兒維護自己家庭的利益，潘金蓮卻不斷破壞家庭和諧，以及家庭的倫理規範。

　　在亂世中王六兒要謀取的是家庭更好的生活，她的謀財，其實就是一個商人般的計算。她對丈夫誠實，她借色求財，謀財但不曾害命。事實上，潘金蓮與王六兒在某些方面的確是互相映襯的，但在「家庭」的功能及意義上，王六兒和潘金蓮是截然不同的：編寫者並不同情家庭秩序的破壞者；反之，對於家庭權益的維護者，雖貪財但不害命者，編寫者似乎慈悲地留她一條生命，因此，她們才有不同的人生結局。

　　在重利好欲的晚明，商人興起的社會文化中，重利好財都不是道德缺失，也不會影響社會價值觀，但害命以及破壞家庭和諧及秩序，是無法見容於當時的社會。因此，王六兒與潘六兒雖都縱欲、出軌，但王六兒的目的是為家庭的最大利益。作者因此給了王六兒善終，讓她可以和小叔韓二在一起，也收受了何官人的物業，耕田維生。世道雖不彰，但人心道德不能淪喪，不能為謀

財或欲望而害命。這也是《金瓶梅》的編寫者，透過利用和潘六兒互為對照的王六兒，細膩地對比她們的欲望背後的目的及作為。我們可以更清楚也看到《金瓶梅》以為世誡的，其實也是隱喻，並彰顯「家庭」存在的功能，同時，透過這些女性身體政治反省著家庭的倫常、秩序的存在。

潘金蓮，她對西門慶的百般奉承及淫欲無度，究竟是她意欲反叛父權社會的秩序，或者其實她才是遵循父權社會的規訓，以身體獻媚好換得生活的保障以及男性愛寵的女子。另一位，作為書名之一的龐春梅，在《金瓶梅》的前八十回裡，她不過是西門府的丫頭，被罄身賣到周守備府作妾。然後在後二十回，她卻有完全不同的命運，成了守備奶奶，淫欲無度若潘金蓮，最終還死於僕人周忠，年方 19 歲的次子周義身上，得年 29 歲。

對比《金瓶梅》中西門慶和他的幫閒兄弟的結黨，是兄弟結義的崩毀，龐春梅和潘金蓮的女性知己情誼彌足珍貴。當春梅仍在西門府時，她和金蓮是主僕、也是知己，更是情同姐妹願生死相依，兩人是有情有義，不爭互讓，這才是維繫家庭和諧之道。這或許是編寫者所讚許的，以西門慶為中心的家庭成員，上下有別，主從有分，但仍能互信互諒，透過潘金蓮與龐春梅的情誼，在情色無度的《金瓶梅》裡，似乎還擁有了一點點人性的良善及真實的情誼。

在兄弟結義、患難與共、死生相隨的《水滸傳》，到了《金瓶梅》，幾乎所有人的關係都只是表面的、虛假的，只剩龐春梅和潘金蓮還有一點真心。若從潘金蓮和龐春梅她們相處的模式來看：春梅對待金蓮的方式，是以身體回報女性知己及主僕之情，如此遙遙對照，《水滸傳》男性兄弟結義到了《金瓶梅》的崩

毀，諷刺幫閒者與西門慶結為兄弟，最終卻是樹倒猢猻散。

　　故事到了最後，成了守備府夫人的龐春梅，她的縱欲，則向潘金蓮看齊。她對於身體自主及情欲自主，使得她最終成為西門慶與潘金蓮的綜合體，或者，進一步可說，龐春梅其實是西門慶加上潘金蓮的化身。而她的死亡與西門慶死亡的姿態相仿，也使得她成為西門慶的女性複刻版。如此，從《水滸傳》到《金瓶梅》的書寫角度，是從「情義」下降到「欲望」，從英雄走到了欲望橫流的日常。

第五章　從身體觀到身體感知的書寫——以《水滸傳》作爲參照

　　《水滸傳》是中國第一篇白話長篇小說，也是第一部英雄傳奇小說。在尚未形成小說前，民間已有不少的水滸故事。在南宋時已流行於民間，形成梁山泊神話，接著以說話的方式來表現而有了《大宋宣和遺事》。《大宋宣和遺事》則是集「宋江故事」之大成者，記粗具規模寫梁山泊好漢的「水滸故事」，是「元代就前人所傳流下來的水滸傳說和作品綜合起來的敘述。」[1]在宋元以來流傳的民間故事、話本、戲曲的基礎上，經過編撰者的整理寫成，長篇說部的《水滸傳》在元末明初誕生，且經過加工、編撰、修訂、潤飾，而有不同的版本。

　　在中國古代名著中，《水滸傳》的版本最為複雜，魯迅將其分為「繁本」（或稱為：文繁事簡）、「簡本」（或稱為：文簡事繁本）兩個系統。[2]繁本系統又分百回、百二十回、七十回。《李卓

---

[1]　嚴敦易：《水滸傳的演變》（臺北：里仁書局，1996 年 4 月 1 日初版），頁 122。

[2]　《水滸傳》的版本頗為複雜。在黃俶成：《施耐庵與《水滸》》（上海：上海人民出版社，2000 年 12 月第 1 版），頁 157 提到：「從明代中期以來，就不斷有專家對《水滸》版本進行考證。20 世紀中，胡適、魯迅、何心、鄭振鐸、何滿子、余冠英、張國光、馬蹄疾、劉世德、王

吾先生批評忠義水滸傳》明萬曆二十八年容與堂本是現存最完整
的百回繁本，還有李贄的評語。至於一百二十回繁本主要有明袁
無涯刊本，是在一百回本的基礎上，再增加據簡本改寫的征田
虎、王慶的故事。至於七十回本，則是金聖歎以百回繁本為底
本，修改而成的刪節本，取其前七十回，將「梁山泊英雄排座
次」，改成「梁山泊英雄驚惡夢」，夢迴後全文結束。簡本則回
目不一，有一百二十回、一百一十五回、一百二十四回等，均有
征田虎、王慶故事。[3]據鄭振鐸考察所言：「無論是繁本、簡
本、一百回本、一百十五回本或一百二十回本……除了金聖歎偽
託的七十回刪本之外，其餘的許多繁本、簡本的《水滸傳》都只
是在原來之上增加了些什麼……但這些增加的痕跡卻是異常明顯

根寧、范寧、馬幼垣等先生考證《水滸》版本作了艱辛的努力，對一些
重點版本基本上確定了年代，並初步劃定若干系統。」在頁 160 則說
明：「按回數分，有七十回本、一百回本、一百〇二回本，一百一十回
本、一百一十五回本、一百二十回本、一百二十四回本等。」「魯迅分
為簡、繁二系統，並以繁本由簡本發展而來。後來研究者發現，有的簡
本當中故事情節反而多，有的繁本當中情節反而少（但增加細節，增多
詩詞）。於是又有人分為文繁事簡本、文簡事繁本、文繁事繁、文簡事
簡等幾個系統。」另外，《水滸傳》的版本整理，參附錄一。

本書使用的版本為，李卓吾評本，〔明〕施耐庵、羅貫中著，〔明〕李
贄評：《水滸傳》（上海：上海古籍出版社，1988 年 11 月 1 版，2009
年 5 月第 7 刷）。

版本的討論，亦可參傅正玲：《悲壯與蒼涼——水滸意境的探討》（臺
北：文津出版社，2001 年 11 月）。

3　齊裕焜：《明代小說史》（杭州：浙江古籍出版社，1997 年 6 月第 1
版），頁 97-98。

的。」[4]

　　《水滸傳》的結構布局：誤走妖魔—史進魯智深等出現—劫生辰綱—殺閻婆惜—鬧江州—三打祝家庄—打曾頭市—梁山泊英雄排座次—鬧東京—二敗童貫—三敗高太尉—全伙受招安—征方臘—功成遭害—魂聚蓼兒洼。[5]由情節連綴而成的敘事結構，就整體觀之，「的確是一部很偉大的很完美的悲劇」。民間故事的流傳，使得水滸敘事越來越豐富，最後編撰者寫成的水滸版本，背後都有時代環境的因素，以及編撰者的敘事意圖。不同的刪改本意味著編撰者不同的接受觀點。因此，《水滸傳》在不同時期不同版本所構成的文本接受史，意味著歷代讀者的理解以及詮釋的角度。[6]

　　《水滸傳》大約在明代嘉靖年間就開始流行了，從它進入讀者的視野開始，《水滸傳》的接受史也就開始了。不論是各種版本的《水滸傳》評點、續書、再創作都是對於《水滸傳》的接

---

[4]　鄭振鐸：〈水滸傳的演化〉，《名家讀水滸傳》（濟南：山東人民出版社，1998 年 1 月第 1 版），頁 64-65。

[5]　鄭振鐸：〈水滸傳的演化〉，《名家讀水滸傳》，頁 65-66。

[6]　《水滸傳》接受史就是關於《水滸傳》的編寫史、闡釋史、影響史，同時也可以說是它的讀者史的說明。據高日暉、洪雁：《水滸接受史》（濟南：齊魯書社，2006 月 7 月第 1 版）。高日暉、洪雁在此書中，緒論，頁 8 說明：「中國文學接受史的研究範疇包括，作品闡釋史，主要考察歷代讀者是如何闡釋作品的意義的……無論是探求作者的本意、作品啟示的意義——這是傳統文學研究的基本內容，還是考察讀者賦予本文的意義。」另一方面是「影響史，包括作家影響史和作品影響史兩個部分內容，主要考察具體的作家和作家群體對後代作家的影響，以及具體的作品和流派對後代作品的影響。」在這裡說明了《水滸傳》的接受史中，包含對於它的闡釋，以及它的影響。

受。在《水滸傳》的接受史中，蘭陵笑笑生的《金瓶梅》則是對於《水滸傳》的再創作，並轉譯成新文本。

　　在儒家傳統上，男性在文化社會底下被賦予及期待的是：修身、齊家、治國、平天下。因此男性的身體是個人－家庭－社會－國家的連結。在《金瓶梅》之前的宋明小說，有歷史大敘事的《三國演義》、英雄傳奇的《水滸傳》，或者是更為巨大視域的神魔小說《西遊記》。然而《金瓶梅》小說截取《水滸傳》一段故事敷演而成。《水滸傳》是強調男性身體力氣、強健與勇敢的英雄書寫。《金瓶梅》則轉而注意生活細節，描寫男女欲望，以及書寫女性身體，《金瓶梅》回到了人本身的描寫。例如在《水滸傳》裡的徒手打虎的英雄武松，到了《金瓶梅》則成了打虎、殺嫂卻無法對抗市井惡霸西門慶的官商勾結，武松成了悲劇人物。事實上，明代商人階層的興起，使得小說敘事進入市民文化的敘事思潮。[7]同時，也因商人階層的興起，也導致個人及身體的被重視，不論是養生或縱欲。

　　宋明的儒士文人對於倫理傳統的堅持，表現在家法族規的討論，對於女性的限制亦繁多。至晚明，重欲好利的社會風氣興盛，城市商業繁榮，商人階層興起，加上在上位者的荒淫，使得社會的價值向欲與利傾斜。士商階層原本是涇渭分明的地位，開始流動向利益欲望靠攏，使得原有的傳統倫理思想被破壞。《水滸傳》重義的遊俠，本自外於君臣倫理，個人的色彩也會增加，以成就英雄。英雄敘事突顯陽剛的身體，就此亦可進一步瞭解在

7　高小康：《中國古代敘事觀念與意識形態》（北京：北京大學出版社，2005 年 9 月），頁 11。

《水滸傳》中男性身體力與美如何被表現，並思考《水滸傳》中衝撞的男性、或被規訓的女性身體敘事。

　　本章欲省視從《水滸傳》到《金瓶梅》的身體書寫視角的改變。武松打虎及武松殺嫂祭兄的事，被改寫成西門慶的家庭故事時，武松形象的轉變為何？又透過《水滸傳》三寫元宵到《金瓶梅》四寫元宵節慶，思考從《水滸傳》到《金瓶梅》的身體敘事的轉變。同時省視從《水滸傳》到《金瓶梅》的身體敘事底下，編寫者如何看待女性的身體。作品在歷史文化語境下呈顯的身體敘事，以及身體敘事在小說史上其繼承的脈絡或轉變的意義。

第一節　《水滸傳》中男性身體符號與女性身體書寫

　　《水滸傳》敘寫了男性身體的符號，包括水滸男子刺青紋繡、金印的身體印記，以及他們手持的刀械、所著衣飾：刺青花繡代表的是男性的剛毅堅強及勇敢，是力的展現；至於金印，則代表著罪犯的印記，烙在臉上，行走於江湖中是不可磨滅的印記，具衝突悲壯感。還有表現了男性的陰柔之美——簪花飾花，是華美又帶著衝突的意象。

　　《水滸傳》中以男性為主，對於女性身體書寫多帶著家室之累與禍水紅顏眼光的道德批判。在此節中，同時討論《水滸傳》的女性在性別政治的期待下如何被書寫？可看到文中最溫婉貞節的林沖娘子，最後以自縊保全自己的名節；扈三娘一丈青美豔動人武藝過人，但在「義」字底下只能作一位命運被決定，沈默的女將；還有那些牽累了男人的禍水紅顏，她們的身體是如何被殘

酷地懲罰？

一、強健、野性的男性身體符號

（一）高壯的身形、刺青花繡的男性身體符號

　　刺青在中國古典文獻中——《左傳》、《禮記》、《莊子》、《山海經》、《史記》、《酉陽雜俎》都有記載，又稱紋身、雕青、扎青、點青、剳青、鏤身、雕題、花繡。[8]刺青的符號意義，從部族的圖騰象徵、刑罰、軍隊中的健兒文化，[9]到《水滸傳》中已成為男性的審美意識，代表勇敢以及力量。

　　水泊梁山的英雄好漢能在江湖走踏，必然要有良好的武藝或過人的膽識，例如，神行太保戴宗有神能：「黃旗書令字，紅川映宣牌。兩隻腳行千里路，羅衫常惹塵埃，程途八百去還來。神行真太保，院長戴宗才。」（第 38 回）或者，他們會有強壯或者高大又或者黑壯的身體形象，例如：**魯智深**打了八十一斤關王刀，六十二斤水磨禪杖，這重量一般人根本使不動。（第 4 回）**雷橫**有過人膂力：「身長七尺五寸，紫棠色面皮，有一部扇圈鬍鬚。為他膂力過人，能跳二三丈闊澗，滿人都稱他為插翅虎。」（第 13 回）**朱全**的武藝精通，超群出眾，且「彎弓能射虎，提劍可誅龍。一表堂堂神鬼怕，形容凜凜威風。面如重棗色通紅。雲長重出世，人號美髯公。」（第 13 回）

8　溫昇泓：《隱身於黑暗中的藝術——唐宋紋身藝術之探討》（屏東：屏東教育大學視覺藝術學系碩士論文，2010 年），頁 1，註釋 1。

9　溫昇泓：《隱身於黑暗中的藝術——唐宋紋身藝術之探討》，頁 17-44、80-87、122-134。

　　武松自是不用說，能徒手打死老虎，他的「身長八尺，一貌
堂堂，渾身上下有千百斤氣力。」（第 13 回）**宋江**表字公明，排
行第三，「祖居鄆城縣宋家村人氏。為他面黑矮，人都喚他做黑
宋江。又且于家大孝，為人仗義疏財，人皆稱他做孝義黑三
郎。」（第 18 回）對於鎮三山**黃信**的描述也是如虎豹似蛟龍：
「相貌端方如虎豹，身軀長大如似蛟龍。平生慣使喪門劍，威鎮
三山立大功。」（第 33 回）霹靂火**秦明**則以許多動物的形象作為
他鮮明且暴烈性格的描寫：「盔上紅纓飄烈焰，錦袍血染猩猩，
獅蠻寶帶束金輊。雲根靴抹綠，龜背鎧堆銀。坐下馬如獅，狼牙
棒密嵌銅釘，怒時兩目便圓睜。性如霹靂火，虎將是秦明。」
（第 34 回）黑旋風**李逵**如黑熊似鐵牛又猙獰似狻猊：「黑熊般一
身粗肉，鐵牛似偏體頑皮。交加一字赤黃眉，雙眼赤絲亂繫。怒
髮渾如鐵刷，猙獰好似狻猊。天蓬惡殺下雲梯。李逵真勇悍，人
號鐵牛兒。」（第 38 回）這裡只略引 108 條好漢中數人，即可見
《水滸傳》的編寫者將這些男性的英雄形象，以他們的外在身
長、怒髮、紅臉、長髯、赤眼、怒目、黑膚、氣力、武藝來強調
他們的英雄或非凡形象。並以虎、豹、蛟龍、鐵牛、狼、狻
猊……來形容他們的勇猛健壯，十分動物性也十分野性的形容方
式，同時，也關注了男性身體形象強壯勇猛的特徵，而這些描寫
到了《金瓶梅》則轉換成對於女性容貌、穿著服飾、形象更細緻
地描寫。

　　《水滸傳》對於男性身體除了強壯高大等身體等徵的描述，
還有關於紋身的書寫。紋身，是一種圖騰崇拜也是一種身體符號
的表現，當然，廣義的紋身還包括了懲戒犯人的記號，這在《水
滸傳》中特別以「金印」名之，留待下一小節說明，在此的紋身

或稱花繡，在《水滸傳》代表的是男性身體的美感。

　　約早在殷商時期，即有關於紋身的史料記錄，[10]早期先民的紋身為部族的圖騰，到了周代的記載，則轉而為墨刑的刑罰。《漢書‧刑法志》言漢興之初，「墨者使守門」，使「黥面之人不妨禁衛也」。此外，紋面紋身多半代表著蠻夷之族，華夏民族則以紋面為黥面代表著刑罰的符號。到了唐代胡漢融合，紋身成為身體裝飾及流行藝術，在《酉陽雜俎》卷八「黥」的記載：「荊州街子葛清，勇不膚撓，自頸已下遍白居易舍人詩……凡刻三十餘處，首體無完膚。」說明當時人對於紋身的觀念已轉而為藝術審美觀。[11]當然，在當時對於紋身除了有藝術審美的態度，也成為惡少的象徵，這也是次文化的流行，因為紋身代表的是美、是力，也是某一種群體的認同。

　　且看看《水滸傳》裡那些好漢的紋身：九紋龍史進，「刺著一身青龍，銀盤也似一個面皮，約有十八九歲。（第 2 回）頭戴一字巾，身披朱紅甲，穿青錦襖，下著抹綠靴，腰繫皮胳膊，前後鐵掩心，一張弓，一壺箭，手裡拿一把三尖兩四竅八環刀。」「又請高手匠人與他刺了這身**花繡**，肩臂胸膛總有九條龍，滿縣人口順，都叫他做**九紋龍**。」（第 2 回）史進身上紋著一身青龍從肩臂到胸共九條龍，因為龍本身是祥獸，這使得史進的形象鮮明突出。

10　溫昇泓：《隱身於黑暗中的藝術──唐宋紋身藝術之探討》。在此論文中搜羅對於紋身研究的期刊或研討會論文，在頁 64-65，引用的資料中提及 1929 年「三星堆遺址」的出土文物中，即為考古學家現殷商時期先民的紋身證據。

11　〔唐〕段成式：《酉陽雜俎》（臺北：藝文印書館，1965 年）。

魯智深，「智深把皂直裰褪膊下來，把兩隻袖子纏在腰裡，露出脊背上花繡來，扇著兩個膀子上山來。」（第 4 回）「轉入林子裡來，吃了一驚。只見一個胖大和尚，脫的赤條條的，背上刺著花繡，坐在松樹根頭乘涼。」（第 17 回）「人見洒家背上有花繡，都叫俺花和尚魯智深。」（第 17 回）「原是延安府老種經略相公帳前提轄，姓魯，名達；為因三拳打死了一個鎮關西，逃走上五台山，落髮為僧，因他脊樑上有花繡，江湖上都呼他做花和尚魯智深。」（第 27 回）《水滸傳》中多次述及魯達，都以他背脊上的花繡作為描述重點，也使得他這個吃肉喝酒的形象與和尚之間更具衝突，也因身上花繡使他有花和尚之名。最後他坐禪圓寂，都是動與靜，暴力與和諧的衝突美學，也使得梁山好漢具非凡的英雄特質。

《水滸傳》中美麗的男子之一的浪子燕青，「這人是北京土居人氏，自小父母雙亡，盧員外家中養的他大。為見他一身雪練也似白肉，盧俊義叫一個高手匠人，與他刺了這一身遍體花繡，卻似玉亮柱上鋪著軟翠。若賽錦體，由你是誰，都輸與他。不則一身好花繡，更兼吹的、彈的、唱的、舞的、拆白道字、頂真續麻，無有不能，無有不會。」（第 61 回）「那前面的好漢把燕青手一拖，卻露出手腕上花繡，慌忙問道：你不是盧員外家甚麼浪子燕青？」（第 62 回）「眾人看燕青時，打扮得村村樸樸，將一身花繡把衲襖包得不見，扮做山東貨郎任原看了他這花繡，一似玉亭柱上鋪著軟翠，心中大喜，問道：漢子，你是哪裡人氏？因何到此？」（第 74 回）「數杯之後，李師師笑道：聞知哥哥好身紋繡，願求一觀如何？燕青笑道：小人賤體，雖有些花繡，怎敢在娘子跟前揎衣裸體？李師師說道：錦體社家子弟，哪裡去問揎

衣裸體？」燕青並非是梁山兄弟中武藝卓然超群者，但他一身花
繡襯著雪白肌膚，連李師師都想一睹他花繡的丰采。這裡的書寫
雖然未曾寫欲，卻以隱含的欲望顯現男性的力與美。

　　病關索楊雄：露出藍靛般一身**花繡**，兩眉入鬢，鳳眼朝天。
淡黃面皮，細細有幾根髭髯。（第 44 回）花項虎**龔旺**：一個喚做
花項虎龔旺，**渾身上刺著虎斑**，脖項上吞著虎頭，馬上會使飛
槍。（第 70 回）短命二郎**阮小五**：那阮小五斜戴著一頂破頭巾，
鬢邊插朵石榴花，披著一領舊布衫，露出**胸前刺著的青鬱鬱一個
豹子**來，裡面匲紮起褲子，上面圍著一條間道棋子布手巾。雙尾
蠍**解寶**：這個兄弟解寶，更是利害，也有七尺以上身材，面圓身
黑，**兩隻腳上刺著兩個飛天夜叉**，有時性起，恨不得騰天倒地，
拔樹搖山。（第 49 回）虎斑、藍靛花繡、豹子、飛天叉都指涉了
男性勇猛力量。

　　《水滸傳》中的紋身又稱為花繡，它可以紋在男人的胸、
背、腿、手臂，紋身是刺痛身體並留下永恆的符號，所以它也意
味著男人忍受的疼痛，是勇敢。它代表了一種藝術，是男人身上
的織錦，所以好的花繡是要請「高手匠人」紋上，在《水滸傳》
中，最引人注意的紋身花繡，大約是魯智深、史進跟燕青的紋
身。魯智深是粗莽的大漢，因為背上刺著花繡，而有了「花和
尚」的稱呼。史進則因為身上紋著九條龍，龍本身是神能的想
像，史進的一身青龍很難不引人注目。至於燕青，大約是《水滸
傳》中最迷人的男人，一身雪白膚色，卻遍體紋身，彷著「玉亮
柱上鋪著軟翠」，連傾國傾城的李師師都想一睹他的紋繡，足見
在《水滸傳》中所描寫的紋身是一種審美的象徵，也因此男性女
性都為他的花繡著迷，這也成為男性身體美學書寫，刺青花繡是

難以去色，即使在今日大約也得以雷射或手術的方式去除這在身上所留下的深深記號，更何況在宋代或者更早的時候，而這些紋身更使水滸男兒更具野性狂暴的美學。

這裡的花繡紋身在男性身體上的表現，除了彰顯男性的勇敢（不怕疼痛），也表現對於男性身體的觀看及審視，對於男性身體書寫不再只是力氣這樣野性的表現，而是更加關注男性身體存在的細節。《水滸傳》對於男性身上紋著的龍、虎、豹、飛天夜叉、龍或一片軟翠般的花繡的描寫，必然能開啟在《金瓶梅》轉而敘述女性時對於女性衣著服飾，以及身體細節的描寫。也就是說，《水滸傳》中對於英雄個別的身體的描摹及敘述，其實也開啟了《金瓶梅》女性身體書寫時，關照女性身體細節書寫的一種可能。

（二）罪犯的金印

金印和花繡雖然都是紋刺在身上，但是刺青表現了是男性的強健與野性的美感，而金印卻是罪犯的符號。水滸男子的身體印記，除了他們手持的刀械、所著衣飾，另外就是臉上的刺青及金印。刺青代表的是男性的剛毅堅強及勇敢；金印則代表著罪犯以及放逐。

金印，即是「刺字」的另一委婉說法。宋朝時，犯人徒流遷徙的臉上刺字，這是罪犯的印記，但在言語中不言刺字，而改喚做「打金印」。刺字作為犯人的標記，是一種刑罰，又可以在犯人出逃時很快被辨認出來。金印所刺的部位一般在臉頰上，再燒灼及塗藥將字塗作黑色，故刺字又稱刺面、黥面、墨面。「刺面之法，專處情犯凶蠹，而鈍偶麗於罪，皆得全其面目，知所顧

藉，可以自新。」[12]刺字，是從古代墨刑演變過來的，始於五代的後晉，而宋代的刺配法，既要杖脊，又要流配，還要刺其面，水泊梁山上的林沖、武松、宋江都是如此。金印，即是罪犯的印記，在《水滸傳》中還意味著官府的不公不義。

《水滸傳》中臉上帶著罪犯金印的人中，最為荒謬的是**何濤**，因他是緝捕使臣卻捉不到搶走生辰綱的賊人，太師下令在十天內要捉拿完備，差人解赴東京，濟州府尹受到上級壓力，若十日之內不得完成，府尹將受牽連。府尹驚懼，找來緝捕使何濤，知其無所獲，竟然先在他臉上刺字：「你是個緝捕使臣，倒不用心，以致禍及於我。先把你這廝迭配遠惡軍州，雁飛到去處！便喚過文筆匠來，去何濤臉上刺下『迭配＿＿＿州』字樣。」（第17回）「府尹將我臉上刺下『迭配＿＿＿州』字樣，只不曾填甚麼去處，早晚捉不著時，實是受苦！」（第17回）預先刺字留白州名，讓金印的符號在《水滸傳》一開始就讓讀者感受官府的無能，以及無能之餘的荒謬行徑。

林沖因高太尉的兒子高衙內看上了他的娘子，奪取不成便設計陷害他，且定他的罪：「就此日府尹回來升廳叫林沖除了長枷，斷了二十脊杖，喚個文筆匠刺了面頰，量地方遠近，該配滄州牢城。」（第8回）當陸謙與高太尉合謀要取林沖性命，要公人在林沖刺配滄州遠山惡水的途中結束他的性命，並以林沖臉上的金印作為證物：「明日到地了時，是必揭取林沖臉上**金印**回來做表證，陸謙再包辦二位十兩金子相謝。守等好音，切不可相

12　〔元〕脫脫，《宋史・刑法志三》（臺北：藝文印書館〔據清乾隆武英殿本刊行〕，1965年），卷201。

誤。」對於林沖而言，曾為禁軍教頭，卻淪為惡地配軍，還必須在臉上打上金印，最後取他性命不成，林沖在不斷忍讓之後，被逼得奔上梁山，他是《水滸傳》最典型的官逼民反的悲劇人物了。

　　武松則是少數臉上刺有兩個金印的好漢。他為民除害殺了大蟲（老虎）以及市井大蟲西門慶，並為哥哥報仇將嫂嫂潘金蓮剖心祭兄，然後提著兩顆人頭，自行投官府認罪，武松這次被刺配孟州牢城刺下的金印，即使是英雄豪氣的印記，也仍是罪犯的符號：「牢中取出武松，讀了朝廷明降，開了長枷，脊杖四十；上下公人都看覷他，止有五七下著肉。取一面七斤半鐵葉團頭護身枷釘了，臉上免不得刺了兩行金印，迭配孟州牢城。」（第 27回）武松在過程中受到公人的照應，因為他本也是官府中人。在流配的路途中武松遇到張青、孫二娘夫婦，他們將他以頭陀行者的形象裝扮，好遮住武松臉上的金印。到了孟州牢城，武松因替施恩報仇，結怨於蔣門神，後又被蔣門神與張都監設計，以賊人誣陷武松，武松第二次被打入死牢，再度被刺配恩州牢城：「當廳把武松斷了二十脊杖，刺了金印，取了一面七斤半鐵葉盤頭枷釘了，押一紙公文。」（第 30 回）因此，武松臉上有了兩個金印：「看起這賊頭陀來，也不是出家人，臉上見刺著兩個金印。」（第 32 回）武松臉上的兩個金印代表的是兄長的血仇，也是對於官府不義的嘲諷。

　　然而，這些被刺配的人中，其他人多以遮掩的方式使金印不顯眼，唯有宋江設法除去金印。**宋江**因他殺了閻惜婆被脊杖二十，刺配江州牢城。（第 36 回）且說，在水泊梁山上，第一代領袖王倫，被有金印的林沖火拼掉。第二代領袖晁蓋死後，接手的

領導者宋江亦有金印。林沖是被高太尉逼上梁山，他也因此家破人亡；宋江則是為了幫助梁山義士們，為女流所累，殺了閻惜婆，又因有志難伸，在忠與義之間不斷抉擇，最後才上梁山。他不只一次對兄弟們說等待朝廷招安，例如他曾對武松說：「兄弟，你只顧自己前程萬里，早早的到了彼處。入夥之後，少戒酒性。如得朝廷招安，你便可攛掇魯智深、楊志投降了。日後但是去邊上，一鎗一刀，博得個封妻廕子，久後青史上留得一個好名，也不枉為人一世。我自不無一能，雖有忠心，不能得進步。兄弟，你如此英雄，決定得做大官。可以記心，聽愚兄之言，圖個日後相見。」（第 32 回）當宋江上了梁山成了第三代領導者，至孝的黑三郎宋江認為梁山兄弟是替天行道，期待有一天能被朝廷招安，如此方可忠義兩全，才能建功立業。

　　宋江為了找尋被招安的可能，他要進京城──但宋江在儒生思想下，他認為金印是罪犯的象徵，帶著金印是無法面對朝廷要員或命官，因此必須除去作為罪犯而刺配的符號，方覺能面聖：「看官聽說，宋江是個文面的人，如何去得京師？原來卻得神醫安道全上山之後，卻把毒藥與他點去了。後用好藥調治，起了紅疤，再要良金美玉，碾為細末，每日塗抹，自然磨消了。那醫書中說美玉滅斑，正此意也。」（第 72 回）這裡寫宋代醫藥，也暗指宋江想塗抹去不忠不義的印記，因為在金印符號底下，宋江只是罪犯、是造反者、是匪寇，已失去儒生建功立業的可能，因此請了神醫安道全，為其去除印記。

　　宋江「必須」去除金印，暗喻著宋江重塑自己身分與認同的可能及必須，所以宋江必得被招安，水泊梁山終將成為過去，故事的悲劇結局早已在一開始已展開。水泊梁山，從此是這些水滸

男子們回不去的伊甸樂土。

（三）簪花展現的男性柔與美

　　水滸男子不只有著陽剛強悍的形象，因為他們愛簪花，使得水滸男子展現柔美的一面，沖淡了男性的暴烈及殺氣，水滸男子身體的展現因此是力與美共存。描寫梁山好漢飾花、簪花的書寫，如：阮小五「鬢邊插朵石榴花」（第 15 回），燕青則是「鬢畔常笄四季花」（第 61 回）。宋江在梁山泊忠義堂上的重陽大會作的《滿江紅》寫道著：「頭上盡添白髮，鬢邊不可無黃菊」（第 71 回）。招安後的梁山好漢 108 人頭上全部戴著御賜的金花，參加了皇帝的筵席。宋江等人賞花燈時，柴進、燕青在東京酒樓上，「憑欄望時，見班直人等多從內裡出入，襆頭邊各簪翠葉花一朵」，一位姓王的班直（觀察）告訴他們：「今上天子慶賀元宵，每人皆賜衣襖一領，翠葉金花一枝……如有宮花錦襖，便能勾入內裡去。」（第 72 回）此時戴在頭上的翠葉金花，是進出皇裡的通行證。在《水滸傳》中男性簪花的描寫是與元宵節的描述相呼應，在元宵節時從社火、燈火、煙花、簪花，火的耀眼與寂滅，花的燦爛與凋零，一路成了美麗與毀滅，生與死，剛與柔的揉和。

　　簪花成了身分表徵、個人形象建立，使得梁山好漢在殺人不眨眼以及飾花的形象中，形成既衝突又柔美的狂亂迷離景象。表現了男性的陰柔之美——集體的簪花飾花，這亦呼應了元宵的燈火、煙火意象，是華美，且又帶著衝突毀滅的男性身體書寫。《水滸傳》一書寫草莽英雄，必然充滿了男性身體陽剛的書寫與展現，但可透過元宵節男性飾花簪花，看到充滿陽剛也帶著柔美的男性身體，是力與美的展現，這樣的身體書寫細節也為《金瓶

梅》的女體書寫展開了剛柔並存的筆法。

二、性別政治底下《水滸傳》女性的身體書寫

　　《水滸傳》的女性其實為數不少，包括各式各色的女子。[13]
有**女將**能名列在天罡地煞 108 條好漢中，武藝精湛如一丈青扈三
娘、膽識過人如母大蟲顧大嫂，也有將來往商旅視為俎上肉，好
作成包子餡的母夜叉孫二娘。自然也有少**數溫婉動**人的女子，例
如林沖娘子，最後為因高太尉威逼婚事而自縊。另外一類則是**禍
水紅顏**般考驗英雄的女性：武大出軌的妻子潘金蓮；宋江出軌的
妾室閻婆惜；盧俊義他那和管家私通的妻子賈氏；楊雄的妻子潘
巧雲，她不僅與和尚海闍黎私通，還離間了楊雄和好友石秀，以
及劉高劉知寨之妻陷害了宋江。當然還有其他許多女性，如美麗
聰穎的青樓女子李師師，也有三姑六婆……等等。

　　在此，並不細論所有的《水滸傳》女性。《水滸傳》裡的女
性，不論是女將或者美麗紅顏，在文中的描述多被框限在父權社
會的思想中，即使如同驍勇善戰膽識武藝過人的一丈青，她的婚
姻、命運都是被男性安排，更遑論其他女性。《水滸傳》女性的
身體書寫其實是被框限在性別政治底下，本節擬討論並將《水滸
傳》中的三位女將、柔順的林沖娘子，以及成為男性「家室之
累」的禍水紅顏，他們的死亡及所表現的身體書寫。

13　關於《水滸傳》女性研究的專論，在學位論文中有幾本研究，李文瑤：
　　《《水滸傳》女性研究》（彰化：彰化師範大學國文系碩士論文，1994
　　年）。以及黃聿寧：《《水滸傳》中的女性及其影響》（高雄：中山大
　　學中文系碩士論文，2007 年）。

（一）女將的命運及身體書寫——扈三娘、顧大嫂、孫二娘

　　一丈青扈三娘，她是《水滸傳》女將中排名最高的，卻是最沈默地接受命運的女人。一丈青具有美貌及武藝，且她「使兩口日月雙刀，馬上如法了得。」（第 47 回）她出場的描述豔驚四座：「山坡下來軍約有二三十騎馬軍，當中簇擁著一個女將，怎生結束？但見霧鬢雲環嬌女將，鳳頭鞋寶鐙斜踏。黃金堅甲襯紅紗，獅蠻帶柳腰端跨。把雄兵亂砍，玉纖手將猛將生拿。天然美貌海棠，一丈青當先出馬。」連宋江都說：「剛說扈家莊有這個女將好生了得，想來正是此人。誰敢與他迎敵？」（第 48 回）她的武藝精湛，只有林沖才能降服她。然而，她的命運坎坷，原已有了未婚夫祝彪，是武藝本領高強，同時和她是門當戶對的金童玉女。但就在宋江看到祝家莊門前白旗上面寫著：「填平水泊擒晁蓋，踏破梁山捉宋江。」宋江大怒，立誓道：「我若打不得祝家莊，永不回梁山泊。」（第 48 回）終究，祝家莊被火燒夷為平地，也在祝家被滅族後，一丈青被帶回梁山上。

　　在此，還可以說說另一位被宋江決定婚姻的女性。原來，一丈青並不是唯一的一位被宋江設計成婚的女子。事實上，不得不留在梁山上的霹靂火秦明，是宋江定出計策，叫小卒穿秦明衣甲、頭盔，騎著那馬，橫著狼牙棒，直奔青州城下殺人放火，後來秦明的妻兒都被殺了，妻子首級還被挑在鎗上示眾，讓秦明有家難奔，有國難投，要秦明絕了歸路的念頭。秦明對宋江說：「你們弟兄雖意要留秦明，只是害得我忒毒些個！斷送了我妻小一家人口。」宋江答道：「不恁地時，兄長如何肯死心答地？雖然沒了嫂嫂夫人，宋江恰知得花知寨有一妹，甚是賢慧，宋江情願主婚，陪備財禮與總管為室，若何？」（第 34 回）宋江和黃信主

婚，燕順、矮腳虎、鄭天壽做媒說合，把花榮的妹妹嫁與秦明。
花榮和妹妹都沒有說話，一應禮物，都是宋江和燕順出備，吃了
三五日筵席。（第 35 回）在此，由於花榮妹妹的描述不多，也只
看到宋江一句話就定了她的終身，花榮作為兄弟也未置一詞，女
性彷彿是男性結義儀式上的祭品，被獻祭以成全男性結盟。

　　然而一丈青，原是有未婚夫的，卻在家破人亡被滅族之後，
還被迫嫁給好色、平庸、自私的矮子虎。且說，宋江等人活捉了
一丈青後，宋江收回大隊人馬，到村口下了寨柵，先教將一丈青
過來。喚二十個老成的小嘍囉，著四個頭領騎四匹快馬，把一丈
青拴了雙手，也騎一疋馬，「連夜與我送上梁山泊去，交與我父
親宋太公收管，便來回話。待我回山寨，自有發落。」（第 48
回）眾頭領都以為宋江自要這個女子。待回了山寨，宋江喚來矮
腳虎說道：「我當初在清風山時，許下你一頭親事，懸懸掛在心
中，不曾完得此願。今日我父親有個女兒，招你為婿。」宋江請
出宋太公，引著一丈青扈三娘到筵前，宋江親自與他陪話，說：
「我這兄弟王英，雖有武藝，不及賢妹。是我當初曾許下他一頭
親事，一向未曾成得。今日賢妹你認義我父親了，眾頭頭都是媒
人，今朝是個良辰吉日，賢妹與王英結為夫婦。」（第 51 回）一
丈青見宋江「義氣深重」，推卻不得，兩口兒只得拜了。晁蓋等
眾人皆喜，都稱賀宋公明真乃有德有義之主。當日盡皆筵宴，飲
酒慶賀。

　　這樣一樁被指配的婚事，又是在梁山泊的聚義廳上，一丈青
的婚姻就像一則議事般被決定，而被決定的內容正是一丈青的終
身。事實上，「女性身體處於權力結構之中，如果說在傳統的封
建社會中，男性文化控制女性的手段是通過控制女性的身體而使

之成為一種缺失主體意識的物的存在，那麼現代男性文化控制女性身體的方式，則是通過女性的自我認同而使女性馴化為一個被動的主體。」[14]意味的就是馴化、控制女性的身體，使其臣服並納入性別政治的認同中。

　　回到一丈青身上，在此對於一丈青的情緒或情感描述只有一句話：「**一丈青見宋江義氣深重，推卻不得**」，於是當場拜堂，梁山兄弟當日也盡皆筵宴。以義結盟的兄弟，對於兄弟的承諾自然是極重要的，至於一丈青扈三娘，即使她的才貌過人，她的生命是被宋江允許留下的，她的婚姻及命運自然歸屬於宋江支配，更何況，宋江先認了她為義妹，於情於理，在父權社會的性別政治底下，父兄安排婚事是家庭倫理，也因此，一丈青只能覺得宋江是義氣深重，因此推卻不得。

　　另一位母夜叉孫二娘與她的丈夫菜園子張青，夫妻兩個亦是江湖上有名好漢，甚是好義氣。然而他們的義氣只對江湖好漢，過往商客入眼的則被他們蒙昏殺了，或當成黃牛肉賣了或作成人肉饅頭。孫二娘並不美，卻能利用女性身體語言拐騙商客，且藝高人膽大。武松眼中看到的孫二娘是：「早望見一個酒店，門前窗邊坐著一個婦人，露出綠紗衫兒來，頭上黃烘烘的插著一頭釵環，**鬢邊插著野花。**」「下面繫一條鮮紅生絹裙，搽一臉胭脂鉛粉，敞開胸脯露出桃紅紗主腰，上面一色金鈕。」（第 27 回）事實上，孫二娘是「眉橫殺氣，眼露兇光。轆軸般蠢坌腰肢，棒槌似桑皮手腳。厚鋪著一層膩粉，遮掩頑皮；濃搽就暈胭脂，直侵

14　李蓉：《中國現代文學的身體闡釋》（臺北：秀威資訊科技公司，2010年6月1版），頁 301。

亂髮。紅裙內斑斕裡肚，黃髮邊皎潔金釵。釧鐲牢寵魔女臂，紅衫照映夜叉精。」（第 27 回）孫二娘俗豔的形象，正好符合旅店老闆娘的樣貌。

帶著死神氣息的孫二娘對著假裝被蒙汗藥蒙昏的武松，她的動作是：「那婦人一頭說，一面先脫去了綠紗衫兒，解下了紅絹裙子，赤膊著便把武松輕輕提將起來。」武松則順勢抱住孫二娘，並且「把兩隻手一拘，拘將攏來，當胸前摟住，卻把兩隻腿望那婦人下半截只一挾，壓在婦人身上。那婦人殺豬也似叫將起來。那兩個漢子急待向前，被武松大喝一聲，驚的呆了。那婦人被壓在地上，只叫道好漢饒我！那裡敢掙扎。」（第 27 回）在這裡的描述看到孫二娘的身體語言：她本是仗著自己有能耐是個女漢子，因此她自己先脫去衣衫解下紅絹裙子，像個男人般打算宰殺武松，沒料到武松的回擊是以更強大男人的姿態，也帶著性暗示的身體語言壓制孫二娘：「把兩隻腿望那婦人下半截只一挾，壓在婦人身上」，在性別身體的暗示下，當力氣大不過武松時，精明強悍的孫二娘也叫將起來要「好漢饒我」，還好丈夫張青恰好進門解了危，後來武松與張青結拜為兄弟。

關於孫二娘的身手外貌的描寫是為了誘騙過往商客，與丈夫張青則是顯示夫唱婦隨的生活狀態。因為張青不斷說著：「小人多曾吩咐渾家三等人不可壞他，第一是雲遊僧道，他又不曾受用過分了。」「又吩咐渾家道，第二等是江湖上行院妓女之人，他們是衝州撞府，逢場作戲，陪了多少小心得來的錢物。」「又吩咐渾家道，第三等是各處犯罪流配的人，中間多有好漢在裡頭，切不可壞他。」（第 27 回）由是，孫二娘的形象書寫較之沈默的一丈青，已多了幾分顏色。

　　至於母大蟲顧大嫂，則是三位女將中的描寫較多者。首先在登州山下有一獵戶，弟兄兩人，哥哥喚做解珍，兄弟喚作解寶，他們後來被陷入牢，獄中小節級樂和，樂和的姐姐嫁給孫提轄為妻，樂和和解珍兄弟敘起來是遠親：「開張酒店，家裡又殺牛開賭。他那姐姐是三二十人近他不得，姐夫孫新這等本事，也輸與他。」「眉粗眼大，胖面肥腰，插一頭異樣釵環，露兩臂時興釧鐲。紅裙六幅，渾如五月榴花；翠領數層，染就三春楊柳。有時怒起，提井欄便打老公頭；忽地心焦，拿石碓敲翻莊客腿。生來不會拈針線，正是山中母大蟲。」（第 49 回）對於顧大嫂外貌的描述，是氣力大，近似男性勇猛的形象，她健壯但不會針黹，即使插上簪釵也不細緻柔美，而是狂暴的在插上一頭釵環，甚至在暴怒時是會打老公，非常不具有傳統女性的樣貌，完全是個女漢子──這似乎也是描寫女性時的刻板印象──在性別政治底下，傳統女性當溫柔婉約，或者賢慧大度，至於女英豪則是豪邁甚至具有陽剛特質。事實上，顧大嫂在待人處事的細節上是圓融的，當她知道自己的兄解身陷囹圄，她拿出金銀讓樂和節級到獄中散與小牢子們，好周全解珍兄弟；她是勇敢果斷的，當顧大嫂決意要救她的姑表兄弟解珍解寶時，勇往直前毫不畏懼也不留退路，並且有周全的計劃，在她身上展現的是女中豪傑的氣勢與縝密。

　　三位女將的書寫，其實是父權社會底下，對於女性刻板的形象描寫，因此，顧大嫂是陽剛女子；孫二娘雖具客棧女老板俗媚形象，卻也一力遵從丈夫的指令；一丈青則是沈默交出命運主導權，臣服於「義」字，然而她們各自的姿態，符合了性別政治底下對於女性的想像。

（二）林沖娘子的命運書寫

　　《水滸傳》中，溫柔婉約的閨秀女子很少見，大約可以林沖娘子為代表，林沖和娘子的情感深厚，只因高太尉之子高衙內在岳廟看見林沖娘子，把攔住要和她說話，林沖娘子紅了臉對高衙內怒道：「清平世界，是何道理把良人調戲？」使女錦兒匆匆找來林沖，林沖來到後見是高衙內攔住妻子，林沖竟是「先自手軟了」，高衙內還怪林沖多事，因為他不知這正是林沖娘子，林沖並沒有動手，只瞅著高衙內看，眾人勸林沖「教頭休怪，衙內不認的，多有沖撞。」（第 7 回）林沖見到高衙內，先自手軟，沒有動手只是忍讓，往後也不斷忍讓，林沖和娘子逐漸走向他們生命的悲劇。

　　從此高衙內想方設法就是要接近林沖娘子。後來林沖的好友陸虞候賣友求榮，和高衙內一起設計了林沖及林沖娘子，陸虞候找林沖至樊樓吃酒，卻著人將林沖娘子騙至陸虞候家中，而高衙內已在那裡等候。待錦兒找到林沖，林沖搶到陸虞候家胡梯上，見關著樓門，聽見娘子叫道：「清平世界，如何把我良人妻子關在這裡？」高衙內道：「娘子，可憐見救俺，便是鐵石人，也告的回轉。」林沖則大叫：「大嫂開門」，娘子聽見丈夫聲音，只顧來開門，而高衙內則自顧自跳牆逃走。林沖見到娘子的第一句話是：「不曾被這廝點污了？」娘子道：「不曾」，然後林沖把陸虞候家打得粉碎，才護著妻子下樓，鄰舍兩邊都閉了門（所有的人都不願惹事，所以閉戶），林沖與娘子和使女錦兒三人一起歸家去。這裡很仔細地還原現場，有一個重點，是當林沖在門外，聽到娘子與高衙內的對話，並未立刻衝入搶救妻子，而是在門外高聲叫開門，待門打開後，所問的也是娘子有沒有被玷污。我們可

以看到作為一個禁軍教頭，林沖骨子裡卻有很大的忍讓。即使被
陸虞候設計，他拿著刀子也只是在他家門前等了一晚，而不是衝
撞到府內。至於林沖娘子，更柔勸丈夫：「我又不曾被他騙了，
你休得胡做。」（第 7 回）娘子苦勸，不肯再放他出門，這裡更是
細寫林沖娘子不僅維護自己清白尊嚴，也事事為丈夫著想。

　　當林沖被設計持刀入高太尉的白虎節堂中，因此被定罪刺配
滄州牢城，即將被監押前去時，林沖對丈人言：

> 自蒙泰山錯愛，將令愛嫁事小人，已經三載，不曾有半點
> 兒差池。雖不曾生半個兒女，未曾面紅面赤，半點相爭。
> 今小人遭這場橫事，配去滄州，生死存亡未保。娘子在
> 家，小人心去不穩，誠恐高衙內威逼這頭親事。況兼青春
> 年少，休為林沖誤了前程，卻是林沖自行主張，非他人逼
> 迫，小人今日就高鄰在此，明白立紙休書，任從改嫁，並
> 無爭執。如此林沖去的心穩，免得高衙內陷害。（第 8 回）

丈人張教頭則言，這場禍事不是林沖作將出來的，女兒他會帶回
家照顧，休要胡思亂想，待早晚回來，夫妻再完聚。沒想到林沖
「放心不下，枉自兩相耽誤，泰山可憐見林沖，依允小人，便死
也瞑目。」張教頭拿他無法，任他寫休書，但言，他不會把女兒
再嫁他人。林沖正寫下休書。林沖娘子號天哭地一路尋到酒店
裡，林沖起身道：「娘子，小人有句話說，已稟過泰山了。為是
林沖年災月厄，遭這場屈事，今去滄州，生死不保，誠恐誤了娘
子青春。今已寫下幾字在此，萬望娘子休等小人，有好頭腦，自
行招嫁，莫為林沖誤了賢妻。」那婦人聽罷，哭將起來，說道：

「丈夫，我不曾有半些兒點污，如何把我休了！」林沖道：「娘
子，我是好意，恐怕日後兩下相誤，賺了你。」（第 8 回）林沖娘
子一時哭倒聲絕在地，她對於婚姻的維護更高於丈夫。

這裡極長的情節敘述，可以看到林沖對於高衙內的忍讓，對
於代表權力以及掌握權力的高衙內或高太尉都不斷地退讓，他在
意妻子是否被玷污，同時，更在意權力制度對他的威逼，因此，
他要休妻。休妻要保全的不是誤了青春年少的妻子的未來，而是
「日後兩下相誤」、「免得高衙內陷害」，然而，文中的林沖娘
子卻是父權社會底下典型的臣服於性別政治的女性，她不斷聲
明，自己不曾有半點污，她哭得絕倒在地，也只能接受丈夫所有
的安排，她在意自己的清白。直到林沖終於在水泊梁山落腳，在
林沖火拼王倫後，與晁蓋等人敘了排名，林沖終於想接妻子上
山，晁蓋也著人星夜搬取林沖寶眷上山，不過，兩個月後，嘍囉
回來道：「直至東京城內殿帥府前，尋到教頭家，聞說娘子被高
太尉威逼親事，自縊身死，已故半載。張教頭亦為憂疑，半月之
前染患身故。」（第 20 回）林沖見說了，潸然淚下，自此杜絕了
心中掛念。林沖的妻子，終是以自縊保全自己的清白而不被威逼
成婚。《水滸傳》對於林沖娘子遭遇的敘述，固然更增添了林沖
的悲劇性，然而，更大的意義則在展現在父權社會對於女性的期
待，死亡是林沖娘子唯一保全自己的機會。

（三）「家室之累」的禍水紅顏死亡書寫

在《水滸傳》中約有 176 位女性，[15]其中作為禍水紅顏，危

15　黃聿寧：《《水滸傳》中的女性及其影響》（高雄：中山大學中文系碩
　　士論文，2007 年），頁 124 的統計數字。

害男性或者家室的女子，大約是最多的。武大的妻子潘金蓮、宋江的妾閻惜婆、盧俊義的妻子賈氏、楊雄的妻子潘巧雲，都出軌與其他男人有染，她們危害了家室的安寧甚至使丈夫陷入危險中。另外，劉知寨的妻子，因搬弄是非，害了宋江，最後也害了劉高及自己。[16]

《水滸傳》中對於晁蓋、宋江等人的描述中，都言他們不重女色。對於晁蓋的描述是：「最愛刺鎗使棒，亦自身強力壯，不娶妻室，終日只是打熬筋骨。」（第14回）而宋江則是：「原來宋江是個好漢，只愛學使鎗棒，於女色上不十分要緊。」（第21回）如此這才是真正的水滸英雄，英雄重視的是義，而不是色，行走江湖「家累」是個問題，而英雄必須無後顧之憂才能為天下蒼生，才能替天行道。也因此對於女色的描寫，往往要強調其為「家室之累」或「紅顏禍水」

首先，宋江的外室閻婆惜，會唱諸般耍令，年方一十八，頗有些顏色。（第18回）閻婆道：「我這女兒長得好模樣，又會唱曲兒，省得諸般耍笑，從小兒在東京時，只去行院人家串，那一個行院不愛他。我前日去謝宋押司，見他下處無娘子，因此央你與我對宋押司說，他若要討人時，我情願把婆惜與他。我前日得你作成，無可報答他，與做個親眷來往。」（第18回）後來宋江討了一所樓房，置辦些傢伙安頓了閻婆惜與母親閻婆兩人，沒半月之間，閻婆惜就打扮得滿頭珠翠，遍體金玉。連閻婆也有若干頭面衣服，更養得婆惜豐衣足食。

---

[16] 另外，非為妻妾卻害了男人的有：賣唱的白秀英害了雷橫（第51回）。妓女李瑞蘭害了史進（第69回）。李巧奴害了安道全（第65回）。

　　初時宋江與婆惜一處歇臥，向後漸漸來得慢了。因為宋江是個好漢，只愛學使鎗棒，於女色上並不十分要緊。而這閻婆惜才十八九歲，正在妙齡之際，因此不慣風月、不善言詞又不懂風情的宋江不上她的心，終於她與宋江同房押司張文遠眉來遠去，彼此看上，張三又是慣會弄此事，閻婆惜是個風塵娼妓的性格，自從和那小張三兩個搭上了，她再並無半點兒女情分在那宋江身上。自此也有些風聲吹在宋江耳朵裡。宋江半信不信，自肚裡尋思道：「又不是我父母匹配的妻室，他若無心戀我，我沒來由惹氣做什麼。我只不上門便了。」（第21回）後因閻婆惜拿了宋江的招文袋，裡頭有晁蓋書信和金子，婆惜以此要脅一百兩金子，在搶奪招文袋的過程，婆惜不肯放手，還叫道：「黑三郎殺人也！」宋江便拽出壓衣刀，待婆惜要叫第二聲時，宋江左手按住閻婆惜，右手卻早刀落，去那婆惜顙子上只一勒，鮮血飛出，宋江怕她沒死，再復一刀，那顆頭伶伶仃仃落在枕上。三魂渺渺，應歸枉死城中。對於閻婆惜的描述是出軌又不知報恩，也害得宋江亡命天涯，是一禍水紅顏。

　　楊雄妻子潘巧雲與和尚有染，她同時還離間楊雄與石秀義兄弟的情感，有道是：「二八佳人體似酥，腰間仗劍斬愚夫。雖然不見人頭落，暗裡教君骨髓枯。」[17]原來那婦人是七月七日生的，因此小字喚作**巧雲**。先嫁了一個吏員喚做王押司，兩年前身故了再嫁得楊雄，還未及一年，（第44回）她就和海闍黎和尚勾搭上，但因為楊雄的義兄弟石秀住在家中，妨礙了他們，於是巧

17　有意思的是，這段話在《新刻繡像金瓶梅》第一回也出現。說的是這世上的人，營營逐逐都跳不出七情六慾的關頭，打不破酒色財氣圈子。可見《金瓶梅》對於淫欲女子的書寫，來自於《水滸傳》。

雲陷害石秀，說石秀非禮她。（第 45 回）直到石秀殺了海闍黎，一切才水落石出，楊雄同石秀騙得潘巧雲上翠屏山避靜處，滿目都是荒墳的地方，逼丫頭迎兒說了實話，巧雲如何與和尚奸淫，巧雲只得招認。

　　最後楊雄要石秀將巧雲「拔了這賤人的頭面，剝了衣裳」，楊雄則割了兩條裙帶，親手把婦人綁在樹上。同時間，楊雄一刀將迎兒揮作兩段，楊雄又割了巧雲舌頭，指著她罵道：「妳這賊賤人，我一時間誤聽不明，險些被你瞞過了，一者壞了我兄弟情分，二乃久後必然被你害了性命，不如我今日先下手為強。我想你這婆娘心肝五臟怎生著，我且看一看。」（第 46 回）接著一刀從心窩直割到小肚子上，取出心肝五臟，掛在松樹上。楊雄又將這婦人肢體分割，然後他們兩人投梁山泊去了。這一段的書寫極為殘暴，因為潘巧雲搬弄是非離間兄弟情分，楊雄割了她的舌頭，又將她剖心掏出五臟六腑掛在松樹上再將她分屍，極其殘忍。這樣剖心掏腸又肢解的書寫，是作為一種警示，對於搬弄是非又出軌女子最嚴屬的懲罰，並且還把她的五臟六腑掛在樹上曝屍荒野，對於後來《金瓶梅》中潘金蓮街死街埋的書寫有相當程度的影響，都是對女媧最大的懲罰。

　　至於劉高劉知寨的妻子，則是典型因話生事的女人的形象。且說宋江要往清風寨投靠花榮，在半路被強人擄去。原來是燕順、王英、鄭天壽占清風山為王，正好他們也擄了清風寨武將劉高之妻。王英想她留任押寨夫人，但在宋江的請託之下，還是放了劉高之妻讓她下山，宋江救了劉知寨的妻子，原是一椿美事，最後反而害了自己。但劉知塞聽手下說恭人被清風山強人擄去，大怒，後來劉高之妻回到清風寨，知寨問她何以能勾得下山，她

不說因宋江而獲釋，卻說：「那廝捉我到山寨裡，見我說道是劉知寨的夫人，諕得那廝慌忙拜我，便叫轎夫送我下山。」（第32回）一謊便要百謊來圓，但劉高的妻子被描寫的不在於謊言造成的傷害，而是最毒婦人心，恩將仇報。宋江見到清風寨花榮知寨時，細細說了救劉高妻一事，花榮卻說：「兄長沒來由救那婦人做甚麼！正好滅那廝的口。」因為「打緊這婆娘極不賢，只要調撥他丈夫行不仁的事，殘害良民，貪圖賄賂。正好叫那賤人受些玷辱。兄長錯救了這等不才的人。」（第32回）劉高之妻至此已被寫成男人身旁的奸佞女人，不僅不賢德還蒙蔽男人，作些傷天害理的事。

而後元宵節至，宋江和花榮家親一起至鎮上看燈。在牆院裡聽見宋江笑聲，劉知寨的婆娘認出是宋江，指給劉高說道：「兀那個黑矮漢子，便是前日清風山搶擄下我的賊頭！」在劉高老婆的栽贓指控及一片混亂中，劉知寨命六、七人拿下宋江，用四條麻索綁了，宋江被打得皮開肉綻，鮮血迸流。最後是燕順、王英、鄭天壽救了宋江，也捉回劉高，宋江怒道：「你這廝！我與你往日無冤，近日無仇，你如何聽信那不賢的婦人害我！今日擒來，有何理說？」花榮旋即將劉高割腹取心，獻給宋江，然而宋江仍是氣難平，他說：「今日雖殺了這廝濫污匹夫，只有那個淫婦不曾殺得，出那口怨氣！」（第34回）王英王矮虎則保證為宋江完成此事。終於捉回劉高妻，她哭著求饒，王英也想留她作押寨夫人，宋江喝罵她之後，燕順拔出腰刀，將她一刀揮成兩段。王矮虎見砍了這婦人，心中大怒，奪刀要和燕順拼命，宋江的一席話才是真正對於不賢德女人的批判：「兄弟，你看我這等一力救他下山，教他夫妻團圓完聚，尚兀自轉過臉來叫丈夫害我。賢

弟你留在身，久後有損無益。宋江日後別娶一個好的，教賢弟滿意。」（第 35 回）女性的不賢德對於男性及家庭都是禍害，因此必須取其性命，這是對於女性的懲誡，女性的婦德、婦言對於男性以及家庭是十分重要。

在此我們看到《水滸傳》裡對於挑撥離間滋事的劉高妻子，或者淫欲出軌女子的處置都是殺掉她們，劉高妻是一刀揮兩段，潘金蓮被剖心，閻惜婆是頭都被割掉，而潘巧雲最慘，不僅被剖心，心肝五臟被掛在樹上還被肢解。死亡書寫在這些女性身上更大的象徵意義，是對她們不貞、不忠、多言、離間的懲罰，水滸英雄大都不需要家庭，或者像王英這樣有需求時再擄一個當押寨夫人，因為對於打家劫舍的好漢而言，女人是累贅。

成了家的男人則要求妻子忠貞、堅忍，像林沖娘子，因此自縊是對她最完美的書寫，不論是在她的情感、人格及身體的保全上；或者如顧大嫂，可以為了救姑表兄弟，連家都不要，近似男子漢的義薄雲天，而她的形象也像個男人；又或者有俗豔容貌的孫二娘，即使殺害過往商旅賣人肉營生，也聽從丈夫叮嚀，同時她也具有男性講義氣的氣節；至於貌美者，如一丈青扈三娘，武藝過人又美豔動人，這對於梁山上的弟兄太具誘惑。因此留著她只是要顯宋江的重承諾，宋江應允矮腳虎王英，來日要幫他找一個令他滿意的女人，那麼武藝勝過王英又美麗的一丈青就是最好的禮物了，因此一丈青被安排嫁給好色醜陋的王英，從此夫唱婦隨，成為一個沒有聲音的女將。然而書寫她面對被安排的婚姻時，只說了她因感歡宋江的義氣，所以接受，因此也可知對於水泊梁山的書寫，不論男女的情感都被削弱，義氣卻是必須保有的。

第二節 《金瓶梅》對於《水滸傳》人物形象與情節的接受與重構

　　從《水滸傳》到《金瓶梅》，形象變化極大的其實是武松。張竹坡言：「《水滸傳》本意在武松，故寫金蓮是賓，寫武松是主。《金瓶梅》本意寫金蓮，故寫金蓮是主，寫武松是賓。文章有賓主之法，故立言本自不同，所以打處一節只得在伯爵口中說出。」[18]這裡指的是《新刻繡像金瓶梅》武松打虎的事件，只由應伯爵口中轉述武松打虎的事件，武松英雄形象自然被削弱，不復有《水滸傳》天殺星行者武松的天罡地煞形貌。《金瓶梅》中武松能徒手打死老虎卻對西門慶莫可奈何，這當然也是《金瓶梅》這樣一部描寫世態人情小說，所要著力描寫的社會現實。

　　《金瓶梅》延續的《水滸傳》人物及情節的部分，始自《水滸傳》為人所熟知的武松打虎、西門慶與潘金蓮相遇私會、最後王婆說風情藥死武大以及武松殺嫂祭兄的橋段。到了《金瓶梅》，在第一回景陽崗武松打虎之後，從西門慶與潘金蓮的故事展開了一整個西門家庭的故事——從英雄小說到描寫世情百態，其中《水滸傳》市井生活的描寫，到了《金瓶梅》被細緻地展演，也將細節深化。至於情節重心的轉移，《水滸傳》中 108 條好漢聚義梁山泊，渴望受招安的家國意識，到《金瓶梅》則描寫西門家庭興衰起落並暗示一個混亂的時代。一樣是亂世，即使亂自上作，《水滸》仍講求忠與義；到了《金瓶梅》，從上到下、

18　張竹坡：〈《金瓶梅》第一回回評〉，黃霖編：《金瓶梅資料彙編》（北京：中華書局，1987 年 3 月第 1 版），頁 101。

從朝廷到個人都重利重欲，忠沒有了，義也沒有了，秩序崩壞，國破家亡是最終的結局，回應到《金瓶梅》的序言，這樣的情節結局是以勸誡世人，也突顯了宋、明的社會背景以及底層文人對於政治、社會、文化的態度。

　　在情節及內容的部分，雖是寫英雄人物，但是市井日常也存在《水滸傳》。《金瓶梅》細寫家庭日常生活，自然有許多歲時節慶表現。元宵節本身具有特殊的意義，打破男女之防、君臣上下之別的節慶書寫。在《水滸傳》中三度寫元宵，到了《金瓶梅》則四寫元宵節慶，在二書之中，寫元宵節的節慶表現，更帶出了小說人物的身體敘事。本章節透過武松形象的轉變，以及元宵節慶的書寫，討論《金瓶梅》對於《水滸傳》的接受或改變。

一、武松形象轉變的敘事意義

　　《金瓶梅》開篇承繼了《水滸傳》裡武松打虎，以及尋找兄弟武大，接著鋪寫了西門慶和潘金蓮的故事，武松從英雄傳奇的《水滸傳》到家庭日常生活鋪寫的《金瓶梅》中，他的英雄形象自然會被淡化。《金瓶梅》通過日常生活表現人的欲望情感，不再有《水滸傳》大開大合寫英雄的壯烈事蹟。若細究《水滸傳》和《金瓶梅》裡寫的武松，可以看到《金瓶梅》的編寫者透過視角中空間的轉移，讓我們從仰視英雄到平視人物。同時，在《水滸傳》中痛快殺掉西門慶與潘金蓮為兄長報仇的情節，到了《金瓶梅》卻因武松沒能殺掉西門慶，誤殺了皂隸，最後被刺配遠惡牢城，英雄失路，武松沒能再被視為英雄被崇拜，也沒能撼動有錢能使鬼推磨的西門慶，與這樣的官商勾結的社會現實。待武松再回來後，雖手刃了潘金蓮，為兄報仇，但卻連自己的侄女迎兒

都不顧，自顧自捲銀兩倉皇逃往梁山，成為市井中情與義都不完整的人。由是，我們可透過武松在《水滸傳》及《金瓶梅》中不同的表現，特別是透過武松身體書寫，討論此二部作品關於人物形象的轉變與情節重構的敘事意義。

《水滸傳》寫武松，將他塑造成打虎英雄，這也成為武松世的形象，也呼應其後他打殺橫霸市街西門慶這隻老虎，以及殺嫂祭兄等情節。然而，《水滸傳》裡有兩個打虎的故事，一個是武松景陽岡打虎，一個是李逵回鄉接老母在沂嶺殺四虎，但人們卻只記得武松打虎。因為打虎過程充滿了真實與刺激張力，也就是說作者描寫武松打虎過程中的細節，不僅帶給人們驚懼懸疑的美感體驗，也充滿了張力以及人們對於英雄氣力的想像。

那麼，《水滸傳》是怎麼描述武松打虎呢？武松要上山前，賣酒店家以官家的榜文勸告他不要過崗上山，但武松讀了印信榜文後，想著：「我回去時，須吃他恥笑，不是好漢，難以轉去。」（第 23 回）這反而激起英雄的勇氣，待武松上山走了一回，酒力發作焦熱起來，把胸膛袒開，他提著梢棒跟跟蹌蹌直奔過亂樹林來。這裡的描寫使得老虎的可怕，在讀者心裡形成並擴散。一陣狂風過，只聽亂樹背後撲地一聲響，跳出一隻吊睛白額大蟲來。武松也被驚得冒出一身冷汗。帶著醉意的武松與老虎搏鬥，每一個細節的描寫，都令人有身歷其境之感，武松見大蟲撲來只一閃，閃在大蟲背後。大蟲見掀他不著，吼了一聲，山搖地動，武松又閃到一邊，那大蟲一撲、一掀、一剪──這裡生動地描寫著老虎的氣勢以及準備吃人的姿態。武松輪起梢棒，用盡平生之力從半空劈將下來，卻打在枯樹上，梢棒拆作兩截，一個懸念，一次驚心，又緊接著老虎咆哮，眼看武松就要被撲捉了。

但武松只一跳，退了十步遠，丟了半截棒後，兩隻手就勢把老虎頂花肐膊揪住，一把按住，老虎急著掙扎卻早沒了力氣，只能被武松儘氣力納定，武松把腳望向老虎的臉、眼睛亂踢，老虎咆哮將著把身子底下扒起兩堆黃泥土坑，武松順勢把老虎按下黃泥坑去。大蟲乏了，武松再趁著酒意以及冷靜智謀，提起鐵槌般拳頭，儘平生之力，只顧打，打了五七十拳，終於徒手打死了老虎。同時，武松在打死老虎後，想提起老虎下山，但「那裡提得動，原來使盡了力氣，手腳都酥軟了」，又擔心再遇見其他的老虎，只得「一步步捱下崗子來。」武松打虎這些逼真的細節，再再顯示武松的氣力及過人的膽勢，也成就了他英雄形象。

待武松和哥哥武大相會後，武松因幫知縣押送金銀上東京，再回到清河時，哥哥已被西門慶和潘金蓮以砒礵毒死。當武松回到哥哥家看到靈位上寫「亡夫武大郎之位」，大叫道「嫂嫂，武二歸來！」嚇得正和潘金蓮在樓上歡愛的西門慶，「驚得屁滾尿流，一直奔後門從王婆家走了。」武松查明哥哥枉死，狀告官府，知縣問：「都頭告甚麼？」（第 26 回）武松稟明，但知縣收賄，武松被迫自伸冤屈，他請來高鄰，讓士兵把前後門關上把住，在四鄰面前拿刀指著王婆、潘金蓮要她們說實話，並讓高鄰寫下王婆及潘金蓮供詞。等兩人都招了，也畫了供，武松再為武大報仇：

> 那婦人見頭勢不好，卻待要叫，被武松腦揪倒來，兩隻腳踏他兩隻肐膊，扯開胸脯衣裳。說時遲，那時快，把尖刀去胸前一剜，口裡銜著刀，雙手去斡開胸脯，取出心肝五臟，供養在靈前。肐查一刀，便割下那婦人頭來，血流滿

> 地。四家鄰舍吃了一驚,都掩了臉,見他兇了,又不敢
> 動,只得隨順他。(第26回)

在此看到武松殺金蓮之迅速,絲毫不遲疑,還高調地要四鄰作見
證,彷彿要喚起旁人他是殺虎英雄的記憶,還取出金蓮的心肝五
臟祭靈。武松的故事情節,到了《金瓶梅詞話》亦是以打虎故事
切入,但不同的是,《金瓶梅》的編寫者,對於武松的書寫視
角,不再從傳奇的老虎和武松,山獸和英雄來描寫,而是從怎麼
整個社會時代的大空間展開,寫及人世裡的許多無可奈何。故事
是從這裡開始的:

> 話說宋徽宗皇帝政和年間,朝中寵信高、楊、童、蔡四個
> 奸臣,以致天下大亂,黎民失業,百姓倒懸,四方盜賊蜂
> 起。那時山東陽谷縣,有一人姓武,名植,排行大郎。有
> 個嫡親同胞兄弟,名喚武松。其人身長七尺,膀濶三停,
> 自幼有膂力,學得一手好槍棒。他的哥哥武大,生的身不
> 滿三尺,為人懦弱,又頭腦濁蠢可笑。
> 那時山東界上,有一座景陽崗,山中有一隻白吊額虎,食
> 得路絕人稀。官司杖限獵戶擒捉此虎。武松了……就在路
> 旁酒店內吃了幾碗酒,壯著膽,橫拖著防身梢棒,跟跟蹌
> 蹌大叔步走上崗。不半里之地,見一座山神廟,門首貼著
> 一張印信榜文。
> 原來雲生從龍,風生從虎。那一陣風過處,只聽得亂樹背
> 後黃葉刷刷的響。撲地一聲,跳出一隻吊睛白額斑爛猛虎
> 來,猶如牛來大……武松按在坑裡,騰出右手,提起拳頭

來只顧狠打。盡平生氣力，不消半兒時辰，把那大蟲打死。身臥著恰似一個綿布袋，動不得了。[19]（第1回）

故事的開始，是從大時代說起，說著宋徽宗四方盜賊並起，天下大亂，這是大時代蒼生的悲歌，接著，我們看到極端對比的兩個兄弟——武植和武松以及他們的身體：懦弱和英勇。也看到除了時局動盪，荒野也不安寧，景陽崗上老虎都出來吃人：

　　由盜賊四起的國家——山東縣景陽崗及景陽崗裡形象猥瑣的武大——來到山神廟的武松——猛虎出現的地方——猛虎死去恰如綿布袋占一小方空間。（第1回）

　　我們的視野也由大的時空，不斷縮小至武松打虎的一小處定點。空間的轉移，視角定焦在猛虎死去的身體上。我們看到的是占據在大空間，目光挪移至死去的猛虎從威武地橫霸曠野至只剩綿布袋的小方空間。空間由大至小，只剩一方死去的身體空間。這天下紛亂，盜賊橫出，連野獸也霸著那山林。就在武松回鄉找哥哥武大的途中，他打了虎成為當地的英雄，還被花紅軟轎迎到了縣衙門，並因此作了清河縣的巡捕都頭，擒拿盜賊。似乎在這個亂世裡，武松強健威武的身軀使得他能得到社會的認可，他的身體他的氣力即是他存在的保證，使他能受到尊重。

　　武大與武松為兄弟，兩人在性格、外貌或能力上截然不同。武松的景陽崗打虎之後，使兩人的形象更顯得南轅北轍：武大「為人懦弱，模樣猥衰」，有「三寸丁、谷樹皮」的渾號。原本

---

[19] 黃霖、李桂奎、韓曉、鄧百意著：《中國古代小說敘事三維論》（上海：上海世紀出版集團，2009年），頁360。

武大在清河縣紫石街賃屋而居,賣炊餅度日,後來妻子去世,帶著十二歲的女兒迎兒過活,但生活清貧,後來移至大街坊張大戶家旁臨街房居住。後來,又因潘金蓮總是在門前露出三寸金蓮勾引浮浪子弟,因此又往別處移居。武大的鄙陋猥瑣,使得他完全失去掌控妻子潘金蓮身體的可能性,潘金蓮一直主宰著自己的身體、主宰著自己對性或欲望的渴求。甚至武大連自己身體的安頓都被動地被潘金蓮安排。

武松的移動空間從綿延二千里路,即使曾是草莽漢子,打虎之後也是英雄一個。他打虎也殺人,殺國家法律執行者最低階的皂隸,因此充軍邊城。武大不然,武大身形猥瑣,其貌不揚,美麗妖嬈的妻子不斷給他戴綠帽,他的存在是可笑荒謬的,他從沒有得到他人的認同,只能兀自忍受嘲弄的言語及眼光。他的空間移動,都是許多的不得已,他的家似乎也沒能安定過,家中 12歲的女兒迎兒,更是似有若無地存在著,像個孤魂,連武松為武大復仇後都棄她而去,她的存在更呼應了武大生命處境的悲涼,這社會沒能讓武大有強壯自處的機會,因為他的醜陋及懦弱的身體決定了這一切,而這個社會沒能給處境卑下的迎兒、武大更多生存空間;但打虎英雄憑藉著一身氣力及一世美名,他能恣意移動,因為社會文化給他的身體更多的自由。

二、《水滸傳》三寫元宵節慶與
《金瓶梅》四寫元宵的敘事意義

《水滸傳》中寫宋江等人聚義奔上梁山最後受招安,在這個悲劇結束的英雄傳奇故事中,極少描寫家庭生活與節慶,除了元宵節之外。《水滸傳》透過元宵節,鋪陳了官方與民間,或者暗

寫了官逼民反的情狀，也寫出了從權力中心到王道不可及的水泊梁上下秩序的錯置。至於《金瓶梅》則是一部家庭小說，自然會描寫家庭生活細節，包含家庭節慶的描寫，而其中元宵節是最具特殊意涵的節日，打破性別、官民、上下位階的一個狂歡節慶，整個城市燈火燦爛，最後都以烟火達到炫麗的高潮以及寂滅，暗示了家庭的盛衰，也表現了生命起落生死的歷程。

《水滸傳》敘寫了男性身體，當從上到下的時代、社會英雄大敘事，男性表現的陽剛、統治、領導、不被體制規訓的衝撞、官民衝突……都在三寫元宵節中展現。然而，也看到了宋江所領導的——在王道之外的水泊梁山，最後納回體制中，必然走向失去自我的毀滅悲劇。因此元宵節的社火、燈火、烟火在《水滸傳》中也只是「煙迷城市，火燎樓臺」（第 66 回）片刻燦爛的光景，透過元宵節的衝撞及男性身體的書寫，使我們明白，水泊梁山，終將成為水滸男子們回不去的理想樂園。

《水滸傳》著意描寫的是英雄式的傳奇，《金瓶梅》則寫人物的日常。當《水滸傳》書寫成家庭小說《金瓶梅》時，除了家庭成為女性爭奪男性（西門慶）寵愛的戰場之外，還擴展至崩壞的社會與腐敗的朝廷。寫家庭生活，自然包括日常起居、生活細節、男歡女愛、宴飲聚會，節慶活動。《水滸傳》中三寫元宵，表現市民社會的手工業及商業活動，這些市井生活到了《金瓶梅》裡，則成為更加瑣碎的日常書寫，並擴大成世態人情的描寫，寫出明代商業的發達、城市經濟發展，市民階層迅速興起。《金瓶梅》的三寫元宵節以女性身體敘事描寫了整個城市流動的情欲，鋪寫了元宵節「蛾兒雪柳黃金縷，笑語盈盈暗香去」（辛棄疾〈青玉案〉）的華麗景況。

（一）《水滸傳》三寫元宵的敘事意義——鬧與火的意象

　　《水滸傳》中寫英雄好漢，也寫大場面的戰爭敘事，然而，更多的時候寫的是社會市井：有酒樓茶館、瓦舍勾欄、屠戶漁夫、客棧商賈、販夫走卒。《水滸傳》描摹的是社會生活與家國朝廷。然而，即使《水滸傳》並不表現家庭生活細節，卻也寫元宵節慶。

　　水滸第一次寫元宵是：「宋江夜看小鰲山，花榮大鬧清風寨」（第 33 回）寫的是清風鎮的元宵夜，宋江被抓花榮大鬧清風寨。第二次寫元宵節，寫的是大名府的元宵節：「時遷火燒翠雲樓，吳用智取大名府」（第 66 回），由於玉麒麟盧俊義、拼命三郎石秀深陷大名府大牢，梁山頭領們發兵營救，因此有了大名府元宵節火燒翠雲樓、智取大名府的故事。第三次寫元宵節的故事，發生在東京汴梁城：「柴進簪花入禁院，李逵元夜鬧東京」（第 72 回）。《水滸傳》中三次寫元宵，二次在回目上直接標明了「鬧」字。從這三回的回目來看，第 33 回的「大鬧」、第 72 回的「夜鬧」，直接點明「鬧」，第 66 回則標明「火燒」，呼應元宵節點燈「燒」的意象。而在《水滸傳》中「鬧」、「火」與「燒」的意象常常是融合在一起。不論是鬧或燒，都將元宵節的喧鬧和水滸英雄的躁動相連接。

　　元宵節時，宋江對花榮說道：「聽聞此間市鎮上今晚點放花燈，我欲去觀看觀看。」花榮答道：「小弟本欲陪侍兄長去看燈，正當其理。只是奈緣我職役在身，不能勾自在閑步同往。今夜兄長自與家間二三人去看燈，早早的便回。小弟在家專待，家宴三盃，以慶佳節。」（第 33 回）當晚，宋江和花榮家親隨梯己人兩三個，跟隨著宋江緩步徐行。到這清風鎮上看燈時，只見家

家門前搭起燈棚，懸掛花燈，燈上畫著許多故事，也有剪綵飛白牡丹花燈，並荷花芙蓉異樣燈火，街市繽紛，宋江等四五個人，手廝挽著走到土地大王廟前。但在宋江看燈火時被劉高劉知寨的妻子認出來，捉了宋江，整個清風寨因此充滿了火、燒、破壞、甚至到後來劉高及劉高妻子都付出死亡的代價。

　　宋江等人趁著元宵到東京汴梁，寫出元宵節俗風物的表現，以及市井節慶生活：家宴、賞燈，看社火。宋江道：「明白白日裡，我斷然不敢入城。直到正月十四夜，人物喧譁，此時方可入城。」（第72回）元宵節本是人物喧騰，但這個東京汴梁的元宵節更被李逵鬧得天翻地覆。話說宋江、柴進、燕青終於能結識李師師，他們吃酒取樂，因李師師覺得李逵模樣嚇人：「恰似土地廟裡對判官立地的小鬼」（第72回）宋江只得說他是家僕，不要他參與他們和李師師的吃酒玩樂。沒料到，只一會兒，官家（宋徽宗）從地道中來到後門，李師師急忙接駕，宋江等人則閃在黑暗處。宋徽宗和李師師還沒敘情話，宋江也還沒現身討招安書時，楊太尉正巧也進來面聖，撞見了李逵，李逵被孤立的怒氣正沒地方發，一手提起把交椅，朝著楊太尉劈臉打了下去，宋江只得和柴進、戴宗趕著出城：

> 李師師家火起，驚得趙官家一道煙走了。隣右人等，一面救火，一面救起楊太尉。（第72回）

李逵在李師師酒樓上鬧事、放火：「城中喊起，殺得震天動地。高太尉在北門上巡警，聽得了這話，帶領軍馬便來追趕。」（第72回）而軍師吳用居然能神算，預知李逵必大鬧東京，因此，尅定

時日,差下五員虎將,引領帶甲馬軍一千騎,到東京城外待命。

宋徽宗被鬧得狼狼不堪,這也讓宋江被朝廷招安的大計功敗垂成。在此所敘寫的元宵節喧鬧與打殺的混亂融合在一起。「火」往往有喧鬧之意象,喧鬧則源自於混亂、失序。「火」在元宵是重要的意象,燈火、煙火以及社火是元宵節慶裡的重要節俗活動。

同時,北京大名府「依照東京體例,通宵不禁,十三至十七,放燈五夜。」吳用則要趁此時在城中埋伏,放火為號,裡應外合,救出盧俊義與石秀:「即今冬盡春初,早晚元宵節近,北京年例,大張燈火。」雖然梁中書心裡有疑慮:「年例北京大張燈火,慶賞元宵,與民同樂,全似東京體例。如今被梁山泊賊人兩次侵境,只恐放燈因而惹禍。」但聞達卻不認為梁山賊人有什麼能耐,要梁中書「此上年多設花燈,添扮社火市中心添搭兩座鰲山,照依東京體例,通宵不禁,十三至十七放燈五夜。教府尹點視君民,勿令缺少,相公親自行春,務要與民同樂。」這一回裡作者花費了大量的筆墨描繪了大名府的燈會:「家家門前紮起燈棚,都要賽掛好燈,巧樣煙火;戶內縛起山棚,擺放五色屏風炮燈,四邊都掛名人書畫,並奇異古董玩器之物;在城大街小巷,家家都要點燈。」(第 66 回)並描述了燈會時間長度,以及節慶裡煙火花燈的盛大。

此外,元宵節還會耍社火,「社火」是節日迎神賽會所表演的雜耍、雜戲。因中國是農業立國,農業收成之豐歉,關乎國計民生因此許多節日,均以雜戲、雜耍等形式娛神,以求保佑當年風調雨順、五穀豐收。元宵節是一年中第一個月圓,春耕即將開始,為祈求豐年,自民間至朝廷都舉行慶祝活動,因在祭祀娛神

活動中，伴有大量煙火，古稱社火，成為重要儀式。這裡沒有正面描寫大名府的社火，卻寫了大名府被梁山泊好漢破城後耍社火場所的慘狀：「煙迷城市，火燎樓臺。前街傀儡，顧不得面是背非；後巷清音，盡丟壞龍笙鳳管。耍和尚燒得焦頭額爛，麻婆子趕得屁滾尿流。踏竹馬的暗中刀槍，舞鮑老的難免刀槊……片時間星飛雲散。瓦礫藏埋火萬斛，樓臺變作祝融墟。可惜千年歌舞地，翻成一片戰爭場。」（第 66 回）「社火」是用來祈求國泰民安來年豐收，年節未完，卻被水滸好漢搞得火燒樓臺。元宵的煙火、燈火與社火都是歡樂年節氣氛，唯有此處卻是以大火燒盡一切，元宵節的廣場狂歡，在祝融肆虐之下，更是星飛雲散，更突顯了狂歡後一切轉成空的蒼涼，而更大的意義則是呼應元宵節的喧鬧、火的意象。

　　《水滸傳》三寫元宵，除了表現了節慶的廣場狂歡的景象：打破男女之防、君臣上下之別、街市流動成一個整體的城市，寫出元宵的喧鬧及火的意象。雖然在《水滸傳》中打打殺殺、烽火烈焰是兵家常事，但是，將元宵節慶——這樣一個一年之始的月圓、美好團聚的節慶，書寫成官民衝突，廣場狂歡流動成滿城的躁動與狂亂。更表現了男性的陰柔之美——集體的簪花飾花，這亦呼應了元宵的燈火及煙火意象，是華美，且又帶著衝突毀滅的意象，使得元宵節的喧鬧、色彩繽紛、燈花燦爛，從物質到男性身體，帶出了小說中的身體敘事意義。

（二）《金瓶梅》四寫元宵的敘事意義

　　《金瓶梅》一書裡欲望橫流，與花燈、烟火融合成城市的光景。充滿了男歡女愛的情色書寫。同時，我們亦可從元宵節的情欲及身體書寫中，窺得元宵節俗的狂歡氛圍。由於許多元宵細節

的描寫在前幾章已細論，在此不重覆贅敘，只將四寫元宵的市井概況及意義加以說明。

　　《金瓶梅》第一次寫元宵節在第 15 回，正月十五日元宵節，同時也是李瓶兒的生日。花團錦簇般的西門妻妾，透過色彩斑爛的服裝描寫，與繽紛喧鬧的元宵節城市光景，互相輝映，極盡描寫元宵花燈的色彩斑爛式樣繁多，映襯城市的富裕繁榮。至於民俗活動就更豐富了，有社鼓演出，有蹴踘、有談詞百戲、市集可見卜卦相士、賣元宵菓品、鏡頭必然帶到難得出現在街頭的仕女小姐們，春風妖嬈，雲鬢涼釵、髮飾在陽光下閃耀明媚，連接成市坊最動人的一景：

> 村裡社鼓，隊隊喧闐，百戲貨郎，樁樁鬥巧……王孫爭看小欄下，蹴踘齊眉，仕女相攜高樓上，妖嬈衒色。卦肆雲集，相模星羅……又有那站高坡打談的，詞曲楊恭，看到這搊响鈸遊腳僧，演說三藏。賣元宵的高堆菓餡，粘梅花的齊插枯枝。剪春旙，鬢邊斜插鬧春風，禱涼釵，頭上飛金光耀日……雖然覽不盡鰲山景，也應豐登快活年。（第15回）

第一次寫元宵，是從李瓶兒的生日寫起，鋪寫西門慶以及妻妾們孟浪的形象，在元宵節中呈現出狂歡、充滿情欲流動的街市。寫出元宵節的聲色狂歡，寫出潘金蓮、孟玉樓等人與街坊行人的浮浪行為。這個元宵節成為一個喧嘩的、狂歡的、情欲流動的空間。元宵節中充斥著盛宴和情色欲望，是一個充滿感官欲望的節慶。

　　《金瓶梅》第二度寫元宵，這一回寫及家庭團聚。話說在元宵這一日，所謂「天上元宵，人間燈夕。」（第 24 回）西門慶在

廳上張掛花燈，鋪陳筵席，合家歡樂飲酒，西門慶與吳月娘居上座，以下是李嬌兒、潘金蓮、李瓶兒、孫雪娥、西門大姐列坐兩邊，每個人都穿著錦繡衣裳盛妝打扮著。接下來是春梅、玉簫、迎春、蘭香四人的表演，她們在旁樂箏歌板，彈唱燈詞。只在東首設一席給陳經濟一人獨坐。這個家宴果然食烹異品，菓獻時新。小玉、元宵、小鸞、綉春幾位丫頭都在上面斟酒服侍主人。這裡描述一家子飲酒談笑，極盡歡娛的家庭團聚場面。也寫西門慶和妻妾、僕婦、青樓女子與夥計的妻子王六兒的欲望糾纏。還有陳經濟的、潘金蓮的、整個城市男女情欲的流動紛陳。除了花燈、女子美眷的服飾容貌展現，還有元宵燈節來到最高潮炫爛的表現──烟火。寫出西門慶家人服飾華麗，以及街市裡行人如織歡度元宵的活動，在這回裡用大量絢麗的顏色表現元宵節狂歡氣息，寫出元宵節裡廣場／街市的聲音和顏色，色彩斑斕，並鋪寫家庭聚會的場景。

　　《金瓶梅》第三度寫元宵，也寫西門家與街坊的互動，寫出節慶裡的社群往來，同時西門家也藉元宵節放烟火的活動，極盡聲光顏色的書寫，展示出西門慶家雄厚的財力，進一步寫出西門慶和其他達官貴人的人際往來，並將元宵節慶裡的燈火、烟花作了詳細描寫。表現出宵夜裡廣場裡「聲音」及「顏色」的喧囂。這一回著重在花燈煙火的活動描寫，以及由家庭向外擴展出去的社會群體的狂歡意義。（第 42 回）首先是官吏之間的拜訪，並且吃酒看戲。在席上捧茶斟酒，飲茶看戲，這是元宵節的暖身活動，也是西門慶家妻妾和其他官夫人們的應酬往來。這裡鋪陳家庭歡樂的種種細節。

　　事實上，《金瓶梅》第四次提及元宵節，則寫未至的元宵

節，還未發出的宴客請柬，以及終於沒能完成的家宴，西門慶就已死亡了。

《金瓶梅》三度重寫元宵，是《金瓶梅》一書中關於節慶最為細膩的描寫。特別是李瓶兒的生日與元宵節同一天，瓶兒又是為西門慶帶來財富、子嗣、官運的女子。然而，這裡也暗示著西門慶家的聲勢，如烟火攀至高潮終必隕落。可以理解這一部充滿食色欲望的家庭小說，狂歡的、情欲流動的、男女得以共處街市的元宵節，最能適切表現出小說的聲色效果。

第三節　《金瓶梅》身體書寫視角的改變
——以《水滸傳》作為參照

一、男性身體書寫到女性身體細節書寫

《水滸傳》的男性的身體——衝撞與強壯的身體展示之外，還有力與美的展現，例如男性的刺青紋身、以及簪花的意義；相對的，還有男性被規訓懲戒的身體，上金印的罪犯符號。《水滸傳》寫及男性身體符號的刺青花繡、罪犯的金印到男性簪花，都讓我們看到在《水滸傳》已開啟了男性身體形象以及身體較為細節的書寫，即使這樣的男性符號仍充滿陽剛的、英雄的想像，已為《金瓶梅》女性的身體書寫提供了細節書寫的條件。

《水滸傳》主要表達儒家的忠義思想，不談男女欲望，但在忠義前提之下，那些不安於室、不忠於男性的禍水紅顏，在她們背叛男人時，男性得以暴烈的手段將她們殺害，或一分為二、或砍斷頭頸、剖心掏肝拿出五臟六腑、肢解身軀等等極殘忍的身體

懲罰，這自然是性別政治底下，男性可以任意懲罰不忠的女性以儆效尤。然而，在這樣書寫懲罰的過程中，也帶入了女性肢體的細節，即使身體細節書寫並不是《水滸傳》關注的重點，但這樣的描寫確實開啟了《金瓶梅》對於女性身體上的放大及檢視，因此在《金瓶梅》的女性身體書寫中，不論是關於外貌、服飾、鞋腳到局部女體都有精彩的描寫。

　　《金瓶梅》裡不再有神魔、英雄或帝王將相，只剩下腐儒、奸商、貪官、幫閒者等欲望且貪婪的飲食男女。《金瓶梅》著重描寫家庭生活日常細節，關注個人的生活，也回到了人本身的描寫，食色欲望即是人最原初的感官欲望。細寫家庭生活的《金瓶梅》即把眼光帶到人際往來以及飲食欲望，因此，《金瓶梅》透過身體書寫，也寫社會現實。同時，《金瓶梅》男性身體力量的展現，不再是透過拳頭氣力或武藝，而是將權力與身體的連結，或者權力與利益的交換。像是《水滸傳》裡的打虎英雄武松，能一把割下西門慶及潘金蓮的頭顱，提著頭顱走在街上並走向官府，這樣的英雄形象，到了《金瓶梅》武松卻對擁有權勢的西門慶無能為力，他成為被流放且不再具有英勇形象及待遇的落魄英雄，最後雖然他仍能將潘金蓮剖心祭兄，但這也得在漫長歲月之後才能完成的復仇行動。

　　如果說身體是個人慾望、感性經驗的展開場所，身體同樣也是權力的施展場所，正是在這一意義上，身體與政治、時代、文化的問題相糾纏著。[20]女性能交換的只有身體和欲望，《金瓶

---

[20]　李蓉：《中國現代文學的身體闡釋》（臺北：秀威資訊科技公司，2010年6月1版），頁341。

梅》強調男性的性能力與財富權勢，也因此李瓶兒不滿被她招贅的蔣竹山，因為他沒錢且性能力又不足；武大郎亦然，他只有瘦小猥瑣的外表沒有錢財也沒有強健的身體。他們失去身體優勢，如此的男性是沒有操控女性的能力，所以，孟玉樓執意要嫁給西門慶而不是尚舉人，她寧可作為西門慶的妾室也不要作舉人的繼室，因為西門慶的財富權勢以及壯大的身體都使他更勝一籌。西門慶以擁有的權力財富交換並規訓女性身體，權力才是決定男性能否獲得女性身體的重要條件之一。

　　中國古典文學中，對於身體以及性愛的描寫並不始於《金瓶梅》，在它之前的《飛燕外傳》即有亂倫、偷窺、吃春藥情節的描寫。由於晚明追求逸樂縱情的社會風氣，以及「眾多縱身欲海之人豐富多彩的親身實踐以及對性快感的追求和遐想，為性愛小說的產生提供了真切堅實的生活基礎和活潑生動的素材，性愛小說的流通和銷售開闢了廣闊的市場前景。」[21]同時，通俗小說刺激了讀者的閱讀需求，再加上出版娛樂的需求，明末大量豔情小說成為創作風潮之一，《金瓶梅》對於家庭乃至於閨房內性愛的細節描寫，提供了後世豔情小說參照的基礎。從男性身體書寫轉向女性身體書寫細節的書寫，提供了《金瓶梅》變奇為常，寫醜陋人性的美學眼光。《金瓶梅》建構了一個寫市儈社會裡的財色面貌。[22]小說不斷書寫著以財易色，以權力交換女體的過程中，《金瓶梅》對於人物以及人物身體書寫，其「視角從天上的人

21　黃清泉、蔣松源、譚邦和：《明清小說的藝術世界》，頁124。

22　丁峰山：《明清性愛小說論稿》（臺北：大安出版社，2007年），頁50。

（神話）移向人世間，從過去的人（歷史）移向眼底的世界。」[23]同時，《金瓶梅》這樣通過各種直視、偷窺、潛聽的書寫也提供了晚明至清代情色或豔情書寫細節上的參照。

二、身體觀的敘事到身體感知的描寫

身體是人最直觀、最外在的特徵，每個人都首先是身體的存在……從而使身體成為一個包含著歷史、社會、文化等諸多信息的存在。[24]在水泊梁山上是兄弟聚義的共榮共存生活方式，是男性建立的桃花源，他們面對的便是家國大空間的書寫，身體是國家的，或者說為了這些男性的身體是為了建立更大的樂園，而這樂土不論是宋江以為的朝廷，或者兄弟們要去征討的遠方。因此《水滸傳》的身體敘事是大空間敘事，是儒家、佛家的身體觀，從朝廷到家園，最後才俯視個人生命。因此，宋江臨死前也要兄弟李逵先飲毒酒，先自己上黃泉，他擔心李逵兄弟因他的死造反而毀了他努力建立的功業。因為個人生命是最末節的，而家國大敘事，立功建業或者留名青史的懷想才是男性的大敘事。

當我們看視這些儒吏或者遊俠，那些上層社會的儒士與在市井裡遊走的好漢，他們對於身體的想像的思考與辯證，在傳統儒家思維底下，以及動蕩亂世底下的男性身體，透過這些家國大敘事的書寫，展現的是群體的價值，當男性特權為一個集體──比如名之為世系或家族──為這個主體而行使權力時，它本身要服

23　黃清泉、蔣松源、譚邦和：《明清小說的藝術世界》，頁 124。

24　楊秀芝、田美麗：《身體‧性別‧欲望──20 世紀八九十年代小說中的女性身體敘事》（武昌：武漢大學出版社，2013 年 2 月第 1 版），頁 6。

從於象徵秩序時,名譽觀事實上表現為一種典型,[25]這表現在
《水滸傳》的是儒家的忠義思想。而這名譽或者集體意識實踐在
其他被統治的對象身上時,同時也折射歷史、文化、意識形態在
被統治者的身上。可知,對於身體的闡釋,是作家體驗世界的原
初經驗的角度,我們還能進一步透過身體發現個人與時代、審美
與政治等因素之間的複雜糾葛。[26]

　　《水滸傳》是充滿性別政治與權力意識的小說,在男性統治
的世界中,男性身體的欲望——男性在傳統文化社會底下被賦予
及期待的是:修身、齊家、治國、平天下。因此男性的身體必然
是個人－家庭－社會－國家的連結。由此觀看男性的視角,是對
於英雄的仰望,所以《水滸傳》強調武松打虎的男性威武勇猛以
及力氣;魯智深、李逵、秦明都是氣力無窮有著巨大身形的漢
子;至於林沖及宋江帶著儒生氣質,對於他們的描寫是林沖的忍
讓以及武藝,宋江的孝義慷慨性格,由身體衍生出來的力量在英
雄小說中是重要的。如此在《水滸傳》中透過忠義思想的大敘事
來認識《水滸傳》女性時,不論是一般女性或者女將們,都是被
放置在傳統文化底下檢視,是被性別政治所框限,《水滸傳》是
刻板地描寫這些女性的形象:或為女漢子、或為貞節女子,而那
些敗德的女性則為女禍。

　　對於女性的身體的書寫或理解則是特定歷史、文化語境中的
存在物。[27]《水滸傳》是一個將部分女性視為女禍的父權社會,

25　〔法〕皮埃爾・布爾迪厄著,劉暉譯:《男性統治》(北京:中國人民
　　大學出版社,2012年1月第1版),頁73。

26　李蓉:《中國現代文學的身體闡釋》,頁21。

27　李蓉:《中國現代文學的身體闡釋》,頁300。

《詞話本》的《金瓶梅》是延續此一觀點開篇並進行創造，《詞話本》的第一回回目為「景陽崗武松打虎　潘金蓮嫌夫賣風月」；《繡像本》的首回回目則為：「西門慶熱結十弟兄　武二郎冷遇親哥嫂」，《繡像本》的議論焦點圍繞在財與色之上，並發出勸懲之見，試圖在善惡報應的因果敘事框架中對於個人欲望展開是非辯證，[28]二書開篇時的敘述焦點大為不同。《詞話本》接續了《水滸傳》紅顏禍水的主題，自然也標示了儒家父權思想底下的性別政治意識。然而，不論在財色勸懲或者是對女色作道德批判，都是從儒家思想觀的大敘事轉向到《金瓶梅》則充滿身體欲望的感知小敘事。書寫的內涵，從公領域到私領域，從市井到家庭，更重要的是《水滸傳》試圖建立的男性桃花源，到了《金瓶梅》則成為無父的政治寓言。

《水滸傳》透過忠、義展現的男性身體敘事，例如林沖馴服於國家體制，直到忍無可忍才反抗。以及所謂「投名狀」的男性結義，是以殺人獻上頭顱表現男性的勇氣並彰顯自我的存在。在《水滸傳》中四海為家，兄弟異姓但可以一起大口喝酒，大塊吃肉，大秤分金銀，「家庭」的思維淡泊，但「兄弟」的結義往往以身體的能力來展現，或以武藝或對梁山泊功勞論排序。這些離開家園的男性，奔上水泊梁山，成為男性的烏托邦，他們馴服於結義的想像中。

《水滸傳》裡高大強健黑壯的男性身體符號，以及他們打家劫舍的行為，都是一種野性的、強悍且具侵略性的身體美學展現，這樣的美學表現。自然對應著一個積弱的朝政及時代，雖然

---

[28]　李志宏：《《金瓶梅》演義——儒學視野下的寓言闡釋》，頁37-43。

儒家道德束縛倫理規範，逐漸向個人的、英雄美學靠近，然而，它最終指向儒家群體規範底下個人理想的失落，水泊梁山的好漢們仍是被招安，聚義廳改喚忠義堂，這些臉上打著罪犯金印身上紋著花繡的好漢，到底沒能被安置回儒家的忠義思想君臣關係底下。《金瓶梅》則從個人小敘事，放大到家庭，社會及朝廷國家，個人的身體欲望的滿足是最重要的，因此著重書寫的是身體感知，是微觀身體細節的書寫。

三、家國失序與對於秩序重建的期待

明代中後期，商業經濟繁榮，政治卻異常腐敗，這樣的興衰並存在當時的文化社會中，個人追求感官欲望以及財富累積，並尋求酒色財氣的享樂，透過《金瓶梅》西門慶的發迹史，回應的便是社會結構的崩壞以及家庭倫理的失序。因此，「《金瓶梅》的寫定者將（《水滸傳》）原有的復仇故事原型經過置換變形以後，使得整體敘事創造從忠義英雄的浪漫形塑轉化為男女情色的寫實敘述。西門慶作為傳統父權宗法秩序的象徵形象，正是寫定者有意從己／家／國三位一體的互文手法統統攝其一生命運書寫。」[29]事實上，《水滸傳》的兄弟結義不只是朋友的聚合關係，「聚義則真正成為一種反抗社會不公的組織形式。」[30]兄弟結義，除了意味著反抗社會不公的組織因「義」而聚而結盟，但同時也意味著家庭被忽略，這是《水滸傳》從己身到家國的重建企圖，但是家庭失落，這些男性也多半無家，這是男性的桃花源

29　李志宏：《《金瓶梅》演義──儒學視野下的寓言闡釋》，頁 152。

30　傅惠生：《宋明之際的社會心理與小說》（北京：新華書店，1997 年 10 月第 1 版），頁 153。

的建立以及理想的追尋。到了《金瓶梅》是家庭的失序——家庭中的女性勾心鬥角，而男性幫閒者也破壞家庭秩序。

　　然而，人不可無家，家不可無國的支持，從《水滸傳》中宋江最終努力的是被招安方能建功立業，青史留名，然而英雄失路，進退失據，寄遇時俗的政治寓言回應了歷史現實。到了《金瓶梅》從情與欲的書寫看家國的崩壞，晚明的政治現實也透過西門慶家庭的興衰展現。可知從《金瓶梅》到《水滸傳》談男性的桃花源到個人欲望的追尋，不論是《水滸傳》或《金瓶梅》編寫者在作品內部都指出國家／家國的失序，也隱喻著編寫者對於秩序重建的企圖或渴望。

　　《水滸傳》的故事中，武松殺嫂祭兄是將自己當作宗法秩序的維護，當武松發現官府無法協助家國秩序的建立與安定，武松只能選擇出走到水澤山邊，和其他英雄共同建立男性烏托邦的想像樂土，但樂土最後在他們接受朝廷招安時：送走莊客、老小、家眷，再將不堪用小船散與附近居民收用，山中應有的房舍屋宇，任從居民搬拆，三關城垣、忠義等屋盡行拆毀。（第 83 回）至此，梁山桃花源煙消雲散，水滸兄弟的家園重建失敗。朝廷從沒信任他們，他們從此進退失據，對水滸梁山兄弟而言，他們是一群無家無國之人。

　　《金瓶梅》的編寫者從家庭寫起，從潘金蓮和西門慶的遇合開始，寫有一妻五妾的西門慶以及西門家庭生活，然而，《金瓶梅》裡的西門慶出場時即無父，是「無根」之人，妻妾亦復如此。[31]不論是西門慶、潘金蓮、吳月娘、孟玉樓都是「無父」之

31　田秉鍔：〈統治思想趨於崩潰及舊倫理的淪喪——《金瓶梅》所反映的

人:李嬌兒、孫雪娥、龐春梅是否有父,文中未曾提及;至於唯一寫出父親的是宋惠蓮,在宋惠蓮自縊後,她的父親賣棺材的宋仁,打聽得知,覺得女兒枉死,不讓人火化惠蓮屍首,叫起冤屈,他說:「西門慶因倚強奸耍他,我家女兒貞節不從,威逼身死。我還要撫按上告,進本告狀,誰敢燒化屍首!」(第26回)即使宋仁不明其中事理,卻是在《金瓶梅》中唯一為女兒發聲的父親,卻因西門慶賂賄官府後,反被告詐財,倚屍圖賴,當廳被夾二十大板,打得腿都淋漓鮮血,後來生了棒瘡,歸家著了重氣害了時疫,不上幾天嗚呼哀哉死了。(第26回)再看看全文中擁有權勢父親的西門大姐,她在全文中極少受到西門慶關愛,連交談的場景都幾乎沒有,比丫頭還不受重視,她彷若無父。

　　《金瓶梅》這樣一個無父的家庭背景,是與宗法理秩序斷裂,於是在潘金蓮與西門慶的許多背德行為中,「一個成為無德淫婦,一個變成無禮小人。同時,當整個歷史文化語境,皆喪失道德意識實踐的理性認知時,則人性的異化與人際關係的功利結合,勢將因個人欲望的極度擴張而導致家國秩序陷於混亂,甚至走向毀滅之途。」[32]不論是以延續女禍觀點的《詞話本》,或者是對於個人欲望展開是非辯證的《繡像本》,都是面對父權社會制度的崩壞,家庭失序,君王被太師等奸佞小人蒙蔽,因此,整個社會都處於「個人無父」—「朝廷無君」失序狀態中:

　　　　看官聽說:那時徽宗,天下失政,奸臣當道,讒佞盈朝。

　　時代及社會意義〉,王利器主編:《國際金瓶梅研究彙編》第1集(成都:成都出版社,1991年),頁85-100。
[32] 李志宏:《《金瓶梅》演義——儒學視野下的寓言闡釋》,頁67-68。

高、楊、童、蔡四個奸黨，在朝中賣官鬻獄，賄賂公行，
懸秤升官，指方補價。緣鑽刺者，夤緣鑽刺者，驟升美
任；賢能廉直者，經歲不除。以致風俗頹敗，贓官污吏遍
滿天下，役煩賦興，民窮盜起，天下騷然。不因奸臣居台
輔，合是中原血染人。（第30回）

如同《金瓶梅》文本裡的敘述，天下失政，社會騷動不安，因此
對於人的描寫，又回到極本能的生存食色欲望。反過來說，重視
食色欲望本能的家庭，也因情色而戕身害命。「小說一方面通過
強化的方式，顯示女色戕身伐命的潛在危害性及社會解構功能，
另一方面則通過弱化的方式，再造女性性徵的中性特徵，為她們
重新編碼。不論強化抑或弱化，都是一種男性中心主義的敘
事。」[33]男性中心的敘事觀，回應的即是父權社會以及宗法倫理
秩序的期待，但《金瓶梅》也回應了人真實存有的欲望及情感。
當故事走到最後，朝廷秩序的混亂終於在新的王朝中塵埃落定：

大金國立了張邦昌，在東京稱帝，置文武百官。徽宗、欽
宗兩君北去；康王泥馬度江，在建康即，是為高宗皇帝，
拜宗澤為大將，復取山東河北，分為兩朝，天下太平，人
民復業。（第100回）

這裡的描寫似乎接下來是國泰民安，蒼生得以安生立命，一片繁

33　馮文樓：《四大奇書的文本文化學闡釋》（北京：中國社會科學出版
社，2004年5月第2版），頁325。

華景象，唯美中不足的是孝哥兒被普靜師父幻化而去，然而慶幸的是月娘收了玳安為西門玳安，人稱西門小員外，承其家業，並養月娘到老，月娘壽年七十歲，善終而亡，都因她平日好善看佛經的福報，當然善終的還有孟玉樓。

這裡自然表現的是佛教善惡果報的勸懲意味，然而除了宗教救贖的意義之外，還有在家、國都失序後，對於國家、社會、家庭秩序重建的期待。孝哥兒的幻化，使得西門慶一生淫欲的罪孽，在度化而去的那一瞬間被洗濯；當然，在此之前，小玉在夜晚不成寐時，已偷看到普靜師父超拔眾生。孝哥兒的度化，更是讓西門慶的造惡非善也超生而去，就普靜師父口中所言，孝哥兒是西門慶托生，若無度化，則會「散盡家產，臨死還當身首異處」。（第100回）仍是骨肉分離，那麼秩序亦仍未被重建。

在這樣一個無父而失序的家庭，秩序的重建，首先就是要將倫常確立，而且由「母親」來確立。一直在西門慶身旁打理大小事的心腹小廝就是玳安，他的妻子小玉也是吳月娘的貼身丫頭，更重要的是他們倆的婚事，本來就是由月娘決定的，在她主動為小玉及玳安婚配時，她就像母親一樣的給予及決定他們的婚姻及未來。在這個「無父」──或父親總是缺席的家庭中，秩序是由「母親」來決定。

如此，一直對西門家庭深知所有事務，同時也不離不棄，更能在任何時候都打點好一切的玳安，最終成為西門玳安，極為合情合理。而善終的月娘及玉樓，與其說是因為月娘聽經念佛，倒不如說，她們在西門家時，就是極力維持秩序者。月娘身為正室，時時以不語忍讓的行事風格維護家庭和諧，玉樓不論是當西門慶的妾室或是李衙內的妻子，都以和諧處事為原則，不爭不吵

以及自我壓抑，更何況，當孟玉樓從西門家再嫁出去時，是得到月娘的祝福，月娘還以玉樓娘家人身分出席喜宴，各自重建了家庭秩序。在儒家要求的長幼、上下秩序中，她們都使得家庭和諧，並且使倫理的維持成為可能，因此，她們的善終是回應了《金瓶梅》寫家國同構倫常失序的隱喻，並對於秩序重建的深切渴望。

第四節　結　語

《金瓶梅》是一部「家國式一體小說」，它所演繹的是家道的敗落、政治的黑暗、國家的衰亡。是國之悲歌、政之悲歌、家之悲歌。因此西門慶的身體也是家體與國體的象徵與隱喻。西門家的盛衰，映照了晚明政治的榮枯。[34]不論宋末或晚明，政治社會的動盪，都使得原有的傳統倫理思想被破壞。重義的遊俠本自外於君臣倫理之外，因此思惟在忠與義之間擺盪，當義被突顯時，個人的色彩也會增加，成就了英雄。因此，《水滸傳》到《金瓶梅》成為從男性敘事到女性身體書寫，從儒家忠義觀落實在身體敘事上到身體感知細節書寫。

從《水滸傳》的儒家身體忠義思想，到《金瓶梅》身體感知細寫與觀照，已隱含了身體書寫背後的哲學想像以及所預設的期待，雖然《金瓶梅》從《水滸傳》中繼承或挪移的人物不多，情節的繼承也很少，但是《水滸傳》和《金瓶梅》都寫朝政崩壞，

---

[34]　孫志剛：《金瓶梅敘事形態研究》（北京：中國社會科學出版社，2013年），頁48-51。

奸佞當道的亂世：《水滸傳》論的是亂自上作，《金瓶梅》寫的是亂由下起，都是論家國、論亂世，都是找不到出路的人們，只是《水滸傳》寫的是悲劇英雄，《金瓶梅》寫的是荒涼又荒謬的小人物。

　　《水滸傳》中三寫元宵節，寫出「火」與「鬧」的市井景像與官民的衝撞。社火、煙火與燈火的意象使得《水滸傳》除了殺伐之氣，還有躁動與寂滅的隱喻，表現了英雄小說男性身體書寫的喧鬧與衝突。但透過元宵節時男性的飾花簪花，以及李師師與宋徽宗所暗示的柔美與一點欲望，至《金瓶梅》則大大書寫了元宵節中男女的情欲動與燈火、煙火的隱喻。

　　《水滸傳》從暴力的市井與英雄書寫，到隱含的家庭暴力《金瓶梅》——欲望與情感在太小的閨房流盪，情與欲都無法昇華，因此肉欲流洩以欲表情。如果《水滸傳》是男性、英雄對於個人價值與理想的失落；《金瓶梅》則是女性對於家庭情愛的追尋與失落。如是，《金瓶梅》的編寫者以淫止淫、以淫說法的背後，除了萬境皆空的佛道思想，重要的是與《水滸傳》互為參照的理想的失落，及對於秩序重建的渴望，同時對於價值及秩序重建的可能是寄託在「女性」／「母親」的身上，因為《金瓶梅》書寫的是一個無父無君的社會。

附錄一：《水滸傳》的版本

此附錄乃據嚴敦易：《水滸傳的演變》（濟南：齊魯書社，2006月7月第1版），頁199-201「明中葉後水滸傳各版本情況表」。齊裕焜：《明代小說史》（杭州：浙江古籍出版社，1997年6月第1版），頁97-98。以及黃俶成：《施耐庵與《水滸》》（上海：上海人民出版社，2000年12月第1版），頁257-260「今知明版《水滸》小說」。整理而成：

書目	卷及回數	內容	刊行時期	刊者序者	簡繁系統	備註
江湖豪客傳						此為《水滸》祖本，見《施耐庵墓志》
水滸傳	未見記錄	可能為天都外臣序本的祖本	嘉靖二十八年之前	郭勛	繁本	託名施耐庵
水滸傳	未見記錄	此為見於著錄最接近祖本之本				吳從先見本，見萬曆刊《小窗自紀》紀三。
水滸傳	一百十五回	增田虎王慶	不詳	黎光堂鄭大郁序	簡本	
忠義水滸傳	一百卷	稱錢塘施耐庵的本、羅貫中編次。	嘉靖刊			見高儒百川書志》卷六。此為今見除《施耐庵墓志》外

						最早關於《水滸》卷數與著者的著錄。
忠義水滸傳（殘本）	二十卷一百回	同後來百回本	疑為明初或嘉靖刻本	未詳	繁本	署施耐庵撰、羅貫中纂修。北京圖書館藏殘頁。現存最早的版本之一。
忠義水滸傳	一百卷	似接近百回本	嘉靖二十八年左右	未詳	繁本	
忠義水滸傳（殘本）	二十卷一百回	同後來百回本	疑為嘉靖刻本	未詳	繁本	鄭振鐸藏本
忠義水滸傳	一百卷一百回	有征遼無田虎王慶	萬曆十七年	新安天都外臣序	繁本	
忠義水滸傳	一百回不分卷	有征遼無田虎王慶	明萬曆天啟間	大滌餘人序	繁本	安徽新安黃誠之、劉啟先刻，有精圖五十葉頁，卷首有序，署大滌餘人序，孫楷第《中國通俗小說書目》著錄。
忠義水滸全集	一百二十回		明崇禎	寶翰樓刊		內容與袁無涯本同

						，日本官內省圖書寮有藏本。
新刊京本全像插增田虎王慶忠義水滸傳全集（殘本）	二十四卷一百二十回（未確定）	始增田虎王慶	萬曆年間前於評林	建陽余氏	簡本	巴黎國家圖書館收藏，此書為最早田、王事本。
京本增補校正全像忠義水滸志傳評平	二十五卷分回不明晰	增田虎王慶	萬曆二十二年	建陽余氏雙峰堂	簡本	
京本忠義傳（殘本）			明正德、嘉靖書坊刻			此為現存最早《水滸》版本之一，1975年發現，藏於上海圖書館。
金聖歎評水滸傳	七十回	取百回繁本為基礎，將「梁山泊英雄排座次」改寫為「梁山泊英雄驚惡夢」	明崇禎十四年（1641年）	貫華堂本	繁本	金聖歎偽託施耐庵寫了三篇序文和全書評語。
李卓吾先生批評忠義水滸傳	一百卷一百回	有征遼無田虎王慶	萬曆三十八年	容與堂（杭州）	繁本	此為今存最早的完整《水滸

						》版本。北京圖書館藏書。
李卓吾先生評忠義水滸全傳	一百二十回不分卷	百回基礎上，增加了據簡本改寫之田虎王慶故事	萬曆四十二年	袁無涯刊楊定見小引	綜合本	
文杏堂批評水滸傳	三十卷標目在卷前	增田虎王慶	萬曆三十八年之後	寶翰樓（蘇州）	簡本	法國黎國家圖書館藏殘本。鄭振鐸《巴黎國家圖書館之中國小說與戲曲》、劉修業《古典小說戲曲叢考》著錄。
文杏堂批評水滸傳	三十卷標目在卷前	增田虎王慶	萬曆三十八年之後	明金閶映雪草堂刊（蘇州）	簡本	原本佚。日本東京大學藏明刻清補本，孫楷第《中國通俗小說書目》著錄。
鍾伯敬先生批評忠義水滸傳	一百卷一百回	有征遼無田虎王慶	明萬曆天啟年間	四知館	繁本	藏法國巴黎國家圖書館。孫

						楷第《中國通俗小說書目》著錄。
鍾伯敬先生評忠義水滸傳	一百卷一百回	有征遼無田虎王慶	明萬曆天啟年間	慶吉堂刊	繁本	日本東京大學、神山閏次曾藏。孫楷第《中國通俗小說書目》著錄。
全像評點忠義水滸傳全集	一百二十回		明萬曆42年（1614年）	安徽・袁無涯刊本		署施耐庵撰、羅貫中纂修，並有李贄〈序〉，楊定見〈小引〉。原刻本今藏北京圖書館。1929年上海商務印書館據以排印，去插圖，增胡適〈水滸傳新考〉、〈水滸傳本源流沿革考〉，題《一百二十回

						的水滸》。1933年北京流通圖書館排印，題《仿明刻忠義水滸傳》。1943年偽滿州國藝文書局據此本重新排印，題《忠義水滸全書》。1944年偽滿州國圖書株式會社據藝文書局本再印，增鄭振鐸〈水滸傳的演化〉，題《忠義水滸全書》，1957年上海商務印書館再據1929年紙型重印，抽去胡適二考，精裝二冊

						，仍題《一百二十回的水滸》。1961年中華書局上海編輯所以為此為底本，以人民文學出版社《全傳》本參校。重新排印，題《水滸全集》。
新刻全像水滸傳（全像水滸傳）	二十五卷一百十五回	增田虎王慶	崇禎年間	富沙劉興我刊本	簡本	
巾箱本水滸傳	一百十五回	增田虎王慶	不詳	不詳	簡本	
英雄譜水滸	一百十回	百回本加閩本之田虎王慶	崇禎年間	雄飛館熊飛序	綜合本	
金像水滸傳			明萬曆初海虞三槐堂刊			佚。見萬曆二十二年《水滸志傳評林》端首批評著錄。
金像水滸傳	二十卷一百十五回		明崇禎元年東惠陽富沙劉興我刊	汪子深序本		日・長澤規矩也《家藏中國小說書目

						》、日‧薄井恭一《明清插圖本圖錄》著錄
插圖本容與堂忠義水滸傳	一百卷一百回					日‧薄井恭一《明清插圖本圖錄》著錄
都察院藏板水滸傳			嘉靖前後			《古今書刻》著錄
繡像藏版水滸四傳全書	一百二十回			郁郁堂本		署施耐庵集撰、首都圖書館、南京圖書館、日本內閣文庫有藏本。
名公批點合刻三國水滸全傳英雄譜	二十卷一百十回		明崇禎間	雄飛館初刻本。又稱英雄譜本		《水滸》部分署錢塘施耐庵編輯，《三國》部分署晉平陽陳壽史傳、元東原羅貫中編次、明溫陵李載贄批點，卷首有熊飛《英雄

						譜弁言》。今藏日本文理大學，王古魯《稗海一勺錄》著錄。

附錄二：

　　此附錄據《金瓶梅資料滙編》整理。朱一玄編：《金瓶梅資料滙編》，《中國古典小說名著資料叢刊》第四冊（天津：南開大學出版社，2002 年 6 月第 1 版，2003 年 7 月第 2 次印刷），頁 12-80。

《金瓶梅》回數及事件	改寫自《水滸傳》回數及事件	備註
《金瓶梅詞話》全文	出自《水滸傳》第 23-27 回	
《金瓶梅詞話》第 26 回寫來旺被西門慶陷害的情節	由《水滸傳》第 30 回所寫張都監陷害武松的文字改寫而成	
《金瓶梅詞話》第 84 回吳月娘泰山燒香	由《水滸傳》第 7 回高衙內設計姦污林沖妻的文字改動而成	只是第 26 回武松鬥殺西門慶，改寫成武松誤打李外傳，因而充配孟州道，使西門慶逍遙法外，一直寫到西門慶死後的第 87 回，方始重新回到《水滸傳》的第 27 回，寫了武松殺嫂祭兄。
《金瓶梅詞話》第 84 回寫吳月娘泰山燒香，逃出廟宇以後，又被劫上清風寨，再為宋江所救的情節	由《水滸傳》第 32 回的文字改寫成	
《金瓶梅詞話》第 84 回寫吳月娘泰山燒香，所見的女神描寫	與《水滸傳》第 42 回宋江夢中所見的九天玄女相同	
《金瓶梅詞話》第 84 回寫吳月娘泰山燒香，幾	是由《水滸傳》第 52 回的情節改寫	

乎被殷天錫姦污，還提到後來殷天錫為李逵所殺		
《金瓶梅詞話》第 10 回寫李瓶兒「先與大名府梁中書家為妾。梁中書乃東京蔡太史女婿，夫人性甚嫉妒，婢妾打死者，多埋在後花園中。這李氏只在外邊書局內住，有養娘伏侍，只因政和三年正月上元之夜，梁中書同夫人，在翠雲樓上，李逵殺了全家老小，梁中書與夫人各自逃生，這李氏帶了一百顆西洋大珠，二兩重一對鴉青寶石，與養娘媽媽，走上東京投親」	由《水滸傳》第 66 回、67 回的有關情節改寫成	

第六章 結 論

　　《金瓶梅》托宋寫明，以西門慶家的盛衰演繹、政商勾結、社會混亂、國家衰亡的社會現實。不論宋末或晚明，政治社會的動蕩，都使得原有的傳統倫理思想被破壞。《水滸傳》的重義使得倫理綱常的約束性被削弱。《金瓶梅》以《水滸傳》武松殺嫂的情節展開，但《金瓶梅》的內容已從英雄歷史的大敘事，轉向世態人情的描寫，從公領域的市井家國書寫，到私領域的家庭閨房描寫；從英雄殺伐及男性烏托邦的追尋，轉而為男女欲望及日常生活的書寫；從儒家忠義思想的建構，下降為個人欲望的滿足；也就是到了《金瓶梅》時已從男性敘事中心轉而為女性為敘事中心，並且是以女性身體為主要敘事對象。

　　明代工商繁榮，市民階層興起，娛樂及通俗文學興盛，使重商重利的俗世文化毫不避諱地在表現在文學作品中。思想上，李贄等人重視情的發微肯定人欲存在，反對理學的束縛，這使得人的欲望被注目。在政治上綱紀敗壞，上位者重欲荒廢國事，即使如此，宋明時期的儒士文人仍重視家法族規禮教制度，對於女性的限制亦繁多。至晚明，君王荒淫，重欲好利的社會風氣興盛，城市商業的繁榮，商人階層興起，使得社會的價值向欲與利傾斜。士商階層原本涇渭分明，開始流動、靠近，向利益欲望靠攏。不論宋末或晚明，政治社會的動蕩，都使得原有的傳統倫理

思想被破壞。《金瓶梅》便是在這樣好色好貨、重視人欲，但禮法鬆動家國失序的時代出現，《金瓶梅》重筆描寫的男女欲望背後，自有其深切的政治寓意以及道德反省。

　　東吳弄珠客的序說明：「然亦自有意，蓋非世戒，非為世勸也。」其所寄意於時俗的意旨為何？那個被指稱的混亂失序的時代，又如何透過男女欲望，透過女性的身體書寫被展現。《金瓶梅》透過這些身體欲望的書寫，一方面指稱欲望的沈淪對於國家的危害，另一方面，又透過欲望的書寫期待人們自欲海中超拔，重建倫常秩序。東吳弄珠客所言：「讀《金瓶梅》而生憐憫心者，菩薩也；生畏懼者，君子也。」君子所畏懼的，是人性的沈淪，這個無父無君的西門家庭以及它所處的時代。若能心生憐憫，則能悲憫地看待欲望男女在果報輪迴中的懲誡。

　　《金瓶梅》的編寫者關注身體敘述，特別是女性的身體敘事，關注身體細節以及身體感知的表現，已超越前代的文學作品。在此即說明《金瓶梅》為世情／家庭乃至豔情小說之首，其身體書寫在此系譜中開展的意義，理解女性透過身體政治的運用，以身體交換財富利益，同時反省父權社會的性別政治對於女性的框限，以及規訓女性身體，但同時也隱含對於家庭秩序重建的期待。《金瓶梅》參照並重寫《水滸傳》的人物以及情節，以及省視《金瓶梅》的身體敘事底下，如何看待女性的身體。作品在歷史文化語境下呈顯的身體敘事意義，並檢視女性人物身體敘事的隱喻。

一、身體敘事視角的改變——從身體觀到身體感知

　　《金瓶梅》從《水滸傳》中有關西門慶、潘金蓮的部分情

節，轉而以西門慶的家庭敘事為中心，並擴大到他的親朋鄰里的清河縣為社會中心，再擴大到以汴京為中心的官場；在敘事結構上，則聚焦在日常生活的細節描寫，展現了市井小民中男女欲望的、家庭及社會的種種風情及生活面向，家庭成員裡的男男女女為欲望所困，家庭的起落，更隱喻了國家的興衰。

《水滸傳》和《金瓶梅》都寫朝政崩壞，奸佞當道的亂世，但《水滸傳》論的是亂自上作，《金瓶梅》寫的是亂由下起，都是論家國、都是寫亂世，以及找不到出路的人們。《金瓶梅》寫的是荒涼的小人物，細寫這些男女的身體感知，並隱含了身體書寫背後的想像──《金瓶梅》的欲望與情感背後的目的充滿了權力及利益的交換，也充斥著暴力及威脅，因此肉欲流洩，情與欲都無法昇華。

《金瓶梅》透過細寫身體的各種感官知覺，形塑了西門慶與女性們的關係，這些家庭生活瑣碎的日常，是西門慶家興起與崩壞的軌跡。說明了父權社會下男性的主體性，以及作為從屬的女性如何向男性獻媚，至於女性飲尿、吞精成就極醜陋且噁心的荒誕美學。同時也說明了西門慶為一家之主彷若一國之君，其他人以各種姿態匍伏階下，乞求愛寵或財富，表現了女性的自我屈從。在飲尿吞精所描寫的女性身體感官知覺的情節中，指陳的不只是《金瓶梅》在肉身色欲沈淪的向度，更寫出《金瓶梅》裡的眾多女性都仍不敵這龐大的、集體的欲望沈淪，再回到欣欣子序言裡所說的，《金瓶梅》的欲望書寫，不是為了宣淫導欲滿足男性的感官需求，是為世誡。

《金瓶梅》身體感知的細節描寫，透過視覺、聽覺、觸覺、味覺及內在的身體快感與噁心，觀察這些人物對於欲望的直觀以

及需索。他們的觀看角度，代表所處的位置，也表示了他們彼此利益關係或衝突。《金瓶梅》四寫元宵節，元宵的狂歡性可以從「觀看」與「被觀看」的角度來看，元宵節也成為《金瓶梅》暗示家庭興衰起落的節慶，元宵節的燈火、煙火，也展示了個人、家庭燦爛到寂滅的處境。至於小說中書寫的「偷窺」、「潛聽」書寫，是小說家的書寫策略，而這些欲望的描寫，彰顯了《金瓶梅》作者對於欲望觀察及反省，並深切地表達了人們欲望的複雜性，同時，橫陳的欲望，指向命運不可抵抗的悲劇，唯有不捲入欲望的漩渦，方能有安生的可能。

二、書寫男女欲望的放縱，
隱喻對於女性安定秩序的期待

在中國傳統文化底下，性別一直是受到身分以及權力關係的影響。以西門慶為中心，展開的一妻多妾的《金瓶梅》，妻妾的管理自然成為一種政治手段。對於女性身體的限制及要求，往往是帶著二元對立的思想，男性／女性、父權／被規範的女性、上層／下層的思惟。《金瓶梅》當中女性被規訓的身體觀即是性別政治的討論，這樣在文化凝視底下的女性身體觀，有部分也沿續《水滸傳》的女禍思想，以及在傳統性別框架底下看待女性。另一方面，《金瓶梅》也突出女性的情欲自主的展現。可看出晚明士人對於欲望是充滿了渴求以及焦慮的矛盾心理，也因此晚明欲望的書寫，特別是情欲帶來的感官享受，往往同時會招致疾病與死亡。

不論男性或女性都所受到傳統文化、權力的規訓，權力又是無所不在，特別是女性的身體。西門慶利用權力財富利誘或規訓

女性的身體，或者女性利用身體交換利益，指陳家庭秩序的崩毀。《金瓶梅》的編寫者對於一夫多妻的家庭女性如何共處，是有所期待：對於正室要求大器賢慧，以維持家庭和諧；同時也期望妾室的言行合宜，在情節的表現，則以生命的結局作為對她們的評價。

在《金瓶梅》中被視為千古淫婦的潘金蓮，她將自己的身體及性愛當作籌碼，以獲得西門慶的愛寵以及在西門家的地位。至於李瓶兒，則是擺盪在身體自覺與傳統溫柔敦厚妻妾角色的女子，在她進入西門家生下一子後，力圖成為一位賢妻良母，但她終究不敵這龐大的、集體的欲望沈淪，她喪子也失去了生命。龐春梅代表的就是欲望本身，無目的縱欲與沈淪，在她看盡了西門慶和妻妾們的男歡女愛，也習得了欲愛翻騰的生活，最終她因淫欲病死，春梅死亡的姿態和西門慶重疊。春梅的縱欲，回應了她在西門府的生活，以及暗喻了集體的放縱，作者以「酒、色、財、氣」四貪詞為世人誡，說明家庭成員裡的男男女女為欲望所困，以致於家庭的起落，更隱喻了國家的興衰。

此外，龐春梅也見證了土財主西門慶家的興衰起落，參與了朝廷命官周守備府的榮枯。如果西門慶的家庭是「家」的起落，那麼周守備府則揭示了「國」的榮枯。生命最終只剩欲望的春梅，卻有著為國征戰的丈夫；國家岌岌可危時，她縱欲消魂；最後丈夫在前線戰死，她卻死於性愛的床上。縱欲病態的春梅隱喻著晚明社會的欲望無度，也象徵著這個繁華卻又極為衰敗的國家。龐春梅不僅見證西門與周守備府邸的興衰，更隱喻了一個價值混亂的時代，更大的意義則是在展現家庭秩序的失落。作者透過《金瓶梅》的失序混亂，以淫說法，同時，更期待在天理人欲

之間能和諧的家庭價值。

三、家國失序與秩序重建的期待

在《金瓶梅》中有一個能喚起人們記憶，遙想起《金瓶梅》承繼《水滸傳》的部分場景或情景，是西門慶和貴婦遺孀林太太的苟合場景，是在她寡居的簪纓世家中書寫著「傳家節操」的「節義堂」裡，這裡大大嘲諷了梁山水泊兄弟一路追尋忠義精神。在兄弟結義、患難與共、死生相隨的《水滸傳》，到了《金瓶梅》，幾乎所有人的關係都只是表面的、虛假的，只剩春梅和金蓮還有一點真心，如此遙遙對照，《水滸傳》男性兄弟結義到了《金瓶梅》的崩毀，諷刺幫閒者與西門慶結為兄弟最終卻是樹倒猢猻散。故事到了最後，龐春梅對於身體自主及性自主，使得她最終成為西門慶與潘金蓮的綜合體，她的死亡也回應了西門慶死亡的姿態。因此，更清楚照見，從《水滸傳》到《金瓶梅》，是從「情義」下降到「欲望」，從英雄走到了欲望橫流的日常，只剩無父無兄，倫常破壞，失序混亂的欲望男女。

宋明儒學天理人欲的發微直面人欲情感，直視人們內心的真實感知，然而，也必須面對欲望沈淪的人性本質。這也使得這兩部相隔於宋明不同時代的作品，同時表達了對於個人生命價值的失落：如果《水滸傳》是男性對於個人理想與價值追尋的失落，對於烏托邦或桃花源樂土的不可尋；那麼，《金瓶梅》則是女性對於家庭樂園，真切情愛追尋的失落。

《金瓶梅》的編寫者背離了傳統「以隱為美」的抒情傳統，而以暴露欲望的本質。《金瓶梅》裡欲望橫流的男女情事，在以隱為美的文學傳統中，是赤裸、醜惡不堪，挑動及暴露欲望，並

且將私領域的身體放在閱讀公眾面前，其背後的意義或直指欲望能在被壓抑的倫理教化，在明代天理人欲的思想中被放開。《金瓶梅》工筆寫出人性至貪至醜，彰顯人性欲望貪婪的一面，如鏡子之照見，我們都在鏡前。展現欲望的同時，也把縱欲的結果導向死亡、衰敗、色即是空的結果。編寫者並非要宣淫導欲，並不是只寫豔情的內容，更深切的期待是以色身說法，以淫止欲，如此才能具有菩薩心，以淫說法。

其背後除了呈現萬境皆空的佛道思想，更重要的是與《水滸傳》互為參照的理想的失落。《金瓶梅》深切地表達欲望的複雜性，《金瓶梅》女性身體的書寫，以情色作為敘述策略，喚醒人們對於明代中葉政治社會的關注，也傳達了對於倫理秩序、家國秩序重建的深切盼望。

當我們思考著這些女性的情欲自主，她們展現真實情欲時，究竟是情欲自主，才會不斷主動尋找可以滿足她欲望的男人——例如潘金蓮。還是，她們其實是徹底馴服於父權社會，才會將身體當作她的資本以及工具，以滿足男人獲得愛寵為目的。於是潘金蓮總是處心積慮以自己的身體迎合西門慶的欲望，並期能操控西門慶的欲望。這些情色書寫自然不是只為了描寫性愛的豔情小說，而是透過潘金蓮、李瓶兒、龐春梅從欲望需索到她們的死亡，都指出了一個重要的核心價值及思考，並以色身說法。

《金瓶梅》中看到了女性身體書寫：有情欲自主或欲望無度的女性（潘金蓮、林太太），有謹守禮法規範的女性（吳月娘、孟玉樓），或者期待從欲望裡掙扎成為賢妻良母（李瓶兒），也有以身體交換利益作為家庭營利所得（王六兒），還有被迫沈默的妻子（西門大姐）……關於她們的身體書寫，指出了男女欲望的各種面

向，更豐富了對於女性身體細節的描寫，為後來的豔情小說，也指陳了身體感官細節的陳述。

　　《金瓶梅》以色身說法的核心價值背後，也呼應了《水滸傳》理想的失落，男性離家是為了返家能重建家園，但水泊梁山理想的失落，意味著男性所尋求的水邊烏托邦、桃花源的不可能，當理想樂園失落，人們只能回到俗世家庭。然而，家國秩序崩毀，人間家庭秩序是無父無君，西門慶和眾妻妾都是無父之人，因此他們更能形塑自己的欲望城堡。無父無君，無家無國，從家庭到朝廷，都是蔑視禮教，都是好色好貨好利的俗世之人，彰顯晚明對於欲望的需求，於是家國社會衰敗沈淪。然而，《金瓶梅》並不只是指出男人建立的倫常制度的崩毀，同時也指出，女性因文化的要求，被期待女性作為賢妻美妾以及良母，期待女性能維持家庭秩序，並且期待女性能重建家庭秩序。

　　《金瓶梅》的最終，所有的縱欲都導向了疾病及死亡，因此，也以佛教的色即是空、果報輪迴觀念來對應，對治人性的貪婪以及欲望的驅動，同時，更以此說明女性安定家庭及重建家庭秩序的可能。因為佛教信仰而能淡漠欲望自持的吳月娘，終也能捨離孝哥兒被普靜師度化而去的悲傷，如此才能保住孝哥兒不重蹈西門慶覆轍，才能保住西門家業，同時，進一步重建家庭秩序的可能。如此可看見吳月娘以「母親」之姿，婚配了自己的貼身丫頭小玉與西門慶的貼身小廝玳安，最後收玳安為義子成了西門玳安。《金瓶梅》女性身體書寫，仍收束在家庭綱常制度的建立，女性／母親在此已指出家庭倫常重建的可能，以及編寫者那樣深切的期待。

徵引文獻

引用古籍：

〔唐〕段成式：《酉陽雜俎》（臺北：藝文印書館，1965 年）。

〔元〕脫脫，《宋史・刑法志三》（臺北：藝文印書館〔據清乾隆武英殿本刊行〕，1965 年）。

〔明〕李卓吾評本，〔明〕施耐庵、羅貫中著，〔明〕李贄評：《水滸傳》（上海：上海古籍出版社，1988 年 11 月第 1 版，2009 年 5 月第 7 刷）。

〔明〕蘭陵笑笑生：《新刻繡像批評金瓶梅會校本》（臺北：曉園出版社，1990 年 9 月第 1 版第 1 刷）。

〔明〕蘭陵笑笑生著，梅節校訂：《金瓶梅詞話》（臺北：里仁書局，2007 年 11 月 15 日初版，2009 年 2 月 25 日修訂 1 版）。

〔清〕張竹坡：《張竹坡評點第一奇書金瓶梅》（濟南：齊魯書社，1991 年第 2 版）。

武秀成譯注：《隋書》：卷六十二，列傳第二十七（臺北：錦繡出版社，1993 年）。

專書：

《世界文學 2——空間與身體》（臺北：聯經出版事業公司，2012 年 6 月初版）。

《世界文學 3——女性與身體》（臺北：聯經出版事業公司，2012 年 9 月初版）。

《名家解讀水滸傳》（濟南：山東人民出版社，1998 年 1 月第 1 版）。

丁峰山：《明清性愛小說論稿》（臺北：大安出版社，2007 年）。

尹恭弘：《《金瓶梅》與晚明文化》（北京：華文出版社，1997 年 2 月第 1 版）。

方志遠：《明代城市與市民文學》（北京：中華書局，2004 年 8 月第 1 版，2005 年 6 月第 2 次印刷）。

毛文芳：《物、性別、觀看——明末清初文化書寫新探》（臺北：臺灣學生書局，2001 年）。

王岫林：《魏晉士人之身體觀》，《中國學術思想研究輯刊》第六編第十四冊（臺北：花木蘭文化出版社，2009 年 9 月初版）。

王建剛：《狂歡詩學——巴赫金文學思想研究》（上海：學林出版社，2001 年 12 月）。

王紅：《明清文化體制與文學關係研究》（成都：巴蜀書社，2010 年 12 月第 1 版）。

王德威：《小說中國　晚清到當代的中文小說》（臺北：麥田出版社，1993 年 6 月初版，1994 年 9 月初版 2 刷）。

王瓊玲、胡曉真主編：《經典轉化與明清敘事文學》（臺北：聯經出版事業公司，2009 年 8 月）。

田曉菲：《秋水堂論金瓶梅》（天津：天津人民出版社，2005 年 1 月 2 版，2008 年 4 月第 2 次印刷）。

任文利：《明代政治世界中的儒家——治道的歷史之維》（北京：中央編譯出版社，2014 年 11 月初版）。

伍寶珠：《書寫女性與女性書寫——八、九十年代香港小說研究》（臺北：大安出版社，2006 年）。

托莉·莫著，王奕婷譯：《性／文本政治女性主義文學理論》（臺北：巨流圖書公司，2005 年 9 月 2 版 1 刷）。

朱一玄：《金瓶梅資料彙編》（天津：南開大學出版社，2002 年 6 月第 1 版，2003 年 7 月 2 刷）。

朱星：《金瓶梅考證》（天津：百花文藝出版社，1980 年 10 月）。

何炳棣著，徐泓譯注：《明清社會史論》（臺北：臺灣學生書局，2013 年 12 月被版，2014 年 12 月版 3 刷）。

余安邦、熊秉真合編：《情欲明清——遂欲篇》（臺北：麥田出版社，2004

年初版）。

余舜德編：《體物入微：物與身體感的研究》（新竹：國立清華大學出版社，2008 年 12 月初版）。

余舜德編：《身體感的轉向》（臺北：國立臺灣大學出版中心，2015 年 12 月初版）。

余嘉錫：《水滸人物與水滸傳》（臺北：臺灣學生書局，1971 年，10 月初版）。

吳曉東：《漫談經典》（北京：三聯書局，2008 年 7 月）。

李孝悌：《中國的城市生活》（臺北：聯經出版事業公司，2005 年）。

李志宏：《「演義」明代四大奇書敘事研究》（臺北：大安出版社，2011 年 8 月第 1 版 1 刷）。

李志宏：《《金瓶梅》演義──儒學視野下的寓言闡釋》（臺北：臺灣學生書局，2014 年 9 月）。

李叔君：《身體、符號權力與秩序》（成都：四川大學出版社，2012 年 6 月第 1 版）。

李欣倫：《《金瓶梅》之身體感知與性別辯證：一個跨文本與漢字閱讀觀的建構》（臺北：臺灣學生書局，2014 年 9 月）。

李洪政：《金瓶梅解隱：作者、人物、情節》（臺北：臺灣商務印書館，2000 年 8 月初版）。

李梁淑：《《金瓶梅》詮評史研究》（臺北：臺灣學生書局，2014 年 9 月）。

李蓉：《中國現代文學的身體闡釋》（臺北：秀威資訊科技公司，2010 年 6 月 1 版）。

李蓉：《十七年文學（1949-1966）的身體闡釋》（北京：人民出版社，2014 年 6 月 1 版）。

李曉萍：《《金瓶梅》鞋腳情色與文化研究》（臺北：臺灣學生書局，2014 年 9 月）。

汪安民編：《身體的文化政治學》（開封：河南大學出版社，2003 年）。

汪安民：《尼采與身體》（北京：北京大學出版社，2008 年 1 月第 1 版，2009 年 2 月第 2 刷）。

汪安民、陳永國編：《後身體：文化、權力和生命政治學》（長春：吉林人民出版社，2011 年 1 月 2 版）。

沈心潔：《《金瓶梅詞話》女性身體書寫析論——以西門慶妻妾為論述中心》（臺北：臺灣學生書局，2014 年 9 月）。

沈華柱：《對話的妙悟——巴赫金語言哲學思想研究》（上海：三聯書局，2005 年 8 月初版）。

周中明：《金瓶梅藝術論》（臺北：里仁書局，2001 年）。

周慶華：《身體權力學》（臺北：弘智文化事業公司，2005 年 5 月初版 1 刷）。

周麗昀：《現代技術與身體倫理研究》（上海：上海大學出版社，2014 年 11 月）。

孟森：《明史講義》（臺北：五南圖書出版公司，2014 年 5 月初版）。

林玉惠：《崇禎本《金瓶梅》回首詩詞功能研究》（臺北：臺灣學生書局，2014 年 9 月）。

林幸謙：《身體與符號建構　重讀中國現代女性文學》（香港：中華書局，2014 年 12 月）。

林偉淑：《《金瓶梅》的時間敘事與空間隱喻》（臺北：臺灣學生書局，2014 年 9 月）。

柯律格著，黃曉鵑譯：《明代的圖像與視覺性》（北京：北京大學出版社，2011 年）。

段建軍、彭智著：《透視與身體——尼采後現化美學研究》（北京：人民出版社，2013 年 4 月第 1 版）。

約翰・柏格著，吳莉君譯：《觀看的方式》（臺北：麥田出版社，2005 年初版一刷，2014 年 3 月 2 版 16 刷）。

胡衍南：《飲食情色《金瓶梅》》（臺北：里仁書局，2004 年 4 月）。

胡衍南：《《金瓶梅》飲食男女》（臺北：臺灣學生書局，2014 年 9 月）。

胡曉真，王鴻泰主編：《日常生活的論述與實踐》（臺北：允晨文化實業公司，2011 年 12 月）。

唐荷：《女性立義文學理論》（新北市：揚智文化事業公司，2010 年 1 月

初版 2 刷）。

唐毓麗：《身體的變異》（臺中：晨星出版公司，2015 年 1 月 1 日）。

夏志清著，胡益民譯：《中國古典小說史論》（南昌：江西人民出版社，2001 年 9 月 1 版）。

孫志剛：《金瓶梅敘事形態研究》（北京：中國社會科學出版社，2013 年）。

孫述宇：《水滸傳的來歷、心態與藝術》（臺北：時報文化出版企業公司，1981 年 9 月）。

孫述宇：《《金瓶梅》的藝術》（臺北：時報文化出版企業公司，1978 年 2 月）。

徐志平：《明清小說敘事研究》（臺北：新文豐出版公司，2014 年 11 月）。

浦安迪著，劉倩等譯：《浦安迪自選集》（北京：三聯書店，2011 年 2 月第 1 版）。

馬幼垣：《水滸論衡》（臺北：聯經出版事業公司，1992 年）。

馬積高：《宋明理學與文學》（長沙：湖南師範大學出版社，1989 年）。

高小康：《中國古代敘事觀念與意識形態》（北京：北京大學出版社，2005 年 9 月）。

高日暉、洪雁：《水滸接受史》（濟南：齊魯書社，2006 月 7 月第 1 版）。

常建華：《明代宗族研究》（上海：上海人民出版社，2005 年 2 月 1 版，2006 年 3 月 2 刷）。

張小虹：《性／別研究讀本》（臺北：麥田出版社，1998 年 8 月初版 1 刷，2002 年 10 月初版 2 刷）。

張廷興：《中國古代豔情小說史》（北京：中央編譯出版社，2008 年 4 月第 1 版）。

張金蘭：《金瓶梅女性服飾文化》（臺北：里仁書局，2004 年）。

張遠芬：《金瓶梅新證》（濟南：齊魯書社，1984 年）。

梁曉萍：《明清家族小說的文化與敘事》（天津：南開大學出版社，2008 年 6 月第 1 版）。

許建平：《許建平《金瓶梅》研究精選集》（臺北：臺灣學生書局，2015
年 6 月初版）。

許嘉璐、梅季坤：《禮記注譯》（臺北：建安出版社，2002 年）。

許總：《宋明理學與中國文學》（南昌：百花洲文藝出版社，1999 年）。

許麗芳：《章回小說的歷史書寫與想像：以三國演義與水滸傳的敘事為例》
（臺北：秀威資訊科技公司，2007 年 1 月 1 版）。

陳文石：《明清政治社會史論》上冊（臺北：臺灣學生書局，1991 年 11 月
初版）。

陳平原：《小說史論集：理論與實踐》（石家莊：河北人民出版社，1993
年）。

陳東有：《金瓶梅文化研究》（臺北：貫雅文化公司，1992 年 11 月）。

陳桂聲選編：《水滸評話》（南昌：江西教育出版社，1999 年 1 月第 1
版）。

陳益源主編：《2012 臺灣金瓶梅國際學術研討會論文集》（臺北：里仁書
局，2013 年 4 月初版）。

陳捷先：《明清史》（臺北：三民書局，1990 年 12 月初版，2009 年 10 月
2 版 4 刷）。

陳葆文：《酒色財氣金瓶梅》（臺北：聯合百科電子出版公司，2015 年 10
月）。

傅正玲：《悲壯與蒼涼——水滸意境的探討》（臺北：文津出版社，2001
年 11 月）。

傅柯著，佘碧平譯：《性經驗史》（上海：上海人民出版社，2002 年）。

傅柯著，劉北成、楊遠嬰譯：《規訓與懲罰——監獄的誕生》（新北市：桂
冠圖書公司，2007 年 4 月）。

傅惠生：《宋明之際的社會心理與小說》（北京：新華書店，1997 年 10 月
第 1 版）。

傅想容：《《金瓶梅詞話》之詩詞研究》（臺北：臺灣學生書局，2014 年 9
月）。

曾鈺婷：《說圖——崇禎本《金瓶梅》繡像研究》（臺北：臺灣學生書局，
2014 年 9 月）。

游惠遠：《宋元之際婦女地位的變遷》（臺北：新文豐出版公司，2003年）。

童強：《空間哲學》（北京：北京大學出版社，2011年1月第1版）。

費德希克‧格霍著，何乏筆、楊凱麟、龔卓軍譯：《傅柯考》（臺北：麥田出版社，2006年2月初版一刷，2011年8月初版5刷）。

馮文樓：《四大奇書的文本文化學闡釋》（北京：中國社會科學出版社，2004年5月第2版）。

黃克武：《不笑不言不褻　近代中國男性世界中的諧謔、情慾與身體》（臺北：聯經出版事業公司，2016年4月初版）。

黃金麟：《歷史、身體、國家——近代中國的身體形成 1895-1937》（臺北：聯經出版事業公司，2005年4月初版）。

黃俶成：《施耐庵與《水滸》》（上海：上海人民出版社，2000年12月第1版）。

黃清泉、蔣松源、譚邦和：《明清小說的藝術世界》（臺北：洪葉文化事業公司，1995年）。

黃華：《權力，身體與自我——福柯與女性主義文學批評》（北京：北京大學出版社，2005年6月1版，2006年9月第2次印刷）。

黃寬重：《宋代家族與社會》（臺北：東大圖書公司，2006年6月初版）。

黃曉華：《現代人建構的身體維度》（北京：中國社會科學出版社，2008年5月第1版）。

黃霖：《金瓶梅資料彙編》（北京：中華書局，1987年3月第1版）。

黃霖：《金瓶梅講演錄》（桂林：廣西師範大學出版社，2008年10月第1版）。

楚愛華：《女性視野下的明清小說》（濟南：齊魯書社，2009年7月第1版）。

葛紅兵：《身體政治——解讀 20 世紀中國文學》（臺北：新銳文創，2013年8月）。

褚贛生：《奴婢史》（臺北：華成圖書出版公司，2004年12月版版1刷）。

齊裕焜：《明代小說史》（杭州：浙江古籍出版社，1997 年 6 月第 1
　　　版）。

劉勇強：《中國古代小說史敘論》（北京：北京大學出版社，2007 年 10 月
　　　第 1 版）。

劉苑如：《身體・性別・階級──六朝志怪的常異論述與小說美學》（臺
　　　北：中央研究院中國文哲研究所，2002 年 12 月初版）。

劉康：《對話的喧囂──巴赫金文化理論述評》（臺北：麥田出版社，1995
　　　年）。

劉連杰：《梅洛－龐蒂：身體主體間性美學思想研究》（北京：人民出版
　　　社，2013 年 4 月第 1 版）。

劉傳霞：《中國當代文學身體政治研究》（北京：中國社學出版社，2014
　　　年 12 月初版）。

蔡國樑：《金瓶梅考證與研究》（西安：陝西人民出版社，1984 年）。

鄭淑梅：《後設現象：《金瓶梅》續書書寫研究》（臺北：臺灣學生書局，
　　　2014 年 9 月）。

鄭媛元：《《金瓶梅》的敘事藝術》（臺北：臺灣學生書局，2014 年 9
　　　月）。

魯迅：《中國小說史略》（上海：上海古籍出版社，1998 年 1 月初版）。

黎活仁主編：《女性的主體性　宋代的詩歌與小說》（臺北：大安出版社，
　　　2001 年 10 月）。

蕭放：《「歲時」傳統中國民眾的時間生活》（北京：中華書局，2002 年 3
　　　月）。

謝納：《空間生產與文化表徵──空間轉向視閾中的文學研究》（北京：中
　　　國人民大學出版社，2010 年 11 月 1 版）。

顏健富：《從「身體」到「世界」　晚清小說的新概念地圖》（臺北：國立
　　　臺灣大學出版中心，2014 年 12 月初版）。

魏子雲：《金瓶梅探源》（臺北：巨流圖書公司，1979 年）。

魏子雲：《金瓶梅原貌探索》（臺北：臺灣學生書局，1985 年）。

魏子雲：《金瓶梅的幽隱探照》（臺北：臺灣學生書局，1988 年）。

魏子雲：《金瓶梅研究二十年》（臺北：臺灣商務印書館，1993 年）。

魏子雲：《金瓶梅的作者是誰》（臺北：臺灣商務印書館，1998 年）。

魏子雲：《深耕金瓶梅逾三十年》（臺北：文史哲出版社，2004 年）。

魏子雲：《金瓶梅餘穗》（臺北：里仁書局，2007 年）。

羅莎琳‧邁爾斯著，刁筱華譯：《女人的世界史》（臺北：麥田出版社，1998 年 12 月初版一刷，2012 年 4 月 2 版 2 刷）。

嚴文儒注譯：《新譯東京夢華錄‧元宵》（臺北：三民書局，2004 年 1 月初版）。

嚴敦易：《水滸傳的演變》（臺北：里仁書局，1996 年 4 月 1 日初版）。

竇麗梅：《宋詞中的身體敘事──經濟因素的滲透與反映》（鄭州：河南人民出版社，2012 年 2 月 1 版）。

〔加〕John O'nell 著，張旭春譯：《五種身體》（臺北：弘智文化事業公司，2001 年）。

〔法〕皮埃爾‧布爾迪厄著，劉暉譯：《男性統治》（北京：中國人民大學出版社，2012 年 1 月第 1 版）。

〔法〕阿蘭‧科爾班主編，楊劍譯：《身體的歷史　從法國大革命到第一次世界大戰》（上海：華東師範大學出版社，2013 年 5 月第 1 版）。

〔法〕張京媛主編：《當代女性主義文學批評》（北京：北京大學出版社，1992 年）。

〔法〕喬治‧維加埃羅主編，張竝、趙濟鴻譯：《身體的歷史　從文藝術復興到啟蒙運動》（上海：華東師範大學出版社，2013 年 5 月第 1 版）。

〔法〕讓－雅克‧庫爾第納主編，孫聖英、趙濟鴻、吳娟譯：《身體的歷史目光的轉變：20 世紀》（上海：華東師範大學出版社，2013 年 5 月第 1 版）。

〔俄〕巴赫金，錢中文主編：《巴赫金全集》第五卷（石家莊：河北教育出版社，1998 年）。

〔美〕Kate Millett 米利特著，宋文偉、張慧芝譯：《性政治》（新北市：桂冠圖書公司，2003 年 12 月初版一刷）。

〔美〕Patricia Ticineto Clough 著，夏傳位譯：《女性主義思想　欲望、權力及學術論述》（臺北：巨流圖書公司，1997 年初版）。

〔美〕朱迪斯・巴特勒著，李鈞鵬譯：《身體之重——論「性別」的話語界限》（上海：上海三聯書局，2011 年 8 月初版，2014 年 3 月 2版）。

〔美〕艾梅蘭著，羅琳譯：《競爭的話語：明清小說中的正統性、本真性及所生成之意義》（南京：江蘇人民出版社，2005 年 1 月第 1 版）。

〔美〕浦安迪：《中國的敘事文學》（普林斯頓大學中國古典文學討論會文滙編，1978 年）。

〔美〕浦安迪著，沈壽亨譯：《明代小說四大奇書》（臺北：中國和平出版社，1993 年）。

〔美〕黃衛總，張蘊爽譯：《中華帝國晚期的欲望與小說敘述》（南京：江蘇人民出版社，2012 年 6 月第 2 版）。

〔美〕簡・蓋洛普著，楊莉馨譯：《通過身體思考》（南京：江蘇人民出版社，2005 年 1 月第 1 版）。

〔英〕Bryan S. Turner 著，謝明珊譯：《身體與社會理論》（臺北：韋伯文化國際出版公司，2010 年 2 月）。

〔英〕Chris Shilling 著，謝明珊譯：《身體三面向　文化、科技與社會》（臺北：韋伯文化國際出版公司，2009 年 8 月）。

〔英〕Rosalind Miles 羅莎琳・邁爾斯著，刁筱華譯：《女人的世界史》（臺北：麥田出版社，1998 年 12 月初版 1 刷，2012 年 4 月 2 版 2刷）。

〔荷蘭〕米克・巴爾，劉略昌譯：〈視覺本質主義與視覺文化的對象〉，周憲編：《視覺文化讀本》（南京：南京大學出版社，2013 年 10 月第1 版）。

〔意〕Luigi Zoja 著，張敏、王錦霞、米衛文譯：《父性　歷史、心理與文化的視野》（北京：中國社會科學出版社，2006 年 7 月第 1 版）。

〔德〕赫爾曼・施密茨著，龐學銓、馮芳譯：《身體與情感》（杭州：浙江大學出版社，2012 年 8 月第 1 版）。

期刊論文：

〔日〕寺村政男：〈《金瓶梅》從詞話本到改訂本的轉變〉（東京：早稻田

大學中國古典研會編《中國古典研究》第 23 號，1978 年 6 月）。

〔日〕寺村政男：〈《金瓶梅詞話》中的作者介入文──「看官聽說」〉（東京：早稻田大學中國古典研會編《中國古典研究》第 2 期，1976 年 12 月）。

丁乃非，蔡秀枝、奚修君譯：〈鞦韆、腳帶、紅睡鞋〉（臺北：《中外文學》，第 22 卷第 6 期，1993 年 11 月），頁 26-54。

田秉鍔：〈統治思想趨於崩潰及舊倫理的淪喪──《金瓶梅》所反映的時代及社會意義〉，王利器主編：《國際金瓶梅研究彙編》第 1 集（成都：成都出版社，1991 年），頁 85-100。

朱中方：〈身體記號在文學記述中的價值〉，《江西社會科學》第 23 卷第 3 期，（2007 年 12 月）。

余舜德：〈從田野經驗到身體感的研究〉，余舜德編：《體物入微：物與身體感的研究》（新竹：國立清華大學出版社，2008 年 12 月初版），頁 1-44。

余舜德：〈身體感：一個理論取向的探索〉，余舜德編：《身體感的轉向》（臺北：國立臺灣大學出版中心，2015 年 12 月初版），頁 1-23。

吳敢：〈20 世紀《金瓶梅》研究的回顧與思考〉，《徐州師範大學學報（哲學社會科學版）》（徐州：徐州師範大學，2001 年 6 月），頁 14-38。

李志宏：〈論金瓶梅的情色書寫及其文化意味──以潘金蓮的情欲表現為論述中心〉（臺北：《臺北師院語文集刊》第 7 期，2002 年 6 月），頁 1-54。

李開、王人恩：〈2005-2010 年《金瓶梅》研究述評〉，《襄樊學院學報》（廈門：集美大學，2011 年 6 月），頁 63-72。

李蕙如：〈析論《水滸傳》中的「身體記號」〉，《文學院學報》第 9 期（彰化：彰化師範大學，2014 年 3 月），頁 185-200。

沈嘉達：〈「文革」敘事：身體鏡像與語言指涉〉（湖北：《黃崗師範學院學報》第 26 卷 2 期，2006 年 4 月）。

林偉淑：〈《金瓶梅》家庭宅院的空間隱喻〉，《輔仁國文學報》30 期（新北市：輔仁大學：2010 年 4 月），頁 249-270。

徐志平：〈身體研究——當代文學研究的新趨勢〉，《教師之友》47 卷 5
　　　期，（嘉義：嘉義大學教師之友雜誌社，2006 年 12 月），頁 2-5。

康來新：〈身體的發與變：從《肉蒲團》、〈夏宜樓〉到《紅樓夢》的偷窺
　　　意涵〉（臺北：《中國文哲研究通訊》第十七卷・第三期「新知與舊
　　　學——明清敘事理論與敘事文學」專輯〉），頁 165-173。

張燕：〈「窺視」的藝術情蘊——從《金瓶梅》到《紅樓夢》私人經驗之文
　　　本呈現〉（湖北：《紅樓夢學刊》，2007 年第三輯），頁 321-344。

陳建華：〈欲的凝視：《金瓶梅詞話》的敘述方式、視覺與性別〉，王璦
　　　玲、胡曉真主編《經典轉化與明清敘事文學》（臺北：聯經出版事業
　　　公司，2009 年 8 月），頁 97-128。

陳葆文：〈王六兒身體政治析論——《金瓶梅詞話》「酒、色、財、氣」多
　　　重書寫的一個觀察面向〉（新北市：淡江大學「2014 女性文學與文
　　　化學術研討會」，2014 年 6 月）。

陳熙遠：〈中國夜未眠：明清時期的元宵、夜禁與狂歡〉（臺北：《中央研
　　　究院歷史研究所集刊》，第七十五本第二分），頁 3-35

曾守仁：〈天眼所觀迄於悲歡零星——論王國維的現代斷零體驗〉，《中正
　　　漢學研究》第 27 期（嘉義：國立中正大學中國文學系，2016 年 6
　　　月），頁 55-90。

馮文樓：〈身體的敞開與性別的改造——《金瓶梅》身體敘事的釋讀〉（陝
　　　西：《陝西師範大學學報（哲學社會科學版）》，第 32 卷第 1 期，
　　　2003 年 6 月），頁 32-39。

黃俊傑：〈東亞儒家思想傳統中的四種「身體」：類型與議題〉，《法鼓人
　　　文學報》（臺北：法鼓人文社會學院，2006 年）。

學位論文（依時間近－遠排列）：

官懿君：《《金瓶梅》身體敘事研究》（屏東：屏東教育大學中國語文學系
　　　碩士論文，2016 年）。

溫昇泓：《隱身於黑暗中的藝術——唐宋紋身藝術之探討》（屏東：屏東教
　　　育大學視覺藝術學系碩士論文，2010 年）。

黃聿寧：《《水滸傳》中的女性及其影響》（高雄：中山大學中文系碩士論

文，2007年）。

王佩琴：《說園——從《金瓶梅》到《紅樓夢》》（新竹：清華大學中國文學系博士論文，2004年）。

馬琇芬：《從婚姻、嫉妒、性慾看《金瓶梅》中的女性》（高雄：中山大學中文所碩士論文，1996年）。

檢索資料：

參見〈性政治：性運的由來及其派別〉http://intermargins.net/repression/20030823sexpol.pdf（檢索日期：2016.11.18）。

國家圖書館出版品預行編目資料

《金瓶梅》女性身體書寫的敘事意義

林偉淑著. – 初版. – 臺北市：臺灣學生，2017.02
面；公分
ISBN 978-957-15-1725-4 (平裝)

1. 金瓶梅 2. 研究考訂

857.48　　　　　　　　　　　　　　106003198

《金瓶梅》女性身體書寫的敘事意義

著　作　者：林　　　偉　　　淑
出　版　者：臺　灣　學　生　書　局　有　限　公　司
發　行　人：楊　　　雲　　　龍
發　行　所：臺　灣　學　生　書　局　有　限　公　司
　　　　　　臺北市和平東路一段七十五巷十一號
　　　　　　郵 政 劃 撥 帳 號 ： 0 0 0 2 4 6 6 8
　　　　　　電　話 ： (0 2) 2 3 9 2 8 1 8 5
　　　　　　傳　眞 ： (0 2) 2 3 9 2 8 1 0 5
　　　　　　E-mail : student.book@msa.hinet.net
　　　　　　http : //www.studentbook.com.tw
本 書 局 登
記 證 字 號：行政院新聞局局版北市業字第玖捌壹號
印　刷　所：長　欣　印　刷　企　業　社
　　　　　　新北市中和區中正路九八八巷十七號
　　　　　　電　話 ： (0 2) 2 2 2 6 8 8 5 3

定價：新臺幣四○○元

二 ○ 一 七 年 二 月 初 版